Een storm door mijn hart
Waar is de geur gebleven
De papieren zijn verward
Over de vloer van mijn leven
Een winter in mijn lijf
Gure wind schuurt langs de bedden
Mijn vingers voelen stijf
Waar ze vroeger zachtjes streelden
Laat me ergens schuilen
Hou me uit de wind
Een plek om uit te huilen
Waar ik mezelf vind

Joris Linssen & Caramba – 'Storm'

Rio Grande
El Paso
VERENIGDE STATEN
Ciudad Juárez
Rio Grande
Chihuahua
MEXICO
Mérida
Teotihuacan
Golf van Campeche
Campeche
Mexico-Stad
Veracruz
Puebla
Acapulco

1

De ochtendzon liet net haar eerste stralen zien toen het snerpende geluid van de deurbel Tara Linders overeind deed schieten. Ze stond al naast haar bed voor ze goed en wel wakker was en moest zich vasthouden aan de muur om niet om te vallen. Met haar ogen dicht wachtte ze tot de duizeling wegtrok. Toen maande ze Huub tot stilte, die was als een dolle naar de voordeur gerend en stond daar op vol vermogen te blaffen. Even was het stil, op het zachte geronk van Carlo na, die altijd sliep als een pasgevoede baby, tot de bel opnieuw klonk. Langer dit keer, urgenter. Onmiddellijk sloeg Huub weer aan. Vloekend snelde Tara de slaapkamer uit. Het gebeurde zelden dat er iemand bij haar aanbelde en al helemaal niet op dit vroege uur. Ze duwde Huub opzij, draaide snel de sleutel om en trok de deur open.

Tegen de balustrade gedrukt, zo ver mogelijk verwijderd van de blaffende rottweiler in de deuropening, stond een vrouw met ogen als knikkers. Ze was een klassieke schoonheid, lang, slank en blond, maar het felle tl-licht van de galerij maakte haar gezicht bleek en vlekkerig. Haar joggingpak zat vol gaten en haar nagels waren tot bloedens toe afgekloven. Tara wist zeker dat ze de vrouw eerder gezien had, maar kon haar zo snel niet plaatsen.

'Ja?' vroeg ze, terwijl ze met een been voor Huub ging staan, die de bezoeker nieuwsgierig gadesloeg. Hierop liet de vrouw de balustrade los en zette ze voorzichtig een stap naar voren. Zonder Huub uit het oog te verliezen, richtte ze zich tot Tara.

‘Herken je me niet? Ik heb je ooit ontmoet op een kerstborrel bij de krant. Ik ben Yvonne, de vrouw van Diego, of nou ja...’

Tara kreeg het op slag warm. Ze herkende de blondine nu inderdaad als de vrouw van haar collega en partner in crime, Diego Martinez. Samen schreven ze de meest opzienbarende reportages voor het dagblad waar ze werkten, totdat Diego er de brui aan gaf. Hij nam ontslag, verliet huis en haard en vertrok naar Mexico, het geboorteland van zijn vader. Terug naar zijn roots, noemde hij het, om zichzelf terug te vinden, wat dat dan ook mocht betekenen. Dat was nu negen maanden geleden en wat Tara betrof, negen maanden te lang. Als einzelgänger redde ze zich doorgaans prima alleen. Familie had ze niet meer en vrienden amper, maar met Diego was iets ontstaan. Andere collega’s hield ze op afstand, maar met Diego kon ze samenwerken en niet alleen omdat hij de beste onderzoeksjournalist was die ze kende. Ze vulden elkaar aan, daagden elkaar uit en hadden samen al voor meer spectaculaire primeurs gezorgd dan al hun collega’s bij elkaar. Dit tot grote tevredenheid van chef Benno die *De Dageraad* lange tijd in financiële nood zag verkeren. Door de verkoop van de verhalen van het topduo Linders & Martinez aan buitenlandse kranten was het gelukt overeind te blijven en daar was hij hun eeuwig dankbaar voor.

De speciale connectie tussen de twee kon echter niet op ieders enthousiasme rekenen. Yvonne had meer dan eens gedreigd haar man uit huis te zetten als hij zijn werk, met Tara, voor de zoveelste keer voor liet gaan. Diego wilde nooit veel over de ruzies kwijt, maar Tara wist dat hij eronder leed. Ze was ervan overtuigd dat de strijd die Diego thuis moest leveren, had bijgedragen aan zijn beslissing weg te gaan. En dat nam ze Yvonne kwalijk.

‘Wat wil je?’ vroeg ze, terwijl ze haar been voor Huub wegtrok en haar armen over elkaar sloeg. Huub pikte het signaal direct op en begon zacht te grommen.

Yvonnes blik verstrakte, maar ze bleef staan waar ze stond. 'Ik moet je iets vragen, de politie wil me niet helpen en ik weet niet bij wie ik anders terechtkan. Geloof me, ik bel niet zomaar bij jou aan.' Haar woorden klonken ferm, maar de wanhoop in haar ogen verraadde dat ze zich lang zo stoer niet voelde.

Tara's nieuwsgierigheid was gewekt. Ze stuurde Huub naar zijn mand en wenkte Yvonne binnen. In de woonkamer knipte ze een lamp aan. Ze gebaarde dat Yvonne op de bank kon gaan zitten en verdween zelf naar de slaapkamer om een capuchontrui over haar nachthemd aan te trekken. Ze plofte in een stoel.

'Ik blijf niet lang,' haastte Yvonne zich te zeggen. 'Ik heb Nona en Max alleen gelaten, ze zullen zo wakker worden. Het gaat over Diego, ik denk dat er iets heel erg mis is,' en bij die woorden barstte ze, tot Tara's ontsteltenis, in snikken uit. Ze sloeg haar handen voor haar gezicht en drukte de afgekloven nagels in haar voorhoofd.

Schijnbaar onbewogen keek Tara haar aan. 'Ho even,' zei ze, 'hij zit toch in Mexico? Wat is daar mis? En hoe weet je dat?'

De korte vragen hadden een ontnuchterend effect op Yvonne. Ze viste een verfrommeld papieren zakdoekje uit een broekzak, snoot haar neus en droogde haar tranen. 'Sorry,' zei ze met bevende stem, 'ik heb al nachten niet geslapen, ik ben mezelf niet.' Ze streek een vettige haarlok achter haar oren en sloot een moment haar ogen. 'Hij is vorig jaar naar Mexico vertrokken, dat weet je.' Ze keek op naar Tara, maar die reageerde niet. 'We hadden afgesproken dat hij iedere twee weken zou skypen, zodat de kinderen zijn gezicht even konden zien en zijn stem horen. En hij zou iedere maand geld overmaken.' Ze zuchtte. 'Aan die afspraken heeft hij zich niet gehouden. Skypen doet hij al lang niet meer en de laatste vier maanden komt er ook geen geld binnen.' Opnieuw sprongen de tranen in haar ogen. 'In het begin heb ik het zo gelaten, ik dacht dat hij afstand nodig had, maar Nona begon naar hem te vragen.

“Waar is papa? Wanneer komt papa terug?” En ik… ik wist gewoon niet wat ik moest zeggen. Natuurlijk heb ik geprobeerd hem te bellen, maar hij neemt niet op, zijn nummer is niet meer in gebruik. Op e-mail reageert hij ook niet, het is alsof hij van de aardbodem is verdwenen. Dat kan toch niet?’ Snikkend schoof ze naar voren en greep Tara’s pols beet. ‘Je moet me helpen. De politie doet er niets mee, want het is een volwassen man die uit eigen beweging is weggegaan. Maar ik weet gewoon dat het niet klopt. Hij zou het contact met Nona en Maxie nooit zomaar verbreken, zo is hij niet!’ Uitgeput liet ze haar hoofd zakken.

Tara trok voorzichtig haar arm terug, stond op en begon door de kamer te ijsberen. Het voelde bijzonder ongemakkelijk dat uitgerekend Yvonne haar uitkoos als reddingsboei. Zelf had ze ook verwacht dat Diego af en toe iets van zich zou laten horen, maar op een enkel appje na, een week of drie na zijn vertrek, had ze niets meer gekregen. En op een kort bericht van haar reageerde hij niet. Dat deed meer pijn dan ze wilde toegeven, want ze miste hem enorm. Net als Yvonne was ze ervan uitgegaan dat hij de tijd nam om tot zichzelf te komen. Hij had een keuze gemaakt en die wilde ze respecteren. Daarom drong ze niet verder aan en ging ze door, op haar eigen manier. Werken zonder Diego was stukken minder leuk, maar schrijven kon ze prima alleen. Het was in haar eigen huis dat de eenzaamheid haar naar de keel vloog. Waar Huub eerder voldoende gezelschap had geboden, voelde ze voor het eerst sinds lange tijd behoefte aan mensen om zich heen. Die behoefte had geresulteerd in een wat onbeholpen latrelatie met Carlo van de boksschool. Een of twee keer per week kwam hij langs om samen te eten en te slapen en dan vertrok hij weer. Dat hij enthousiaster was over deze regeling dan zij, wisten ze allebei, maar zolang ze dat niet uitspraken, ging het wel en leek de grootste eenzaamheid verdreven.

De noodkreet van Yvonne zette al Tara's zintuigen op scherp. Wat als ze gelijk had en de radiostilte niet Diego's eigen keuze was geweest? Wat kon er dan gebeurd zijn? En waar was hij nu? Ze negeerde het gevoel in haar buik, een prikkelende opwinding die steevast de kop opstak als er iets niet in de haak leek te zijn, en draaide zich om naar Yvonne, die moedeloos voor zich uit zat te staren. Tara's stem deed haar uit haar verdoving opschrikken.

'Diego zou toch bij familie op bezoek gaan? Weten zij niet waar hij zit?'

Yvonne schudde haar hoofd. 'Daar was hij al lang weer weg. Ik heb zijn tante gesproken, bij wie hij een paar weken gelogeerd heeft. Dat ging moeilijk, want mijn Spaans is lang niet zo goed als dat van Diego, maar het was duidelijk dat zij niet wist waar hij was. Met haar heeft hij ook geen contact gehouden.'

Tara knikte. 'Je zei dat hij ophield met skypen, maar de betalingen gingen nog wel een tijd door. Dat is vreemd. Heb je hem dan niet aan jullie afspraak herinnerd?'

Yvonne beet op haar lip om haar tranen te bedwingen. 'Ik wilde hem de ruimte geven... niet de vervelende echtgenote uithangen... Voor zijn vertrek hebben we het over scheiden gehad, maar er was nog niets in gang gezet en ik hoopte...'

Verder ging ze niet, maar Tara begreep wat ze wilde zeggen. Yvonne wilde dat Diego, als hij zichzelf had teruggevonden in Mexico, met hangende pootjes terugkeerde om weer bij zijn gezin te zijn. Het maakte haar woest. Als Yvonne niet zo moeilijk had gedaan tijdens hun relatie en hem voortdurend in zijn vrijheid had beknot, was Diego waarschijnlijk niet gevlucht. Ze balde haar handen tot vuisten en schonk haar bezoekster een giftige blik.

'Dit is dus al maanden aan de gang. Dan heeft hij misschien inderdaad zijn bruggen verbrand. Het kan best dat hij geen zin meer had in het gesettelde leven en dat hij nu met een rugzak de wereld rondreist. Dat deed hij jaren geleden ook, hij vertelde er regelmatig over.' Ze zag dat haar woorden hard aankwamen, maar ze kon het niet laten nog een stap verder te gaan. 'Je komt nu naar mij, maar wat denk je dat ik hieraan kan veranderen? Niets.'

Met rode wangen van schaamte en verdriet stond Yvonne op. Met haar mouw veegde ze langs haar wangen. 'Dan weet ik genoeg,' zei ze met bevende stem en zonder Tara nog aan te kijken, liep ze naar de gang. Op de achterkant van de roze broek kleefde een omgekrulde sticker met een lachend banaantje erop. Vast van een van de kinderen, dacht Tara en onverwacht overviel haar een gevoel van wroeging. Nona en Max waren nog klein en hadden hun vader nodig. Het gemis van een ouder liet een leegte achter die ze zelf maar al te goed kende. Ze rende achter Yvonne aan en hield de voordeur tegen, net voordat die in het slot viel.

'Goed,' riep ze naar Yvonne, die zich halverwege de galerij met rode ogen naar haar omdraaide, 'ik kijk wat ik kan doen. Stuur me de naam en contactgegevens van die tante in Mexico. Als ik iets heb, laat ik het weten.' Yvonnes ogen lichtten op en vulden zich opnieuw met tranen. Ze kon niets meer uitbrengen, maar vouwde haar handen als teken van dankbaarheid. Tara keek haar na tot ze in het trappenhuis verdween, viste toen een pakje sigaretten uit de buidel van haar capuchontrui en stak er een op. Starend naar de rook die in trage slierten de ochtendzon tegemoet zweefde, voelde ze dat ze wakker werd. Echt wakker. Maandenlang, misschien al sinds Diego's vertrek, had ze op stand-by geleefd, maar nu was het alsof Yvonnes verhaal haar de adrenaline gaf waarnaar ze gesnakt had. Ze stond weer op scherp en dat voelde goed.

2

Het liep al tegen tienen toen Tara de Fabriek binnenstormde. Ze liet de lift links liggen, snelde de trap op en stond een paar tellen later op de vijfde verdieping van *De Dageraad*, het dagblad waarvoor ze zich al zeven jaar met hart en ziel inzette. Ze was blij dat de krant zijn naam had behouden, na de noodgedwongen fusie met *De Gazet* uit Vlaanderen. Eigenlijk was er sinds de fusie niet eens zo veel veranderd. Er waren wat oud-medewerkers vertrokken en hun stoel werd nu bemand door Vlaamse collega's. De werkdruk lag hoog, want ze moesten met minder mensen meer doen om twee kranten te vullen, maar dat was voor Tara geen probleem. Ze hield ervan om hard te werken en zat liever tot laat op kantoor dan thuis op de bank.

Aan de overzijde van de ruime kantoortuin zag ze aan de openstaande deur dat haar chef Benno niet op zijn plek zat. Ze vloekte en liep naar haar bureau om haar computer op te starten. De afgelopen uren was er een begin van een plan ontstaan en ze kon niet wachten dat aan Benno voor te leggen. Dat ze naar Mexico moest om Diego te zoeken, stond als een paal boven water. Dat Benno dat goed moest keuren, ook. Ze had in het begin van het jaar bijna al haar vakantiedagen verspild aan een rondreis door Ierland met Carlo, in een geforceerde poging er samen iets van te maken. De drie resterende vrije dagen waren niet genoeg voor een zoektocht in Midden-Amerika en dus moest Benno overstag. Alleen zou hij haar zonder concrete journalistieke aanleiding nooit laten gaan.

Daarom had ze het internet afgespeurd naar argumenten waarmee ze hem kon overtuigen. Dat was deels gelukt. Mexico bleek een uitermate gevaarlijk land voor journalisten. Er waren de afgelopen jaren meer collega's vermoord dan in de oorlogsgebieden Syrië en Irak. Volgens de Committee to Protect Journalists waren sinds het begin van de jaren negentig in het land ten minste vijfennegentig journalisten op gewelddadige wijze omgebracht. De daders waren meestal leden van criminele bendes of corrupte autoriteiten, de slachtoffers vaak misdaadverslaggevers of journalisten die onderzoek deden naar corruptie en machtsmisbruik. Tot vervolging van de moorden kwam het zelden; veruit het merendeel van de aanvallen op journalisten bleef ongestraft.

Vreselijke cijfers. Op zichzelf reden genoeg om Tara juist niet te laten gaan. Waarom zou een krant bewust het risico nemen een van zijn meest productieve krachten te verliezen? Elke andere leidinggevende zou zo denken, maar Tara kende Benno en rekende op zijn grenzeloze passie voor het vak. Als hij de lezers van zijn krant actuele en waarachtige verhalen kon bieden, ging weinig hem te ver. Hij was bereid risico's te nemen en zag kansen waar anderen allang waren afgehaakt.

Dat bleek alleen al uit het feit dat hij Tara destijds, zonder enige werkervaring en vaste verblijfplaats, een baan op zijn redactie had aangeboden. Hij rook haar talent en durfde het met haar aan. Het was een beslissing waar hij nooit spijt van had gekregen en ondanks haar koppige en eigenzinnige karakter, waarmee ze hem soms tot waanzin dreef, ontwikkelde hij in de loop der jaren een rotsvast vertrouwen in haar. Het was dat vertrouwen waar Tara nu een beroep op wilde doen. Ze had op het internet drie Nederlandse bedrijven in Mexico gevonden, twee melkveehouderijen en een edelsmid, en een vlogger die al ruim een half jaar over zijn roadtrip door Mexico publiceerde. Ze wilde hen opzoeken om te vragen hoe zij zich staande hielden, wat zij merkten van de onveiligheid en hoe zij hun toekomst zagen in het land dat zo diep gebukt ging onder corruptie en criminaliteit. Haar verslag zou in schril contrast staan met het kleurrijke imago van het land, waar ook jaarlijks duizenden toeristen de fraaie stranden bezochten en de vele ruïnes van de Mayacultuur kwamen bezichtigen. Het zou zeker een interessant verhaal opleveren, misschien zelfs een hele reeks, voor de lezers van *De Dageraad*. En als ze beloofde onder de radar te blijven, was ze weer terug voor iemand in de gaten kreeg wat ze er eigenlijk deed.

Veertien dagen moesten genoeg zijn. Minder misschien ook, maar ze zette ruim in omdat ze geen idee had hoe snel ze Diego op het spoor kwam. Ze zou beginnen met een bezoek aan zijn tante in Mérida en hem van daaruit achternareizen. Voor haar kon hij zich niet verstoppen. Haar hart racete als ze zich hun weerzien voorstelde, maar daar wilde ze niet te lang bij stilstaan. Ze ging hem zoeken om te checken of hij oké was en om te zeggen dat zijn kinderen hem misten. Meer niet.

Zodra ze Benno vanuit haar ooghoeken zijn kantoor zag binnenlopen, spurtte ze naar hem toe. Harder dan bedoeld knalde de deur achter haar dicht, waardoor hij schrok en er een scheut koffie uit zijn mok op zijn colbert kletste.

'Verdomme Tara,' zei hij, terwijl hij de mok op zijn bureau zette en de vlek met een krant probeerde te verwijderen. Dat die daardoor juist groter werd, stemde Benno bepaald niet vrolijk. De gebruikelijke blos op zijn wangen werd wat dieper van kleur en zijn lippen vormden een rechte streep.

Slechte timing, wist Tara, maar toch wilde ze haar vraag niet laten varen. 'Ik heb een verzoek,' begon ze, maar verder kwam ze niet.

'Ik moet jou ook spreken,' zei Benno. Hij staakte zijn pogingen met de krant, gooide die in de bak naast de ladekast en zakte met een zucht in de gigantische bureaustoel, die piepte onder het gewicht. 'Vandaag komt het niet uit. Kom morgen om drie uur maar terug.'

'Dit heeft haast,' drong Tara aan. Ze liet zich niet zomaar wegsturen, dat had ze nooit gedaan en meestal bracht dat haar ver. Haar tengere gestalte deed soms anders vermoeden, maar ze had een ijzersterke wil en een groot doorzettingsvermogen. Dit keer had ze echter geen succes.

'Niet zo dwars, Tara, ik heb echt geen tijd. Morgen wel, drie uur, tot dan. En doe die deur normaal dicht, wil je?'

Aan zijn priemende blik zag ze dat het hem ernst was en dus droop ze af. Ze keek op haar horloge, elf uur, dat maakte het vier uur 's nachts in Mexico. Ze zou nog drie uur wachten voordat ze Olivia Martinez belde. Yvonne had haar die ochtend de gegevens van Diego's familie in Mexico gemaild, compleet met een in het Spaanse vertaalde vragenlijst.

3

Alberto Maria Costa lag ineengedoken op de betonnen vloer. Hij had zijn armen om zijn opgetrokken knieën geslagen en drukte zijn kin tegen zijn borst. Meer kon hij niet doen om zichzelf te beschermen. Ze waren pas net begonnen, maar stukken feller dan anders; zijn slechte oog, het rechter, zat al dicht en in zijn oren protesteerde een hoog piepgeluid tegen de klappen op zijn hoofd. Bij de laatste trap in zijn zij waren zeker twee ribben gebroken en nu kon hij bijna niet meer ademhalen van de pijn. Hij voelde hoe een van de jongens zijn armen van zijn knieën trok en ze boven zijn hoofd uitstrekte. Terwijl zijn armen werden vastgehouden, duwden anderen zijn benen uit elkaar. Hij wist wat er komen ging en gilde het uit van angst. Het leek alsof de gebroken ribben zijn longen perforeerden en hij proefde bloed in zijn mond. Uit alle macht probeerde hij zijn benen tegen elkaar te duwen, maar dat lukte niet; de anderen waren sterker. Als in slow motion aanschouwde hij met één oog hoe Alvarez zich klaarmaakte. De zon weerkaatste in het zweet op diens voorhoofd. Het was geen uitzonderlijk warme dag, maar de bendeleider zweette flink, er glinsterden spoortjes op zijn wangen van de druppels die naar beneden waren gegleden. Alberto dwong zichzelf die spoortjes te volgen, van het vochtige haar over de kaaklijn naar de pukkelige kin. Toen Alvarez zich schrap zette en zo hard mogelijk uithaalde, droop er een nieuwe druppel naar beneden. Ook deze zou een spoor achterlaten, maar dat zag Alberto niet meer. De explosie aan pijn was zo hevig dat het zwart werd voor zijn ogen en hij een paar zalige seconden de wereld verliet.

In de schaduw van de kapokboom voelde hij een geborgenheid die hij nergens anders vond. Onder de boom in het hoge gras was hij onzichtbaar voor de rest van de wereld. Op deze plek op de heuvelrug, achter het hutje waar hij met zijn moeder woonde, durfde hij te dromen. Het was zijn lievelingsplekje, waar niemand anders kwam. Op de geuren van de magnolia, oleander en gardenia rondom hem dreven zijn gedachten naar de overkant van de rivier, naar Amerika, het land waar alles mogelijk was. Nog geen vijf kilometer hiervandaan kon je met hard werken de top bereiken, ongeacht je afkomst of beperking. Vijf schamele kilometers en een rivier scheidden hem in Ciudad Juárez, Mexico, van El Paso in Amerika. Zo dichtbij, maar zo'n totaal andere wereld. Daar maakte het niet uit als je slechte ogen had en iemand niet recht kon aankijken. De kansen lagen er op straat, zelfs voor buitenbeentjes zoals hij. Nog maar zeven jaar, dan was hij achttien en oud genoeg om er in z'n eentje naartoe te gaan. Met de juiste papieren, en als hij die niet kreeg, met de smokkelaars. Daar was veel geld voor nodig en daarom stopte hij al jaren elke peso die hij verdiende in het gat in zijn matras.

'Hé schele, hier verstop jij je dus!'

Met een ruk schoot hij overeind. Nog nooit had Alberto hier iets anders gehoord dan de vogels en het ruisen van de wind door de bladeren van de metershoge kapokbomen. Dit was een stem en niet die van een toevallige voorbijganger. Dit schelle keelgeluid, dat hem al jaren angst inboezemde en had leren rennen als een atleet, was van Rico. Al zolang Alberto zich kon herinneren, terroriseerde Rico de jongens in hun woonwijk aan de rand van Ciudad Juárez. De eerste jaren in zijn eentje en vanaf de middelbare school met zijn maat

Alvarez. Rico en Alvarez, een voor- en een achternaam, die Alberto's jeugd bepaalden. En nu stonden ze voor hem, op de laatste plek waar hij zich veilig had gewaand. Rico met zijn uitdagende smoel voorop en Alvarez schuin daarachter.

'Wat een mooie plek, waarom heb je ons hier nooit over verteld?' vroeg Rico, terwijl hij om zich heen keek alsof hij de omgeving bewonderde.

Alberto zat als bevroren. Hij wist niet wat hij moest doen. Als hij bleef, kreeg hij zeker een pak rammel. Rende hij weg, dan had hij een kans, want hij was sneller, maar dan moest hij het geld achterlaten. Angstig schoot zijn blik opzij, waar de wortels van de kapokboom de grond in schoten en hij in een natuurlijke holte een buideltje had verstopt. Er zaten veertig peso's in, verdiend met het schoonmaken van het klaslokaal. Dat deed hij af en toe als de meester ziek was en juf Ilsa inviel. Wie wilde kon van haar een heitje voor een karweitje krijgen en daar was hij altijd als de kippen bij. Vandaag had hij extra zijn best gedaan en kreeg hij twee keer zo veel betaald als de vorige keren. De juf had geknipoogd en haar vinger tegen haar lippen gelegd. Natuurlijk zou hij niets zeggen, geen probleem, hij was een kei in geheimen bewaren. Zo wist ook niemand van zijn plekje boven op de heuvel. Tot nu. Ze moesten hem gevolgd zijn. Behalve angst voelde hij een diepe teleurstelling. Deze plek was hij kwijt, hij zou zich er nooit meer veilig voelen nu Rico en Alvarez ervan wisten. Hij balde zijn vuisten en zette zich schrap. Toen bukte hij in een flits naar de boom, griste het zakje uit de holte en zette het op een lopen. Heuvelafwaarts, dus nog sneller dan normaal, maar toch niet snel genoeg. Door de steen tegen zijn schouder klapte hij tegen de grond en voor hij het wist zat Rico boven op zijn rug. Aangemoedigd door Alvarez sloeg die hem waar hij hem raken kon. Er leek geen einde aan te komen.

Tussen de wimpers van zijn linkeroog door staarde Alberto vanaf de betonnen vloer naar Alvarez. Het was zes jaar later, ze waren inmiddels zeventien, slechts één jaar verwijderd van volwassenheid, maar er leek nog geen minuut verstreken sinds die middag op de heuvel. Toen Rico overleed in een bendeoorlog, waarbij hij met zijn broers betrokken was, haalde Alberto opgelucht adem, maar dat was te vroeg gejuicht. Alvarez nam de plaats van zijn maat in, verzamelde een aantal volgelingen om zich heen en werd de leider van een groep jongens die net zo lang spijbelden tot ze stuk voor stuk van school werden getrapt. Van tijd tot tijd was hij de klos. Het lukte soms een paar weken uit hun vizier te blijven, maar steeds wisten ze hem weer te vinden. Schele, loenskop, freak. Al vanaf zijn geboorte had zijn rechteroog een eigen wil. Meestal parkeerde de pupil zich in zijn buitenste ooghoek, maar bij blijdschap of spanning schoot hij alle kanten op. Dat hij minder goed zag, nam Alberto voor lief; dat hij ermee gepest werd, wende nooit. De klappen deden pijn, zijn lichaam kreeg amper de kans te herstellen, maar de scheldnamen sneden door zijn ziel. Keer op keer, jaar na jaar.

En terwijl hij daar zo lag, starend naar Alvarez en zijn vrienden, die rustig een sigaret opstaken ter afronding van een fijne beukpartij, overviel hem een onbekende sensatie. Het was geen angst, woede, frustratie of verdriet, daarvan wist hij precies hoe het voelde. Dit was anders en hij kon er geen woorden voor vinden, misschien juist door het gebrek aan gevoel. Hij was leeg, op, klaar. Als dit het was, was dit het, het kon hem geen zier meer schelen. Hij trok zijn handen tussen zijn benen vandaan en zag dat ze rood kleurden van het bloed dat door zijn spijkerbroek naar buiten sijpelde. Kreunend zette hij zijn handen en knieën op de grond en duwde zich omhoog. Het ging langzaam, maar dat deerde niet. Omhoog zou hij komen, want hij wilde staan als hij zijn zegje deed.

Een van de jongens stootte Alvarez aan en knikte naar Alberto, die zich in de hoek van de loods omhooggeduwd had en nu tegen de muur geleund naar hen stond te kijken. Alvarez grijnsde, drukte zijn peuk uit en liep op Alberto af. Zwijgend bleef hij voor hem staan en even hing er een beladen stilte tussen hen in.

De pijn tussen zijn benen weerhield Alberto ervan volledig rechtop te staan en bij iedere ademteug brandden zijn longen, maar hij hield stand. Met zijn blik hield hij Alvarez gevangen, totdat diens grijns verdween en hij al even serieus terugkeek. 'Het is genoeg,' zei Alberto toen en meteen begonnen een paar jongens te grinniken. Met een handgebaar legde Alvarez hun het zwijgen op.

'Genoeg,' herhaalde Alberto, 'dit stopt hier. Je maakt het nu af, of je laat me gaan. Echte mannen vechten eerlijk, een-op-een, dus zonder je vriendjes. Durf je dat aan?'

Met een vies gezicht zette Alvarez een stap dichterbij, ze stonden nu haast tegen elkaar aan. 'Wat bedoel je, schele?'

'Laat me gaan en geef me een week. Als je een vent bent, laat je me herstellen, zodat we gelijke kansen hebben. Vanaf dan is het jij of ik.'

Alvarez' gezicht betrok. De jongens om hen heen staarden gefascineerd van Alberto naar Alvarez, benieuwd naar wat hun leider doen zou. Niemand haalde het ooit in zijn hoofd tegen hem in te gaan.

'Jij of ik?' Alvarez boog voorover en duwde zijn voorhoofd tegen dat van Alberto. 'Je hebt lef, schele, dat had ik nooit achter je gezocht.'

Alberto zag de verbazing in zijn ogen en meende een fractie van een seconde iets te bespeuren wat op bewondering leek. 'Ik meen het, ik ben er klaar mee,' zei hij vlak, al liet de nadrukkelijke nabijheid van zijn aartsvijand hem niet onberoerd. Ergens diep vanbinnen stak de angst de kop weer op, maar het lukte hem vooralsnog die te negeren.

'Goed,' sprak Alvarez, plots resoluut. Hij zette een paar passen terug en wees naar de openstaande poort. 'Ga je gang, rot op. We spelen het spel en over een week zullen we zien wie er als winnaar uit de strijd komt. Jij of ik.' Afwachtend bleef hij staan.

Alberto zette zich af tegen de muur en wankelde een paar stappen voordat hij viel. Er klonk nerveus gelach, maar niemand waagde het een hand naar hem uit te steken. Met een van pijn vertrokken gezicht stond de jongen opnieuw op en dit keer lukte het hem de poort te bereiken. Even leunde hij ertegenaan om op adem te komen, toen liep hij naar buiten, een onzekere toekomst tegemoet.

4

Hij ratelde. Al minstens een uur aan één stuk. Af en toe stak hij een hap eten in zijn mond, maar dat weerhield hem er niet van te praten. Over zijn werk bij de dierenambulance, over de training in de boksschool eerder die dag, over een spannende nieuwe serie op Netflix, over volgende vakantiebestemmingen. Ze hoorde het wel, maar sloeg het niet op. Af en toe knikte ze of gaf ze een flauwe glimlach. De lichte hoofdpijn die aan het einde van de middag de kop op had gestoken, was inmiddels aangezwollen tot een ritmisch bonken tegen de binnenkant van haar schedel. Ze wenkte de serveerster voor een derde glas cola en vroeg zich af hoe het zover was gekomen. Elke dinsdagavond spraken ze hier af, in het kleine Thaise restaurantje op een steenworp afstand van haar appartement. Het was Carlo's idee geweest. Na een training vroeg hij haar mee uit, samen even eten bij de thai. Het overviel haar. Ze kende hem al langer, hij was minstens net zo vaak in de boksschool te vinden als zij en al een paar keer had hij op Huub gepast als zij voor haar werk langer dan een dag van huis moest. Of ze met hem wilde eten, eten moest ze toch.

Terwijl hij haar verwachtingsvol aankeek, dacht ze aan een gesprek dat ze eerder had gehad met Diego, waarin ze moest toegeven eenzaam te zijn. Een einzelgänger was ze altijd geweest en dat beviel vaak prima, maar de laatste tijd drukte het alleen-zijn een te zwaar stempel op haar leven. Aan het gemis van haar ouders was ze al jaren gewend, maar toen haar enige vriendin Marieke besloot op

Aruba te blijven wonen, sloop een haast tastbare leegte haar leven binnen. Diego zag hoe ze eronder leed en confronteerde haar met haar gedrag. Als ze mensen op afstand bleef houden en niet wat toeschietelijker werd, zou ze eindigen als kluizenaar. Niet fijn om te horen, maar hij had gelijk en daarom stemde ze in met Carlo's verzoek. Samen uit eten was best leuk en een welkome afwisseling van die eenzame diepvriespizza op de bank. Daarbij was er weinig mis met Carlo: een dierenvriend, net als zij, hij hield van boksen en zag er met zijn bruine krullen en blauwe ogen zeker niet slecht uit. Na twee keer samen eten, was hij meegegaan naar haar huis voor koffie en een afzakkertje. Pas de volgende morgen vertrok hij weer. Sindsdien spraken ze twee per week af, samen eten, trainen en slapen. Hij wilde graag vaker komen, maar dat hield ze tegen. Het samenzijn had zo zijn voordelen, het gevoel van leegte was wat ingedamd, maar zijn oeverloze geklets kostte haar ook energie. En zijn opzichtige geflirt kon haar soms enorm benauwen. Toch nam ze het voor lief, te lang alleen zijn wilde ze niet meer.

Peinzend wreef ze met beide handen door haar lange rode haar. Ze schrok op toen de serveerster een glas cola voor haar neerzette en ze nam meteen een grote slok. Toen pas zag ze dat Carlo haar vragend aankeek. Zijn laatste zinnen waren compleet aan haar voorbijgegaan.

'Wat zei je?' vroeg ze.

'Wat jij nou van Trump vindt, die clown in Amerika. Ik volg hem op Twitter, ik zeg je, die man is gek. En gevaarlijk, want hij draait eigenhandig alles wat Obama heeft opgebouwd, de nek om. Snap jij die mensen die op hem gestemd hebben?'

Tara schudde haar hoofd. 'Onbegrijpelijk dat hij aan de macht is gekomen.'

'Precies,' beaamde Carlo, 'die man heeft zo veel bizarre ideeën. Hij wil een muur bouwen tussen de vs en Mexico en Mexico voor de kosten laten opdraaien. Haha! Dat lukt nooit.' Hoofdschuddend zette hij zijn kommetje aan zijn mond om het laatste beetje noedelsoep weg te slurpen.

Bij de gedachte aan Mexico sloeg Tara's hart over. Morgen kwam het erop aan. Dan moest Benno haar plan goedkeuren. Bij groen licht reisde ze zo snel mogelijk af. Naar tante Olivia, die vanmorgen na een paar minuten spraakverwarring de verbinding had verbroken. Ze verstond geen woord Engels en er was kennelijk niemand in de buurt om haar te helpen. Op haar beurt kwam Tara in het Spaans niet ver, ook niet met de vertaalde vragenlijst van Yvonne, en moest ze het doen met de weinig verrassende constatering dat 'Diego, sí Diego!' voor Olivia geen onbekende was. Het was zaak in Mexico een tolk te vinden die hun gesprek ter plekke kon vertalen, anders had een bezoek aan deze vrouw geen zin. Dat was ongetwijfeld snel te regelen. Ondertussen zou Carlo vast weer voor Huub zorgen, dus er was niets wat haar nog tegenhield. Ze kon niet wachten om Diego achterna te gaan en hem te zoeken. Misschien lukte het haar hem te overtuigen mee terug te komen. Hij zou zijn kinderen toch ook missen? Zijn werk? Haar? Resoluut duwde ze haar stoel naar achteren. Ze wilde niet meer nadenken, het was tijd voor actie.

'Kom we gaan,' zei ze, 'ik snak naar koffie en een sigaret.'

5

De volgende dag was Jay Jennings al vroeg uit de veren. Om acht uur had hij zijn vaste ronde van vijftien kilometer al gerend en zat hij gedoucht en aangekleed in de tuin aan zijn ontbijt. Aan de kracht van de zon op zijn gladgeschoren schedel voelde hij dat het een hete dag zou worden. Hij was het gewend. Meer dan de helft van zijn leven had hij in Key West, Florida gewoond, waar de gemiddelde temperatuur in de zomer niet onder de achtentwintig graden Celsius kwam. Het had jaren geduurd voor hij de seizoenen in Nederland leerde waarderen. Uiteindelijk was hij de charme van de herfst en de winter gaan inzien, maar in de warmte van vandaag voelde hij zich nog steeds beter thuis. Hij verzette zich tegen de aandrang om de mouwen van zijn kraakheldere overhemd op te stropen en hief zijn gezicht met gesloten ogen naar de zon. Een toepasselijke hitte, bedacht hij, een mooie opmaat naar morgen. Zijn koffer stond ingepakt in de hal, de tickets lagen klaar. Twee stuks maar, minder dan gebruikelijk. Hij vond het prettig: minder mensen om op te letten betekende minder afleiding en risico. Want dat deze operatie riskant was, stond buiten kijf. Hij had er lang over nagedacht en het er uitvoerig met Carina over gehad. Voor zover mogelijk uiteraard, want er was veel dat hij niet kon zeggen. Hoe minder ze wist, hoe beter het was voor haar eigen veiligheid en voor die van Ben en Thomas. Maar ze waren het eens geworden, dit was de laatste keer. Nog één klus voor hij een punt zette achter de carrière die hem zo veel had gebracht. Eind dit jaar zou hij vijftig worden. Ben begon over een paar weken op de middelbare school en als Thomas zo doorging op de atletiekbaan zou hij ongetwijfeld in aanmerking komen voor de selectie. Ze deden het fantastisch, zijn jongens. Hij wilde vaker bij hen zijn, met hen sporten en samen op vakantie. Ook daarom was het mooi geweest. Na deze klus was er meer dan genoeg geld om te stoppen.

De uitnodiging van het ministerie had hem in eerste instantie niet verbaasd. Er waren vaker gesprekken geweest met de hoogste ambtenaren van Justitie. Maar toen dit keer de minister zelf aanwezig was en ook zijn collega van Buitenlandse Zaken aanschoof, begreep Jay dat er meer op het spel stond dan ooit tevoren. Een klapstuk, hadden ze het genoemd. En, als alles goed ging, de spectaculaire ontknoping van een jarenlange jacht op de kopstukken van de grootste criminele organisatie die Nederland ooit gekend had. Hier hing veel van af. Er was voor miljoenen belastinggeld in gestoken, waarvoor verantwoording moest worden afgelegd. Bij een overwinning zou er geen haan kraaien naar al dat geld, maar liep het fout, dan waren de ministers en de politietop hun posities niet zeker. Zo werd het niet letterlijk gesteld, maar hij was niet dom. De druk was gigantisch en de stress stroomde haast zichtbaar uit de poriën van de politici. Het overleg nam twintig minuten in beslag. Daarna stond hij buiten met de belofte van een bonus met zes nullen in zijn binnenzak.

Jay dronk zijn glas versgeperst grapefruitsap leeg en wandelde over het gazon naar de bosrand die de tuin begrensde. Hij draaide om en aanschouwde het door hemzelf ontworpen landhuis, dat hij zes jaar geleden had laten bouwen. Zijn werk had hem geen windeieren gelegd. Met zijn gezin leidde hij een leven in luxe. Nog één klus en dan was er voldoende om zijn kinderen hetzelfde leven te kunnen geven. Tussen de openslaande tuindeuren schoof Carina de licht wapperende vitrage opzij. Nog steeds kon haar uitzonderlijke schoonheid hem de adem benemen. Ze glimlachte toen ze hem zag en liep blootsvoets naar hem toe. Hij zuchtte, wilde niet weg, er was te veel om voor thuis te blijven. Toch zou hij binnen een etmaal vertrekken. Bijna alle voorbereidingen waren getroffen, op één gesprek na.

6

Ruim voor drie uur die middag ijsbeerde Tara al minstens een kwartier ongedurig voor de deur van Benno's kantoor. Hyper van de cafeïne had ze op dubbel vermogen op haar toetsenbord zitten raggen, zodat ze niet alleen haar werk van die dag af had, maar ook twee verhalen voor op de plank. De zogenoemde plank was een verzamelbak van tijdloze verhalen die werden ingezet als er onvoldoende kopij was om de krant te vullen, wat in de zomer vaker voorkwam, of als plots een ingepland verhaal wegviel vanwege veranderingen in de actualiteit. Daarna had ze haar inbox zo ver mogelijk opgeschoond. Ze was klaar voor vertrek, toestemming van haar chef was alles wat ze nu nog nodig had. Gaf hij die niet, dan bleef ze hier.

Het brak haar hart, maar na een nacht piekeren wist ze het zeker. Haar baan bij *De Dageraad* was haar redding geweest. Als Benno haar niet had aangenomen, zat ze nu misschien nog steeds tussen de krakers haar dagen te vullen met drank, joints en wie weet wat nog meer. Dit was geen gewone baan, dit was haar leven, en ze was niet bereid dat op het spel te zetten voor een zoektocht naar een man die misschien niet eens gevonden wilde worden. Diego had het recht zijn eigen keuzes te maken. Dat hij afscheid had genomen van zijn baan en zijn vrouw, kon ze begrijpen. Meer moeite had ze met zijn beslissing ook het contact met zijn kinderen te verbreken. Maar het was niet aan haar daar een oordeel over te vellen. Als hij het zo wilde, en misschien veranderde het in de toekomst nog, dan moest ze dat accepteren. Hoe pijnlijk dat ook was.

Ze schrok toen opeens de deur openzwaaide en Benno verscheen. Met een ernstig gezicht wenkte hij haar binnen. Ze knikte en stapte met grote passen zijn kantoor in. Ondanks haar beslissing van die nacht was ze vastbesloten alles uit de kast te halen om toestemming te krijgen voor haar reis. Midden in de ruimte stond ze abrupt stil. Er was nog iemand in de kamer, een onbekende man met een kale kop en lichtgrijze ogen, waarmee hij dwars door haar heen leek te kijken. Tara had een sterke intuïtie, haar eerste indruk van iemand bleek later vaak te kloppen, maar bij deze man lieten haar zintuigen haar in de steek. Hij leek niet onvriendelijk, maar heel sympathiek oogde hij ook niet. De brede schouders en spierbundels onder zijn witte overhemd lieten zien dat hij in vorm was, maar extreem atletisch kon ze hem niet noemen. Zijn kledingstijl was net en onopvallend; met zijn spijkerbroek en zwarte veterschoenen zou hij nergens echt uit de toon te vallen. Opvallende sieraden ontbraken, zelfs een horloge droeg hij niet. Het was alsof er een waas van neutraliteit over hem hing die hem onzichtbaar maakte, bedacht Tara. Niet-begrijpend keek ze Benno aan terwijl die plaatsnam in zijn fauteuil achter het bureau.

'Tara, dit is Jay Jennings. Ik weet dat ik je overval, want dit was niet zo met je afgesproken, maar dit gesprek hebben we met zijn drieën. Ga zitten.' En hij wees op de stoelen tegenover hem.

Met duidelijke tegenzin nam Tara plaats. Wat dit was wist ze niet, maar het zinde haar voor geen meter. Ze was gekomen om haar reisverzoek in te dienen en dat moest nu wachten. Als die vreemde gast in de kamer, die niet eens zijn hand had uitgestoken om kennis te maken, roet in het eten kwam gooien, zou hij het weten. Ze sloeg haar armen over elkaar en beet op haar onderlip. Jay schoof de stoel naast haar naar achteren en ging ook zitten. Beiden wachtten af tot Benno het woord weer nam.

'Jay is een oude vriend van me,' begon hij. 'Je weet misschien dat ik jaren geleden een tijd in Amerika heb gewerkt, bij een radiostation in Pensacola, en daar was Jay een van mijn... noem het "collega's". Hij is geboren en getogen in Florida, maar woont al ruim vijfentwintig jaar in Nederland. De liefde heeft hem hier gebracht.' Benno glimlachte kort, maar zag aan de serieuze gezichten tegenover hem dat hij beter door kon praten. 'We hebben slechts een paar maanden samengewerkt, maar het contact is gebleven.'

Hier stopte hij even om op te staan en naar het raam te lopen. Met zijn handen in de zakken van zijn pantalon leek hij na te denken over een juiste formulering. Toen draaide hij zich om en richtte zich tot Tara.

'Laat ik niet om de zaken heen draaien... Jay is undercoveragent. Hij heeft voor verschillende internationale inlichtingendiensten gewerkt en kan daar om vanzelfsprekende redenen niets over vertellen. Op dit moment werkt hij namens de AIVD aan een klus voor een hooggeplaatste instantie in ons land.'

Tara blikte kort opzij en begreep waarom ze de man niet had kunnen peilen. In zijn werk was het vermogen om 'onzichtbaar' te zijn van levensbelang. Internationale inlichtingendiensten... de CIA, de Mossad, MI6? Zat 007 naast haar op de stoel? Hoewel ze moest toegeven dat haar interesse gewekt was – want wat deed die vent hier en wat wilde hij van haar? – bleef ze stoïcijns kijken. Zo snel wilde ze niet onder de indruk lijken.

'Goed,' vervolgde Benno, ietwat aarzelend nu, 'voor die hooggeplaatste instantie dus, die noemde ik net al, eh, moet Jay op reis. Tijdelijk, een paar weken, misschien een maand maximaal, moeilijk te zeggen, omdat het afhangt van de situatie. Maar wat is het geval? Voor zijn opdracht is het nodig dat hij vergezeld wordt door iemand die kan schrijven. Jay heeft mij gevraagd of ik iemand wist, en ik dacht aan jou.'

Met een gespannen lach keek hij naar Tara, die zich nu zo ongemakkelijk voelde dat blijven zitten niet meer mogelijk was. Ze sprong op en ging achter haar stoel staan, maar zei nog steeds niets.

'Ik overval je hiermee, ik weet het,' verontschuldigde Benno zich, 'maar zie het zo: dit hoort gewoon bij je werk. Een trip naar het buitenland, verslaglegging voor een opdrachtgever en daarna, pas wanneer de zaak gesloten is, een prachtige reportage in onze krant. En ja... het is wat kort dag, jullie vertrekken morgenvroeg, de tickets liggen klaar.'

Als door een wesp gestoken draaide Tara zich om. 'Morgenvroeg?!'

'Dat is toch wel te regelen? Ik dacht juist aan jou vanwege je... flexibele thuissituatie.' Benno kleurde licht.

'Om een beetje te notuleren wat James Bond hier meemaakt? Daar heb je mij toch niet voor nodig? Stuur een secretaresse mee.' Ze was woest. Ze hield er helemaal niet van als anderen beslissingen voor haar namen waarin ze niet gekend was. Als er zaken werden verondersteld, terwijl niemand om haar mening had gevraagd.

'Tara...' sputterde Benno, 'wees redelijk. Dit wijkt misschien af van je reguliere werkzaamheden en normaal gesproken had ik je eerder ingelicht, maar dat kon niet. Dit is een geheime opdracht die met uiterste discretie behandeld moet worden. Slechts een paar mensen weten ervan en daar ben jij er nu een van.'

'Ik weet verdomme helemaal niks! Ik weet niet eens waar je denkt dat ik naartoe moet!'

'Mexico,' zei Benno kortaf. 'De opdracht speelt in Mexico.'

Tara stond perplex. Met grote ogen staarde ze haar baas aan, terwijl ze zijn laatste antwoord langzaam liet bezinken. Opeens stond Jay op. Zo vlakbij torende hij een stuk boven haar uit en ze moest omhoogkijken om zijn blik te vangen. Een paar tellen deed hij niets en op de een of andere manier had de rust die hij uitstraalde effect op haar. Ze voelde de ergste verontwaardiging zakken.

'Over welke hooggeplaatste instantie hebben we het?' vroeg ze recht op de man af.

'Het zijn er twee: de ministeries van Justitie en Buitenlandse Zaken,' antwoordde Jay. Zijn stem klonk zacht maar zelfverzekerd.

'Je vergoeding voor deze opdracht wordt door hen betaald,' vulde Benno aan, 'en de krant krijgt een compensatie voor jouw afwezigheid.'

Tara negeerde die laatste opmerking en concentreerde zich volledig op Jay. 'Wat is je opdracht?'

'Ik ben geïnfiltreerd in een criminele motorbende die internationaal opereert. Er zijn afdelingen in verschillende landen, ook hier, maar het hoofdkantoor zit in Noord-Mexico. Daar woont de leider, een geboren en getogen Nederlander. De autoriteiten werken samen om hem, en daarmee mogelijk een groot deel van de organisatie, ten val te brengen. We hebben aanleiding om aan te nemen dat dat op korte termijn kan lukken. Ik heb iemand nodig die stand-by is en informatie door kan spelen, van de opdrachtgevers naar mij en vice versa. Benno dacht aan jou.'

Tara was haar verontwaardiging nu totaal vergeten. Dit verhaal raakte haar journalistieke hart en ze hing aan Jays lippen. 'Welke motorbende?' vroeg ze.

'Escorpiones.'

Op de achtergrond slikte Benno hoorbaar. 'Dit is een gevaarlijke opdracht,' zei hij ernstig. 'Vreemd genoeg is dat ook een reden om jou voor te dragen. Je hebt in het verleden meermaals bewezen dat je je mannetje staat. Jay zal er alles aan doen om je te beschermen, maar het spreekt voor zich dat je ook zelf goed uitkijkt en geen onnodige risico's neemt.'

'Waarom neem je niet een van je eigen collega's mee? Waarom

een journalist?' Tara keek van Jay naar Benno en zag dat de mannen een blik van verstandhouding wisselden. Voor ze opnieuw op kon vlammen, snoerde Jay haar de mond.

'Dat kan ik nu niet vertellen.' Hij trok een wenkbrauw op en keek haar recht in haar ogen. 'Ik begrijp dat je meer wilt weten, maar dit is het voor nu. In deze zaak draait alles om vertrouwen.' Hij pauzeerde kort en sloot zijn betoog met een simpel: 'Ik zou het op prijs stellen als je meegaat.'

Benno ging naast hem staan en vouwde zijn handen tegen elkaar. 'Er liggen twee vliegtickets naar Mexico-Stad klaar. Het is aan jou Tara: kunnen we op je rekenen?'

Tara gaf geen krimp, maar vanbinnen juichte ze. Dit kon bijna niet mooier, deze reis werd haar in de schoot geworpen. Mexico-Stad was ook Diego's eerste stop geweest. Van daaruit was hij naar zijn familie in het zuiden getrokken. Als ze met hulp van zijn tante zijn reisroute kon achterhalen, was er een kans dat ze hem vond. Hoe ze haar zoektocht ging combineren met de opdracht van Jay zou ze ter plekke moeten uitvogelen, maar dit aanbod was te goed om te laten schieten. Niet alleen kon ze Diego zoeken, als alles goed verliep werkte ze ook nog mee aan het journalistieke verhaal van het jaar. Ze knikte.

Benno schonk haar een dankbare glimlach. 'Ik wist het.' Tevreden liep hij terug naar zijn bureau. 'Ik pak even wat spullen, zodat jullie deze ruimte kunnen gebruiken om verder te praten en afspraken te maken. Jouw werk moet onder je collega's verdeeld worden, Tara, en mogelijk huren we iemand in. Dat doe ik, daar hoef jij niet naar om te kijken.'

Duidelijk opgetogen keek hij haar aan. 'Gisteren wilde je me iets vragen. Wat was dat?'

Tara schudde haar hoofd. 'Laat maar,' zei ze, 'ik heb mijn antwoord al.'

7

Carlo liep niet bepaald over van enthousiasme toen Tara met Huub, zijn mand en een emmer hondenbrokken bij hem op de stoep stond. 'Drie weken? Dat is niet tof, Tara,' zei hij met een strak gezicht.

'Misschien maar twee,' drong Tara aan, terwijl ze naar binnen liepen en Carlo de emmer van haar overnam. 'Ik breng hem liever niet naar een kennel, áls ik daar op deze korte termijn al terecht zou kunnen, en hij kent jou goed.'

Carlo zakte door zijn knieën en aaide Huub achter zijn oren. De hond ging onmiddellijk liggen en draaide zich op zijn rug, voor een kroelpartij was hij wel te porren. 'Ja, jij weet het mooi te brengen. Moet het vrouwtje weg, jongen? Laat ze jou alleen?'

Met een licht schuldgevoel bekeek Tara het tafereel. Carlo was gek op dieren, hij werkte er dagelijks mee, maar hij vond het vreselijk een huisdier urenlang alleen thuis te laten. Dat was ook de reden waarom hij er zelf geen had. 'Wat ga je precies doen daar, behalve taco's eten?' vroeg hij, haar blik ontwijkend.

Tara trok een grimas. 'Ik mag er niets over zeggen. Het is een geheime opdracht... sorry.'

Carlo snoof. Hij stond op, zette zijn handen in zijn zij en dacht even na. 'Oké, als je belooft dat je zo snel mogelijk terugkomt. Misschien kan ik hem een paar keer meenemen naar mijn werk, dan is hij niet zo lang alleen.'

'Super, bedankt!' Ze gaf hem een vluchtige kus op zijn wang.

'Ik app je.' Na een laatste stevige knuffel voor Huub moest ze zich inhouden om niet het huis uit te rennen. Dit was voor nu de beste oplossing, maar helemaal fair voelde het niet. Wat Carlo's verwachtingen van haar precies waren had hij nooit uitgesproken, maar ze zou er niet aan kunnen voldoen. Onderweg naar huis besloot ze dat ze hun relatie, of wat daarvoor doorging, de komende weken tegen het licht zou houden. Minder eenzaam zijn was fijn, maar niet als dat betekende dat ze daarvoor iemand aan het lijntje hield. Dat verdiende Carlo niet.

Ze parkeerde haar bus voor het appartementencomplex dat ze al zeven jaar haar thuis noemde. Het was niet groot en niet chic, maar het multicultibuurtje waarin het stond beviel goed en zowel haar werk als de boksschool lagen op een steenworp afstand. Terwijl ze bedacht welke spullen ze mee moest nemen op reis, botste ze in het trappenhuis tegen Yvonne op. Die sloeg een kreet en deinsde geschrokken achteruit. Het roze joggingpak van de vorige keer was verruild voor een lubberende legging en een morsig vest. De slierten haar om haar gezicht leken in de tussentijd niet gewassen en haar ogen stonden flets.

'Tara...' prevelde ze, 'ik kwam naar je toe.'

Tara zag hoe ze trilde en voelde een zweem van medelijden. Ze mocht het dan niet eens zijn geweest met Yvonnes gedrag ten opzichte van Diego, maar het was overduidelijk dat het nu niet goed met haar ging. Leed ze zo onder zijn afwezigheid dat ze niet meer voor zichzelf kon zorgen? Hoe zou het met Nona en Max gaan?

'Heb je mijn bericht gehad?' vroeg Tara. Na haar gesprek met Jay had ze Yvonne een mailtje gestuurd om te zeggen dat ze naar Mexico vertrok. De ware aanleiding daarvoor liet ze in het midden.

Yvonne sloeg haar handen voor haar gezicht en liet zich huilend tegen de muur zakken. 'Ja... je gaat... dank je wel... dat is zo fijn.'

Ze snikte nu ongecontroleerd en wreef hardhandig in haar ogen. Dat moest pijn doen, al leek ze het zelf niet te voelen.

Tara kon het niet aanzien. Ze greep de vrouw bij haar polsen en keek haar indringend aan. 'Stop daarmee, je beschadigt je ogen,' zei ze streng. 'Luister: ga naar huis, neem een douche en eet wat. Je moet voor jezelf zorgen, anders gaan je kinderen er ook aan onderdoor. Wil je dat ze in een pleeggezin terechtkomen? Geloof mij, dat is geen pretje!' Onbedoeld werd ze toch weer kwaad. Als ze ergens niet tegen kon was het slachtoffergedrag en daar leek Yvonne nu het schoolvoorbeeld van. 'Lap jezelf op en breng je kinderen naar school, kom op! Aan dit gejank heeft niemand iets. Ik ga naar Mexico en breng Diego terug, hoor je? Zeg dat maar tegen je kinderen.'

Tara's ferme toon bracht Yvonne bij haar positieven. Met haar mouw wreef ze haar gezicht droog. Ietwat bedremmeld graaide ze in een zak van haar vest, waarna ze Tara een plastic hoesje gaf. Die sloeg het open en zag een kleurenfoto van Nona en Max, twee guitige snoetjes naast elkaar in een tuinstoel. Onmiskenbaar een tweeling, met de ogen van hun moeder en de getinte huid en het donkere haar van Diego, een knap koppel.

'Wil je deze aan hem geven, als je hem vindt?' vroeg Yvonne. Tara zag dat ze moeite deed haar tranen weg te slikken. 'Ik heb hem vorige week gemaakt. Op hun vierde verjaardag. Hij heeft niet gebeld om ze te feliciteren, er was geen kaart, geen mail, niks. Ze hebben gewacht tot ze naar bed moesten... maar papa bleef weg... en ik kon het niet uitleggen.'

8

Met gesloten ogen en zijn handen op zijn borst gevouwen, leunde Jay Jennings achterover in de vliegtuigstoel. Hij sliep niet, maar wekte graag die indruk zodat hij in alle rust na kon denken. Nu ging dat nog. Zodra hij het comfort van de businessclass zou verlaten en hij voet zette op Mexicaanse bodem, was het met de rust gedaan. Inmiddels wist hij niet beter, maar de eerste keer dat hij Midden-Amerika bezocht, duurde het wel even voor hij gewend was aan zijn 'tweede leven'. Hij was nog maar een broekie toen hij op de militaire academie in Miami werd gescout. Twee mannen, die hij daarna nooit meer zag, vroegen of hij interesse had in een geheime opdracht in El Salvador. Hij zou deel uitmaken van een klein observatieteam dat een drugstransport moest volgen. Het ging erom de exacte route door het land vast te leggen, zodat die informatie in een later stadium gebruikt kon worden in de aanpak tegen meerdere drugskartels. Het avontuur lonkte en nog geen drie dagen later lag hij op zijn buik in het woud bij de Santa Ana-vulkaan een jeep te bespioneren. Met twee ervaren collega's doorkruiste hij het land en bracht hij nauwgezet de route in kaart. Slapen deden ze om de beurt, in de auto buiten en een enkele keer in een hutje, waar een local hen met een maaltijd, water en proviand voor onderweg ontving, om er daarna rap vandoor te gaan. De onderlinge sfeer was er een van vriendschap, in dit werk moest je volledig op elkaar kunnen vertrouwen, maar persoonlijk werd het nooit. Praten over jezelf en je familie was een doodzonde, dus ging het meestal over sport, seks en televisie. De relatief eenvoudige klus bleek een testcase, die hij blijkbaar goed doorstond, want daarna bleven de opdrachten komen. De meeste in Midden- en Zuid-Amerika, maar ook in Noord-Amerika en Azië was hij actief. Na zijn verhuizing naar Nederland, waar hij trouwde met Carina, werkte hij lange tijd binnen Europa, totdat hij gevraagd werd te infiltreren in Escorpiones, nu drieënhalf jaar geleden.

Die klus had hij als broekie absoluut niet overleefd. Undercoverwerk vereiste al een flink aantal competenties, waarvoor slechts weinigen geschikt waren, maar daarbinnen vormden infiltraties weer een geheel eigen categorie. Jay was intelligent, vindingrijk en extreem koelbloedig, maar bezat ook het vermogen zijn eigen persoonlijkheid uit te wissen en zich te transformeren tot een ander mens. Hij was een kameleon en zonder die specifieke eigenschap zou het hem nooit gelukt zijn door te dringen tot de kern van deze zeer gewelddadige motorbende.

Escorpiones ontstond eind jaren zestig in San Diego, Californië, als afsplitsing van de befaamde Hells Angels Motorcycle Club, en wisselde de eerste jaren een aantal maal van voorman. Het bleef een relatief kleine vereniging totdat in 1985 een Mexicaan, Julio César Castillo, het roer overnam en het hoofdkantoor verplaatste naar Mexico-Stad. In deze metropool maakte de club een enorme groei door. Er ontstonden afdelingen, *chapters,* in naburige landen en in het begin van deze eeuw streefde Escorpiones de Hells Angels in ledental zelfs voorbij. Onderlinge ruzies en een toenemend strenge aanpak van politie en justitie brachten dat ledenaantal weer omlaag. De afgelopen acht jaar waren de Angels opnieuw de grootste, maar Escorpiones telde over de hele wereld nog altijd duizenden aanhangers. Niet alle chapters waren even actief, maar die in Mexico, Argentinië, Californië, Duitsland, Nederland en België lieten regelmatig van zich horen en zelden in positieve zin. Met de handel in verdovende middelen, prostitutie, moord en doodslag was de motorclub verworden tot een wijdvertakte criminele organisatie, met aan het hoofd een Nederlander.

Zes keer had Jay hem nu ontmoet: Koos Korevaar, alias Kay-Kay, alias El Capitan. Hij maakte alle clichés waar: een boom van een vent, met kolossale armen en handen, een speknek en een kale kop. Tientallen kleurrijke tatoeages bedekten zijn zongebruinde huid en op zijn rug prijkte in zwarte inkt het clublogo: twee naar elkaar gerichte schorpioenen met hun gifstekels strijdlustig omhoog. Hoewel nooit bewezen, ging het gerucht dat hij degene was die Castillo de keel had doorgesneden. Direct na diens begrafenis, waarbij leden vanuit alle chapters aanwezig waren, riep hij zichzelf uit tot nieuwe leider en er was niemand die hem tegenhield. Als El Capitan verhuisde hij het hoofdkantoor van Mexico-Stad naar een afgelegen plek in de Chihuahuawoestijn. Het zandpad ernaartoe liet hij asfalteren, zodat zijn zelfgeschapen oase per motor goed bereikbaar was. Ver weg van politie en concurrerende drugsbazen voerde hij een waar schrikbewind; tegenspraak werd in de kiem gesmoord en wie het waagde hem of zijn club een strobreed in de weg te leggen, moest het met de dood bekopen. Er waren gevallen bekend waarin een 'verrader' aanvankelijk werd gespaard om te aanschouwen hoe diens gezinsleden in hun eigen huis werden opgesloten. Pas wanneer een brandbom het huis met alle aanwezigen erin volledig had vernietigd, kreeg de verrader een revolver om een einde aan zijn eigen leven te maken.

Koos Korevaar was een monster eerste klas. Dat hij nog niet was omgelegd of achter slot en grendel zat, was aan twee dingen te wijten. Ten eerste scheet iedereen in zijn broek als ze ook maar in zijn buurt kwamen en ten tweede had hij het overgrote deel van de Mexicaanse politie en justitie in zijn zak. Vanuit het clubhuis in de Chihuahuawoestijn, in het noorden van Mexico, veroorzaakte hij niets dan ellende en daar moest koste wat kost een eind aan gemaakt worden. Aldus besloten de internationaal samenwerkende autoriteiten, met de Nederlandse ministeries van Justitie en Buitenlandse Zaken voorop. Korevaar had immers de Nederlandse nationaliteit. Bovendien bezorgde het zeer actieve chapter Breda de landelijke politiedienst meer werk dan die aankon en was de hoop erop gericht dat een einde aan het leiderschap van Korevaar ook meer rust zou brengen in de lokale afdelingen.

Jay keek ernaar uit. Een mooiere afsluiting van zijn undercovercarrière kon hij zich niet voorstellen. Ze hadden gevraagd of hij langer wilde blijven; er waren klussen genoeg, maar zijn besluit stond vast. Met de val van Korevaar en Escorpiones zou een langgekoesterde wens in vervulling komen, niets kon dat overtreffen. Deze opdracht was de bekroning van een fantastische loopbaan. Daar ging hij eerst flink van genieten, samen met zijn gezin. Wat er daarna op zijn pad kwam, zou hij wel zien.

Tussen zijn wimpers door zag Jay hoe Tara aan de andere zijde van het gangpad verdiept was in het dossier, verhuld in een neutrale kaft, de cola en sandwich op het tafeltje nog onaangetast. Hij hoopte dat hij een verstandige keuze had gemaakt, al bleef het een gok. Hij had haar al langer in de smiezen: drie jaar geleden op Aruba maakte ze al indruk, maar toen durfde hij het nog niet aan. Te jong, te onervaren. Zou ze er nu klaar voor zijn? Jammer dat hij Benno voor had moeten liegen, maar het kon niet anders. Als zijn oude vriend precies wist wat zijn bedoeling was en wat er op het spel stond, had hij Tara nooit laten gaan.

9

Het werd al donker toen de kleine Chico de caravan uit sloop. De vorige dagen was hij vertrokken toen de avondzon het woestijnzand nog een oranje gloed gaf, maar er was vandaag zo veel werk geweest dat hij pas laat terugkwam. Daarna moest hij wachten tot de oude man in slaap viel. Ging hij te vroeg, en zag de man hem gaan, dan schreeuwde die moord en brand, stond in no time het halve trailerpark binnen en kon hij helemaal niet meer weg. Hij verbleef nu al een tijdje bij de oude Dimitri en hoewel de zware lijfgeur van zijn gastheer, die zich zelden waste, hem soms zo misselijk maakte dat hij braakneigingen kreeg, was het er beter dan buiten. Bijna dagelijks kreeg hij te eten en had hij een bed of een bank, afhankelijk van de plek die Dimitri uitkoos om te crashen, maar bovenal was het er dankzij een roestig petroleumkacheltje niet koud. Overdag brandde de zon op zijn huid, maar 's nachts koelde het af, soms tot ver onder nul en dan bibberde hij zo hevig dat slapen niet ging.

Chico ontmoette Dimitri min of meer bij toeval. Toen de oude man een week of vier terug 's nachts naar buiten liep om te pissen, struikelde hij over de jongen, die zich tegen zijn oude jeep in een stuk zeil had gewikkeld, zijn lippen blauw van de kou. Zonder veel poespas had Dimitri hem mee naar binnen genomen en in bed gelegd. Sindsdien was er tussen hen een vreemd soort relatie ontstaan. De drank maakte de man onvoorspelbaar, waardoor hij de ene keer lief en zorgzaam was en er een bord warm eten stond als Chico terugkwam van zijn werk. Terwijl de jongen at, vertelde hij verhalen uit zijn eigen jeugd of speelde op zijn viool of mondharmonica. De dag erop kon het totaal anders zijn: dan schold hij de jongen uit voor schooier en moest die bukken om zijn vuist te ontwijken. Chico was snel en had al vroeg geleerd ogen in zijn achterhoofd te hebben, waardoor het aantal blauwe plekken meeviel. Vandaag was een goede dag en stond er na zijn werk een tortilla met maïs en gehakt voor hem klaar. Het glas schraal bier schoof hij naar zijn gastheer toe, die met een fles goedkope mescal in zijn hand op de bank hing, zijn ogen al halfdicht. Toch duurde het nog een uur voor de jongen ongezien weg kon glippen.

De caravan van *el extranjero*, de vreemdeling, stond een paar honderd meter buiten het park. Voordat Chico in Dimitri's caravan werd uitgenodigd, dwaalde hij 's nachts rond om de kou tegen te gaan, en algauw kende hij het terrein als zijn broekzak. De tweeënzestig stacaravans, waarvan zeven zonder bewoners, vormden een klein dorp in de zandbak, de grootste woestijn van Mexico. Even buiten het kamp stonden twee vervallen woonwagens: de ene in feite niet meer dan een frame, waaruit zelfs de deur gesloopt was om op te stoken, maar de andere nog redelijk intact. Een groot kettingslot op de deur hield ongenode gasten buiten. Tijdens een van zijn nachtelijke wandelingen hoorde Chico een vreemd geluid uit de woonwagen komen. Voorzichtig was hij naar de achterkant geslopen, waar hij een paar houten kratjes op elkaar stapelde om door het raam te kunnen spieken. Hij schrok zich wild. In het zwakke schijnsel van een petroleumlamp lag een naakte man op een matras op de grond. De man trilde enorm en het zweet gutste van zijn voorhoofd. Kermend sloeg hij een laken om zich heen, om het bijna direct weer van zich af te duwen. Opeens zette de man in paniek een plastic waterfles aan zijn mond, maar die was leeg. In een poging er nog een laatste druppeltje uit te krijgen, had hij de fles zo wild op en neer geschud dat zijn bovenlip begon te bloeden. Hij likte het bloed op, liet de fles vallen en zakte uitgeput neer, te verzwakt om nog een vin te verroeren.

De volgende dag was Chico teruggegaan. Tijdens zijn werk kon hij aan niets anders denken en bij terugkomst sprong hij als eerste uit de laadbak van de pick-uptruck om een fles met water te vullen. Zodra de schemer viel durfde hij het aan en rende hij ongezien naar de woonwagen toe. Hij klom op de kratjes en schrok zich voor de tweede keer een ongeluk toen de man, nu rechtop in bed, hem verwilderd aanstaarde. Met zijn hart in zijn keel hield de jongen de waterfles voor het raam, maar de man reageerde nauwelijks. Bijna gaf Chico de moed op, tot de man langzaam zijn hand opstak en met een trillende vinger naar een ander, kleiner raampje wees. De jongen knikte, sprong van zijn kratjes af en verplaatste ze snel. Toen hij weer ging staan en aan het kunststof raampje voelde, begreep hij wat de man bedoelde. Als hij kracht zette, boog het raampje mee en ontstond er een kier. Na wat wrikken was de opening groot genoeg om de fles naar binnen te duwen. Gretig dook de man op de fles af en in minder dan geen tijd had hij hem halfleeg. Daarna goot hij een plens over zijn hoofd en wreef hij met twee handen door zijn gezicht. Het deed hem zichtbaar goed. Hij glimlachte en stak een duim omhoog. Sindsdien bracht de jongen hem elke dag water.

'*Hola*, Chico,' klonk het vanuit de caravan, zodra hij op de kratjes klom. De vreemdeling was altijd blij met zijn komst en dat gaf Chico een speciaal gevoel in zijn buik. Er was niemand die zijn naam met meer enthousiasme uitsprak. Of het zijn echte naam was, wist hij overigens niet, net zomin als hij wist hoe oud hij was of waar hij precies vandaan kwam. De mensen die hem van de straat hadden geplukt en naar dit trailerpark hadden gebracht, noemden hem Chico en dat beviel hem wel. Hij was immers een jongen, klein van stuk, waarschijnlijk niet ouder dan een jaar of zes. Een thuis had hij nooit gekend, voor zover hij wist was hij op de straat geboren. Er moest voor hem gezorgd zijn toen hij een baby was, maar daar herinnerde hij zich niets van. Vanaf de dag dat hij kon lopen redde hij zich met de andere kinderen van de straat, door samen te bedelen en eten te stelen op de markt. Lezen en schrijven kon hij niet, maar in overleven was hij een kei. Honger en kou kregen hem niet klein en hij voer blind op zijn instincten. Als hij het ergens niet vertrouwde, maakte hij dat hij wegkwam. Er was altijd een plek waar hij terechtkon, met mensen die het goed met hem voorhadden, zoals de vreemdeling in deze wagen.

'Hola,' groette hij terug, terwijl hij met twee handen het raam openduwde om zich daarna door de opening te wurmen. 'Ik ben laat vandaag, er was veel werk en Dimitri viel maar niet in slaap.'

'Geen probleem,' zei de man, die een morsig laken om zijn middel had geknoopt. Vandaag trilde hij hevig, maar het zweten viel mee. Chico wist inmiddels dat de conditie van de vreemdeling van dag tot dag kon variëren, net als bij Dimitri. Alleen werd de vreemdeling nooit boos op hem en sloeg hij niet, een belangrijk verschil.

'Ik ben blij dat je er bent. Ze zijn vandaag weer niet geweest, dat ruik je wel.' Met een vies gezicht knikte hij naar de emmer in de hoek. 'Heb je water?'

'Ja, en nog iets.' Chico grijnsde van oor tot oor toen hij de caravan in sprong en uit zijn zak een Snickers tevoorschijn haalde. Hij had die vandaag op de oever van de rivier gevonden, waarschijnlijk uit een van de toeristenboten gevallen en aangespoeld, en hem uit het zicht van de anderen in zijn zak gestoken.

'Dat meen je niet.' Verlekkerd keek de man naar de chocoladereep in de hand van de jongen. 'Wil je hem niet zelf?'

Chico schudde ferm zijn hoofd, maar toch gleed er een zweem van spijt over zijn gezicht.

‘We delen,’ besloot de man en voorzichtig brak hij de reep in tweeën. De jongen ging naast hem op het matras zitten en samen genoten ze in stilte. Nadat hij zijn laatste hap met een paar gulzige slokken water had weggespoeld, zakte de man op zijn zij en sloot zijn ogen. ‘Hier moet ik even van bekomen,’ zuchtte hij. ‘Vertel eens wat je gedaan hebt, Chico, hoe was het vandaag bij de rivier?’

De jongen vertelde en de man luisterde. Inmiddels was zijn Spaans zo goed dat hij de rappe tongval van Chico volledig kon volgen. En terwijl het duister de woonwagen langzaam omsloot, voerde de kinderstem hem ver weg van deze verrotte plek, over bergen en zeeën, naar een land waar hij ooit gelukkig was.

10

Vanuit het vliegtuigraampje had Tara al een indruk gekregen van de grootte van Mexico-Stad. Er leek geen einde te komen aan de zee van gebouwen, auto's verdrongen elkaar op de vijfbaanswegen en de zachtgele deken van smog benam haar bij voorbaat de adem. De stad besloeg achtduizend vierkante kilometer en huisde drieëntwintig miljoen inwoners. Als het niet om Diego ging, en om de geheime missie van Jay, was ze hier nooit vrijwillig naartoe gekomen. Ze was dan ook blij verrast toen ze de volgende ochtend haar hotel verliet en het er beneden een stuk uitnodigender uitzag dan van bovenaf. Een aangenaam ochtendzonnetje verlichtte een rij kleurige huizen en uit een van de openstaande ramen klonk muziek. Ondanks het vroege uur was er al aardig wat volk op de been. Het viel haar op dat de meeste mensen geen haast leken te hebben en, hoewel ze zelf geen oogcontact maakte, werd ze toch een paar keer vriendelijk begroet. Bij een kleine bakkerij kocht ze een koffie en een broodje en met haar telefoon als gids in haar hand volgde ze de route die ze had uitgestippeld.

Zoals afgesproken waren Jay en zij meteen na aankomst op het vliegveld ieder hun eigen weg gegaan. Tara had een taxi genomen naar de voor haar geboekte hotelkamer nabij een kleine haven en zou vandaag Jay weer ontmoeten, op een specifiek adres in het centrum van de stad. Het was een wandeling van ongeveer drie kwartier, die ze wilde gebruiken om een indruk te krijgen van het land waar Diego zich kennelijk zo thuis voelde. In ieder geval thuis genoeg om alle contacten met Nederland te verbreken. Ze keek haar ogen uit. De gekleurde gondels in de haven, de ontelbare barretjes en restaurants, de galerieën en musea en de onweerstaanbare geur van maïstortilla's in de straten; alles maakte een vrolijke en levendige indruk. De energie van deze stad was voelbaar, dat moest zelfs Tara toegeven, die een sceptische inborst had en al heel wat wereldsteden had gezien. Van de vermaarde criminaliteit merkte ze vooralsnog niets, maar ze wist ook dat de stad wijken kende waar je vooral 's avonds beter niet kon komen.

Na een klein half uur belandde ze op het beroemde Plaza Garibaldi, waar de mariachimuzikanten avond aan avond de toeristen vermaakten met hun levensliederen. In de ochtend werden de omliggende straten gebruikt als markt. Tara baande zich een weg langs de groente- en fruitkramen, de tacostalletjes en manden geroosterde sprinkhanen en vond de hoofdstraat die ze hebben moest. In de tweede smalle zijstraat spotte ze direct de garageboxen die Jay haar op een foto had laten zien. Ze keek op haar horloge, zag dat ze nog even moest wachten en stak een sigaret op. Uit haar zak diepte ze de aantekeningen op van de receptionist van het hotel. Hij had haar die ochtend geweldig geholpen door een telefoontje te plegen naar Olivia Martinez, Diego's tante. In een paar minuten lukte hem wat Tara eerder niet voor elkaar kreeg: ze vertelde hem welk reisplan Diego voor ogen had. Na zijn rondreis door het zuiden, waar hij haar in Mérida had opgezocht, wilde Diego via Puebla doorreizen naar Acapulco, aan de westkust van het land. Hoe snel hij daar zou komen, hing af van het werk dat hij onderweg kon vinden, want hij reisde met het openbaar vervoer en zijn geld was bijna op. Zijn tante had hem nog iets willen toestoppen, maar meer dan een tas met proviand nam hij niet van haar aan. Ze wist nog te vertellen dat een van haar buren Diego een lift naar het verderop gelegen Campeche had gegeven, maar daarmee hield het op. Hij had niets meer van zich laten horen en daar maakte ze zich zorgen over, want dat had hij wel toegezegd.

Peinzend staarde Tara naar het briefje. Jay had zijn exacte reisplan nog niet willen prijsgeven, maar dat zijn einddoel Chihuahua was, de locatie van waaruit Koos Korevaar zijn imperium bestierde, leek evident. Noordwaarts dus, terwijl Puebla op zo'n twee uur rijden ten zuiden van Mexico-Stad lag en Acapulco nog eens een kleine vijfhonderd kilometer verder, richting het zuidwesten. Dat werd een lastige combinatie. Tijd om er lang over na te denken had ze niet, want plots vulde een oorverdovend gebrul het smalle straatje en reed er een indrukwekkend grote motor op haar af. Zo snel ze kon drukte ze zich tegen een van de garageboxen aan. De motor minderde vaart en stopte op nog geen meter van haar vandaan. Verbijsterd liet Tara haar blik van de Harley-Davidson naar zijn berijder glijden, die de motor zachtjes liet draaien terwijl hij het riempje van zijn helm losgespte. Pas toen hij de helm van zijn hoofd trok, herkende ze hem. 'Jay!'

Hij lachte om haar verbaasde gezicht. '*That's me*,' knikte hij. In de zwarte laarzen, leren broek en dito hesje en met grote zegelringen om zijn vingers leek hij een ander mens. Tara keek gebiologeerd naar zijn gespierde armen, die van onder tot boven bedekt waren met tatoeages. Er zat er zelfs een in zijn nek.

'Die had je gisteren niet,' wees ze.

'Goed gezien, die is fake,' beaamde Jay. 'De rest heb ik al zolang als ik motor rijd, bijna dertig jaar.' Hij strekte zijn hand naar haar uit en gaf haar een sleutelring met twee sleutels. 'In garagebox zes, daar naast je, staat er ook een voor jou. Gebruik vandaag om aan dat ding te wennen, het moet eruitzien of je er al jaren op rijdt. En rust wat uit. Vanavond om elf uur treffen we elkaar hier opnieuw en rijden we naar het noorden. Het liefst rijd ik de hele nacht door, dat is het rustigst. Neem niet meer mee dan in de zadeltas past en geef de rest van je spullen in bewaring in het hotel. Die pikken we later op.'

Tara voelde de adrenaline door haar aderen razen. Ze stak haar duim omhoog en wachtte tot Jay zijn helm had opgezet, met zijn voet de versnelling aantikte, de gashendel opendraaide en de straat uit reed. Op zijn rug prijkten de twee rode schorpioenen uit het logo van Escorpiones.

Pas toen hij uit zicht verdween, stond ze de grijns toe die vanuit haar tenen leek te komen. Dit was haast te mooi om waar te zijn, alsof het tegelijk kerst en Sinterklaas was. In een paar passen stond ze voor box zes en na wat gerommel met de sleutels kon ze de garagedeur omhoogtrekken. Stuiterend van enthousiasme zag ze de Harley voor zich opdoemen. Ze had vaker motor gereden, maar een ritje op deze klassieker stond nog altijd op haar bucketlist. Gebukt glipte ze onder de deur door. Het was een beauty: glimmend zwart en wat kleiner van stuk dan die van Jay, perfect voor haar. Naast de motor stond een paar laarzen in haar maat en aan het stuur hing een helm. Ze borg haar kistjes, telefoon en rugzak in de zadeltas en stak de sleutel in het slot. De motor reageerde meteen. Gebruik vandaag om te wennen, had Jay gezegd. Dat zou ze zeker doen. Als het lukte de stad snel uit te komen, was ze rond het middaguur in Puebla.

11

De zon stond hoog aan de hemel toen Tara Puebla binnenreed. Rustig tufte ze naar het centrum om een veilige parkeerplaats voor haar motor te zoeken. Het was een zwaarder type dan ze gewend was te rijden, vóór ze haar chopper verruilde voor een bus waarin ze Huub ook kon vervoeren, maar door de lage zit toch prima beheersbaar. Dat 'wennen' had dan ook niet meer dan een paar minuten gekost en ze vond het nu al jammer dat ze de Harley straks weer moest inleveren.

Naast een plein dat was ingericht als een gigantisch schaakbord vond ze een ruime plek. Ze trok de helm van haar hoofd en haalde een hand door haar vochtige haren. Onderweg was de hitte beter te verdragen geweest dan hier in de stad. Ze trok haar capuchontrui uit, haar standaard outfit, en propte hem in de rugzak. Haar laarzen hield ze aan. Dat de komst van een knap roodharig grietje op een chique motor de aandacht had getrokken van een groep jongens op het plein, zag ze wel, maar het interesseerde haar niet. Ze had een duidelijk doel voor ogen en geen tijd te verliezen. Haar horloge klokte kwart voor een. Dat gaf haar maximaal zes uur om uit te vinden of Diego hier rondliep of dat gedaan had. Als ze voor zeven uur terugreed, was er voldoende tijd om nog langs het hotel te gaan en haar spullen af te geven, voordat ze aan de tocht met Jay begon. Slapen kwam later wel.

Omdat ze pas een paar uur wist dat Diego Puebla als mogelijke bestemming had genoemd en ze die uren op een motor had doorgebracht, was research er nog niet van gekomen. Een snelle check op haar telefoon leerde dat Puebla City de hoofdstad was van de gelijknamige staat en circa drie miljoen inwoners telde. Vanwege de rijke historie en architectuur, vooral barok en renaissance, had UNESCO de stad op de lijst van cultureel erfgoed geplaatst. Dat moest Diego getriggerd hebben, wist Tara. Zijn belangstelling voor cultuur en geschiedenis was groot. Als hij nu hier was zou hij de wetenswaardigheden uit zijn mouw schudden. Dat dit plein met het schaakbord, de fontein en de tientallen beelden, een *zócalo* was, bijvoorbeeld; zo werden de centraal gelegen pleinen in Mexicaanse steden genoemd. Ze vormden het religieuze, politieke en culturele hart van de stad en de bekendste lag in Mexico-Stad: dat was het Plaza de la Constitución.

Tara glimlachte triest. Was hij maar hier, dat was een stuk leuker. Dan ging hij ook mee met Jay en maakten ze samen een verhaal over die Korevaar met zijn criminele club. Ze was een goede journalist, maar Diego maakte haar beter. Zij was recht voor zijn raap, terwijl hij om het hoekje kon denken. Zijn originele insteken en zijn gedegen research tilden hun reportages steevast naar een hoger niveau. Dat hij dat had weggegooid door ontslag te nemen, deed nog steeds pijn. Het speet haar dat ze dat nooit had geuit. Nee, ze was juist een en al begrip geweest toen hij zijn keuze kenbaar maakte. Hij moest vooral doen wat hij zelf wilde en wat goed voelde, had ze gezegd. Hoe mis kon ze het hebben? Zijn ontslag was een enorme vergissing. De krant had hem nodig en zij ook. Om van zijn kinderen nog maar te zwijgen. Geïrriteerd trapte ze tegen een leeg blikje energiedrank op de grond. Ophouden met zeiken nu, Linders, sprak ze zichzelf toe, zoeken.

Eerst waren de uitzendbureaus aan de beurt. Diego had geld nodig, dus moest hij werken. Als ze ervan uitging dat hij alles aan zou pakken, was er een kans dat hij via een uitzendorganisatie een tijdelijke baan had gezocht. In haar telefoon maakte ze snel een lijst van alle bureaus in of nabij het centrum. Het waren er zestien, waarvan meer dan de helft zich specifiek richtte op de studenten van een van de vele hogescholen die Puebla rijk was. Als veertiger hoorde Diego niet meer tot die doelgroep en dus concentreerde ze zich op de overgebleven kantoren. Het eerste lag aan de overzijde van het plein. Met een vriendelijke lach op haar gezicht ging ze er binnen, een foto van haar voormalige collega op haar scherm. De medewerkers waren zeer behulpzaam, maar Diego kenden ze niet.

Drie uur later was haar lijstje afgewerkt en zij geen steek verder. De zon verbrandde haar blote schouders, haar keel voelde gortdroog aan en ook haar maag liet van zich horen. Sinds haar ontbijt had ze niet meer aan eten gedacht, maar als ze nu niet iets binnenkreeg, viel ze om. Bij een kraampje nabij het laatste uitzendbureau kocht ze een literfles water en wees ze naar twee broodjes die er acceptabel uitzagen. '*Molletes*,' legde de besnorde verkoper uit, 'met kaas, tomaat, bonen, ui en peper, een specialiteit!' Een soort pizza, begreep ze en ze knikte tevreden. Ze hield niet van koken en vond eten vaak een noodzakelijk kwaad. In het Thaise restaurant waar ze met Carlo kwam, zaten vaak grote groepen te eten. Mannen en vrouwen kletsten door elkaar heen, bestelden extra porties en vermaakten zich schijnbaar kostelijk. Dat had ze nooit begrepen. Gezelligheid aan tafel was voor haar iets uit haar vroegste jeugd en de herinneringen daaraan had ze diep weggestopt. Met een diepvriespizza in de oven was ze tenminste snel klaar, zodat ze dingen kon doen waar ze wel plezier in had: werken, boksen, of lopen met Huub.

Na haar laatste hap zette ze bij gebrek aan betere ideeën langzaam koers naar het centrale plein. Ze overwoog net om in de vele bars en restaurants te vragen of iemand Diego's foto herkende – misschien was hij er als barman of afwashulp aan de slag gegaan

–, toen haar aandacht werd getrokken door een aanplakbiljet op de deur van een fraai gedecoreerde kathedraal. De aankondiging van een sportevenement matchte niet met de statige sfeer van het gebouw en waarschijnlijk keek ze daardoor net iets langer. Op slag was ze de restaurants vergeten, hier had ze veel meer kans. Ze rende op het biljet af en griste haar telefoon tevoorschijn.

12

De grensstad Ciudad Juárez was beroemd om twee redenen die nauw met elkaar verweven waren. Ten eerste stond de stad, door de aanwezigheid van diverse drugskartels, bekend als zeer gevaarlijk. De voortdurende strijd tussen de kartels en de Mexicaanse regering zorgde voor een extreme mate van geweld. In 2008 en 2009 was Ciudad Juárez de moorddadigste stad ter wereld, met 1300 doden in 2008 en het dubbele het jaar daarop. De laatste jaren vond bijna een derde van alle drugsgerelateerde moorden in Mexico hier plaats.

De tweede reden voor roem betrof de 'rivier met de twee namen', die vanaf Ciudad Juárez de grens tussen de vs en Mexico markeerde. De Rio Grande ontsprong in de bergen van Colorado en liep via New Mexico naar het zuiden, waar hij tussen El Paso en Ciudad Juárez de grensrivier tussen beide landen werd. Onder zijn Mexicaanse naam, Rio Bravo, stroomde hij onder meer door Chihuahua en Nuevo Léon om uiteindelijk bij havenstad Brownsville uit te monden in de Golf van Mexico. Veel meer nog dan een grens vormde de rivier een drieduizend kilometer lange trekpleister voor iedereen die, om wat voor reden dan ook, de legale overgangen liever vermeed.

Alberto Maria Costa groeide op in een van de buitenwijken van Ciudad Juárez, met de rivier als constante aanwezige in zijn achtertuin. Zijn leven telde weinig zekerheden: een vader had hij nooit gekend, zijn oudere zus Sabrina vertrok al op jonge leeftijd naar

Mexico-Stad om daar in de prostitutie te belanden en echte vrienden had hij niet. Hij leefde met zijn moeder Gloria bij de rivier, ging naar school en probeerde weg te blijven van de misère, zoals Gloria het noemde: de drugs, de bendes en een vroege dood. Op de dag dat hij de *mezcaleria* naast de kerk in het centrum betrad, kwam aan dat leven een onomkeerbaar einde.

Wegblijven van de ellende was nutteloos; in Ciudad Juárez zocht de misère je op, of je wilde of niet. Dat was Alberto's conclusie, nadat hij het laatste gevecht met zijn aartsrivaal Alvarez, en vooral de afloop ervan, langdurig had geanalyseerd. Hij deed zijn best op school, spaarde elke peso die hij verdiende en weigerde zich aan te sluiten bij de bendes in de stad. Er waren er genoeg en hij was meermaals gevraagd, soms met woorden, vaker met een pak rammel, om zich bij een groep aan te sluiten. De straatbendes zochten voortdurend naar nieuwe aanwas. De 'doorloop' was groot, elk jaar sneuvelden er leden, en alleen de grotere groepen waren succesvol. Die hadden het geld om te doen wat ze wilden, tot een volgende bendeoorlog de pikorde weer omgooide. Zijn leven lang had Alberto zich in volle overtuiging verzet, tot Alvarez hem een paar dagen geleden de zoveelste afranseling gaf en hij eindelijk, na al die jaren, durfde op te staan. Niet de klappen, maar zijn eigen reactie erop had iets wezenlijks in hem doen ontwaken en nu kon hij niet meer terug. Alvarez was zowaar akkoord gegaan met een 'wapenstilstand' van een week, voordat ze de confrontatie opnieuw zouden aangaan. Over vier dagen was het zover, maar zijn wonden waren nog niet genezen en er was onvoldoende tijd om de strategie, die hij in zijn slaapkamer had uitgedacht, uit te voeren. In zijn eentje zou hij het niet redden; hij had hulp nodig en wist precies wie hij daarvoor wilde vragen. Daarom had hij de bus gepakt, naar het café naast de kerk, dat bekendstond om zijn beruchte bezoekers.

Voor in het café dronken twee oude mannen een glas mescal, de favoriete drank van de Mexicanen, die al honderden jaren in schuren wordt gestookt. De worm onder in de fles, een meesterlijke marketingstunt, had de drank ook buiten Mexico populair gemaakt. Met agave als hoofdbestanddeel en een aanzienlijk alcoholpercentage kun je er erg dronken van worden. Dat stadium hadden de mannen nog niet bereikt, gezien de waakzame blik waarmee ze de nieuwkomer opnamen. In dit soort gelegenheden kon alertheid het verschil betekenen tussen leven en dood. Ook Alberto wist dat en behoedzaam liep hij naar het achterste deel van de kroeg, waar een hoop rumoer vandaan kwam. Automatisch legde hij zijn hand op zijn ribben, de plek waar Alvarez zijn schoen had geplant. Naar de dokter was hij niet gegaan. Hij voelde zelf ook dat er ribben gebroken waren, daar kon niemand iets aan doen. Zijn moeder had hem bedenkelijk aangekeken, maar ze hield haar mond. Zolang haar zoon op het rechte pad bleef, in hun omgeving een welhaast wonderbaarlijke prestatie, zou ze zijn keuzes respecteren en zijn wonden verzorgen met natte doeken en pijnstillers.

Een groep mannen boog zich onder het licht van een armetierig plafondpeertje over een stuk gaas heen, dat tussen de opzijgeschoven tafels en stoelen een cirkel vormde. Alberto zorgde ervoor dat hij in de schaduw bleef en scande de koppen aan de overzijde van het gaas. Wat er in de cirkel gebeurde, hoefde hij niet te zien. Hij had genoeg hanengevechten meegemaakt en wist dat er grof geld in omging, maar zijn ding was het niet. Daar dachten de mannen bij het gaas duidelijk anders over. Met gejoel en wilde armgebaren hitsten ze de dieren op om elkaar te lijf te gaan. In een kleine kooi tegen de muur zaten nog meer hanen opeengepakt. Toen een van de strijders het opgaf en bloedend op de grond bleef liggen, werd er een volgende uit de kooi gehaald en de arena in gegooid. Nieuwe ronde, nieuwe kansen, ditmaal met dubbele inzet. Alberto bekeek de verhitte gezichten en schrok toen een van hen plots oogcontact maakte. Bijna onmerkbaar trok de man zijn wenkbrauwen op en zodra Alberto een knikje gaf, richtte hij zich weer op het spel. Niemand had iets gezien, maar Alberto wist dat er geen weg terug was. Zijn hart klopte in zijn keel toen hij terugliep naar het voorlokaal. Daar zakte hij langzaam op een stoel en bleef hij wachten. Het duurde een half uur voor het gejoel een hoogtepunt bereikte en niet veel later kwam de man met een glas bier naast Alberto zitten. Zijn zwarte haar viel over zijn schouders en onder beide ogen sierden getatoeëerde tranen zijn gezicht. Hij droeg een leren hesje over zijn shirt, met de *colors* van Escorpiones onmiskenbaar aanwezig, en daar ging het Alberto om.

'Ben je er klaar voor?' vroeg de man.

Alberto schraapte zijn keel, die opeens gortdroog aanvoelde. 'Ik doe mee, als jullie me helpen.'

De man dronk van zijn bier en schudde zijn hoofd. 'Zo werkt het niet. Je moet je eerst bewijzen. Pas als je erdoor bent, zijn we er voor jou, niet andersom.' Hij wierp een blik over zijn schouder en boog zich dichter naar de jongen toe. Aan zijn heen en weer schietende ogen zag Alberto dat de man zijn goede oog zocht. 'Weet je het zeker? Het is voor altijd, zoals in het liedje: "*You check in any time you like, but you can never leave.*"'

Uit zijn zak haalde Alberto een dubbelgevouwen briefje tevoorschijn. 'Dit is mijn telefoonnummer. Laat maar horen wat ik doen moet. Ik sta klaar.'

13

Na zijn ontmoeting met Tara bij de garagebox had ook Jay Mexico-Stad verlaten. Een bezoek aan de historische stad Teotihuacan stond niet in het formele plan van aanpak zoals dat met de ministeries was afgestemd, maar hij liet er zijn reis naar het noorden graag even voor wachten. Een plan van aanpak stelde de hoge heren misschien gerust, maar als het er straks op aankwam, stond hij er alleen voor. Met wat papieren regeltjes hield hij Koos Korevaar niet tegen, daar was meer voor nodig en daarom bouwde hij back-ups in. Veiligheidsmaatregelen die buiten de plannen en rapporten bleven, maar die hem de rust en het vertrouwen gaven om deze laatste klus als undercoveragent überhaupt aan te gaan. In het holster onder zijn hesje droeg hij een pistool, een Glock 17, en in een etui in zijn rechterlaars stak een stiletto. Buiten zijn vuisten was dat alles wat hij had om zichzelf mee te beschermen. Een zender dragen om hulp in te schakelen, wilde hij niet. Bij ontdekking betekende dat niet alleen zijn dood, maar zeer waarschijnlijk ook die van zijn gezin. Al sinds zijn inwijding bij de club, drieënhalf jaar geleden, liep hij er zonder zender rond en dat veranderde niet, zelfs niet voor de gevaarlijkste operatie die hij ooit had uitgevoerd.

Teotihuacan trok jaarlijks duizenden toeristen, die zich rijendik verzamelden voor de beroemde piramides van de Zon en de Maan, om op de toppen ervan een selfie te maken. De oude Mayastad telde eeuwen geleden 125.000 inwoners, en was groter dan het keizerlijke Rome, maar vanaf zevenhonderdvijftig na Christus was het er op sterven na dood. De oorzaken van de plotselinge leegloop waren nooit achterhaald, maar een klimaatsverandering scheen eraan te hebben bijgedragen. De stad bestond nu voornamelijk nog uit ruïnes, die, tegen het licht van hun geschiedenis, zorgden voor een beklemmende sfeer. Jay gaf extra gas om de spookstad achter zich te laten en reed een paar kilometer verderop een landweggetje in. Het was een tijd geleden dat hij deze plek had bezocht, maar het witte boerderijtje lag er nog precies hetzelfde bij. De verf bladderde van de muren, er zaten gaten in het dak en in plaats van een ruit spande er een stuk plastic in het venster naast de deur. Een opknapbeurt leek geen overbodige luxe, en dat was exact het beeld dat de bewoners wilden wekken, wist Jay.

Hij parkeerde op het erf en stapte af. Zijn benen voelden nog stijf van de lange zit in het vliegtuig en terwijl hij ze strekte, verscheen er om de hoek van het gebouwtje een oude vrouw. Haar rug was zo krom dat de grijze vlecht over haar schouder bijna de grond raakte. Bij de aanblik van Jay liet ze van schrik het mandje met maïs, waaruit ze zojuist de geiten en kippen had gevoerd, uit haar handen vallen. Daarna tilde ze haar armen in de lucht en stiefelde ze zo snel haar oude benen haar konden dragen, op hem af. Hij spreidde zijn armen en knuffelde haar voorzichtig. Stralend trok ze hem aan zijn arm naar de voordeur. Jay volgde lachend. Sinds hij in een eerdere operatie twee van haar zoons had gered uit de klauwen van een drugsbaron, was de doofstomme Vayana zijn grootste fan. Bij gebrek aan woorden drukte ze haar dankbaarheid uit in omhelzingen en lekkernijen. Ook nu liep ze zodra hij binnen was rechtstreeks de keuken in en gebood ze hem met een handgebaar te gaan zitten. Ze verdween naar achteren en kwam niet veel later terug met een stapel beef-chilitaco's waar hij maar wat graag zijn tanden in zette.

Na vier stuks was hij voldaan en in staat met zijn adem brand te stichten. Hij stond op, bedankte Vayana met een zoen op haar wang en wees vragend naar de deur achter in de keuken. Toen de vrouw knikte, liep hij ernaartoe en ging het naastgelegen halletje binnen, dat toegang gaf tot een trap. Wie niet beter wist zou denken dat die naar een kelder leidde waar de maïskolven en zoete aardappelen lagen opgestapeld, maar niets was minder waar. En hoewel Jay wist wat hij kon verwachten, verraste de aanblik van de ruimte hem opnieuw. De schamele boerderij boven bleek een trompe-l'oeil, puur gezichtsbedrog om het ondergrondse domein van deze familie te verhullen. Met de geborduurde vloerkleden, de muurschilderingen en de elektrische fakkelverlichting had de zaal iets weg van een museum voor Mayacultuur. Die indruk werd tenietgedaan door de moderne loungebanken, centraal in de ruimte, een gigantisch drankenkabinet en een televisiescherm van minstens vier meter doorsnee.

'Maestro!' In een hoek van de ruimte stapte een man uit een stilstaand voertuig, dat Jay herkende als een spelcomputer uit de amusementshallen van zijn jeugd. Het kostte de man zichtbaar moeite zijn gigantische buik langs de doorgang te wringen. Verontschuldigend lachte hij naar Jay: 'Dat is wat Vayana's taco's met je doen. Zeg niet dat ik je niet gewaarschuwd heb.' Eenmaal bevrijd, liep hij met uitgestrekte hand op Jay af. 'Welkom vriend, ik zag je bericht, hij ligt al klaar. Laat me eerst iets voor je inschenken.'

Uitgenodigd op de loungebank plaats te nemen zag Jay hoe Gustavo Mendoza, Vayana's jongste broer, enthousiast het drankenkabinet opende. 'Koffie, Gus, ik moet nog rijden,' zei Jay. Met gespeelde teleurstelling liep Gus naar een dressoir waar een uitgebreid assortiment koffie, thee, suiker en chocola stond uitgestald. Zo op het oog leek de man de gastvrijheid zelve, maar ook hier gold: schijn bedriegt. Jay had veel meegemaakt; in zijn werk vielen slachtoffers, het hoorde erbij. Vier keer had hij zelf iemand moeten ombrengen, die momenten stonden hem nog haarscherp voor de geest. Van een slecht geweten had hij geen last; de moorden waren pure noodzaak, hij had er zijn eigen leven en dat van anderen mee gered, maar goed voelde het allerminst.

Gustavo stond daar anders in. Na de moord op zijn broer door een concurrerende handelaar stopte hij noodgedwongen met de verkoop van drugs. Met zijn twee nog levende broers en neven kocht hij een brouwerij in een naburige stad. Al snel vonden de flessen tequila, mescal en *pulque* gretig aftrek, maar de jackpot haalden ze pas binnen toen ze ook *cocoroco* gingen stoken. De productie van deze drank, van oorsprong Boliviaans, met een basis van rietsuiker en een alcoholpercentage van 93 tot 96 procent, was in Mexico verboden. Daarom bouwden ze voor de cocoroco een volledig ondergrondse stokerij. De eerste maanden verkochten ze de flessen nog per stuk, vanuit de achterbak van hun eigen auto's, maar dat bleek niet meer te doen toen hun afnemers kratten tegelijk bestelden en er ook van over de grens belangstelling was. Nu gingen de flessen met containers tegelijk, leidden zijn broers de organisatie en had Gustavo zijn handen vrij om computergames te spelen. Tenzij er stront aan de knikker was, want dan moest alles wijken. Problemen met het transport of met betalingen werden door Gustavo opgelost en daarin was hij bijzonder efficiënt. Bij zijn martelpraktijken zorgde hij ervoor dat zijn slachtoffers net niet stierven. Hij ging tot het randje, lapte ze op en liet ze weer vrij. Zonder vingers, ogen of oren dienden ze als wandelend waarschuwingsbord: met de Mendoza-broers viel niet te spotten.

Jay had afschrikwekkende foto's gezien van Gustavo's 'werk' en wist dat hij altijd op zijn hoede moest blijven voor deze man met twee gezichten. Hij nam een slok koffie en knikte naar Gus, die zich tegenover hem met thee en een stuk chocola in de bank nestelde. Met zijn worstvingers en kinderlijke blik deed hij denken aan een weldoorvoede kleuter.

'Blijf je om een spelletje te spelen? Ik heb de nieuwste Sons of Anarchy, het is hilarisch.'

'Een andere keer,' zei Jay. 'Ik ga de weg op, naar het noorden.'

Gus' grijns verdween op slag. Hij likte de gesmolten chocolade van zijn vingers en veegde zijn hand langs zijn broek. 'KayKay?' vroeg hij.

Zonder antwoord te geven, zette Jay zijn kopje op tafel. 'Nog iets wat ik moet weten?'

'Ik hoorde dat het onrustig is, buiten,' begon Gus aarzelend, 'een vreemde vibe, alsof er iets gaat gebeuren. Er komt iets aan, iets groots.' Met zijn uitpuilende ogen loerde hij door de ruimte, alsof het gevaar naar binnen was geslopen en ieder moment tot een aanval over kon gaan. 'We moeten altijd waakzaam zijn, buiten je familie is niemand te vertrouwen.'

Jay knikte. Sinds hij Vayana's zoons, de neefjes van Gustavo, had gered, behandelde de familie hem als een oude vriend. Soms zag hij ze jaren niet, maar hun ontvangst bleef altijd hartelijk en toch had hij vóór het bezoek zijn Glock en mes gecheckt. Waakzaamheid was in de loop der jaren een tweede natuur geworden, maar in sommige situaties schakelde hij een tandje bij en dit was er zo een. Hij schrok dan ook niet toen Gus plots kakelend begon te lachen. Met wijd open mond hing hij achterover in de bank, tot hij ophield, even plotseling als hij begon. Zijn lach echode nog een paar tellen na.

'Je kunt over KayKay zeggen wat je wilt, maar de man is geniaal,' zei hij, met een opgeheven vinger voor zich. 'Weet je nog, toen de ruzie met die drugsbazen in Texas een paar jaar geleden zo uit de klauwen liep? Die rednecks kwamen met een klein leger de woestijn in, zwaarbewapend natuurlijk, ze hadden zelfs kalasjnikovs.

Iedereen dacht dat het einde van Korevaar nabij was, maar nee, juist van dat Texaanse leger bleef niks over.' Opnieuw lachte hij zijn kakelende lach. 'Dat heeft hij als een baas opgelost, of niet?' Vragend keek hij Jay aan.

Die forceerde een glimlach. 'Hij was er niet, toch?'

'Precies! Is het geen giller? Die man is zo goed geïnformeerd, hij wist al dat ze kwamen, voordat ze één stap hadden gezet. Stonden die boeren daar mooi voor lul, midden in de woestijn. KayKay had zijn fort verlaten, het hele trailerpark was leeg. Wat was ik er graag bij geweest om die gezichten te zien. En al helemaal toen de grote baas toch ineens opdook, in een legerhelikopter! Hoe hij de hele bende omvermaaide, ze hadden geen schijn van kans. Ik zeg je, die man heet niet voor niets El Capitan, hij doet zijn naam echt eer aan.'

Hij stond op en legde de hand die hij net had afgelikt op Jays knie. 'Het is goed dat je gekomen bent. De juiste voorbereiding is het halve werk.' Hij liep weg, verdween achter een kamerscherm en kwam weer terug met een vurenhouten kistje in zijn handen. 'Alleen als het moet, drink je zelf mee. Je hebt vijf minuten, maar daar geef ik geen garanties voor.' Hij gaf de kist aan Jay en stak de envelop die hij ervoor terugkreeg in zijn broekzak.

'Bedankt,' zei Jay.

Gustavo sloeg hem op zijn schouder, draaide zich om en liep naar zijn computer. 'Geen dank, maestro. Het is tijd voor een spelletje.'

14

In de stacaravan even buiten het trailerpark was de geur van pis en ontlasting niet te harden. Door het raampje dat Chico altijd als ingang gebruikte als hij water kwam brengen en dat inmiddels zover was omgebogen dat het niet meer dicht kon, vlogen dikke vliegen af en aan. Alleen als hij door zijn mond ademde en het laken tegen zijn neus duwde, lukte het om niet te kotsen. Doorgaans werd de emmer om de dag geleegd, maar de laatste keer was nu al vier dagen geleden. Vier eindeloze dagen geleden dat ze binnen waren gekomen om hem een shot te geven, water en brood. Hij was zuinig met zijn voorraad, pas gisterochtend had hij het laatste stuk genomen, het was zo hard dat zijn tandvlees ervan ging bloeden. Het water en de chocola van Chico kwamen 's avonds als geroepen, maar als ze nog langer wegbleven, ging hij dood. Zo simpel was het. Hij kon zijn ribben tellen, zijn huid was haast doorschijnend en de jeukende korsten op zijn armen en benen sprongen continu open. Er waren genoeg momenten waarop de dood niet eens zo'n slecht idee leek. Wat was het allemaal nog waard, als er niemand was om voor te zorgen en er geen hond naar hem omkeek? Ooit was hij een vechter geweest en gebruikte hij zijn verbetenheid om marathons te lopen en hard te werken. Die herinneringen leken van een ander, de man van toen kende hij niet meer.

Toch hield Diego vol. Hij leefde nog. Wanneer wist hij niet, maar ooit zou er een einde komen aan deze ellende. Er moest een reden zijn waarom hij hier vastzat. Als ze hem wilden laten verrotten, hadden ze dat meteen gedaan. Integendeel, ze gaven hem net voldoende water en voedsel om in leven te blijven en injecteerden heroïne in zijn arm. Verzetten had geen zin, daar was hij al snel mee opgehouden en inmiddels was hij zo verslaafd dat hij verzet wel uit zijn hoofd liet; de heroïne had hem volledig in de greep. Voor de zoveelste keer telde hij de kerfjes, die hij met zijn duimnagel in het dunne zeil naast het matras had gesneden: honderdachttien stuks, bijna vier maanden. Ongelofelijk. Hij trok het laken over zijn hoofd, kromp ineen en huilde. Ze zouden hem beschermen, hadden ze gezegd. Hier golden andere wetten en werd zijn misdaad niet bestraft. De paniek was zo groot geweest dat hij geen andere uitweg had gezien. Wat hij gedaan had, was fout, maar een Mexicaanse gevangenis zou hij niet overleven en terug naar Nederland wilde hij aanvankelijk niet. Hoe kon hij zijn kinderen onder ogen komen, na dat alles? Het stempel van een zware crimineel als vader zou de rest van hun leven bepalen en dat wilde hij hun niet aandoen. Met het verstrijken van de tijd groeide het verlangen naar zijn kinderen en ging hij er anders over denken, maar de eerste weken na zijn misdaad wilde hij absoluut niet terug. De kans die hij kreeg aangereikt, greep hij dan ook met beide handen aan. En dat was fout nummer twee.

Nu kwijnde hij weg in een stinkend krot en werd hij belaagd door de beelden in zijn hoofd. Want erger dan de honger, de eenzame opsluiting en de onhoudbare stank, waren de visioenen die hem tot waanzin dreven. Net na een nieuw shot zweefden ze weg en durfde hij iets te ontspannen, en ook Chico zorgde voor afleiding, maar de rest van de tijd ontkwam hij er niet aan. Natuurlijk bestonden de duivels en demonen die aan zijn huid knaagden niet, maar te vaak leken ze levensecht. Zo had de reusachtige slang die ineens opdook, hem doen gillen van angst. Met priemende gele ogen, wijd opengesperde kaken en een enorme gespleten tong was het monster op hem af gegleden. Diego sloeg en trapte naar het beest, ervan overtuigd dat het hem met huid en haar zou verslinden, tot het beeld plots verdampte en hij snikkend als een klein kind achterbleef, wachtend op een volgende aanval.

Een harde klap tegen de caravan bracht hem terug naar de werkelijkheid. Hij trok het laken van zijn hoofd en richtte zijn blik op de deur. Hij hoorde hoe het kettingslot verwijderd werd en op de grond viel. De man die binnenkwam, kokhalsde en verdween direct weer uit het zicht.

'*Hijo puta*!' vloekte hij. 'Doe jij het maar, dit verdom ik.'

'Hoezo?' klonk een tweede stem.

'Jij bent hem vergeten, dus jij lost dit op.'

'Ach, mietje.' De tweede man stapte de caravan binnen, greep de emmer en liep hoestend naar buiten. Door de openstaande deur was hun conversatie goed te volgen.

'Hoe lang moet dit nog? Ik dacht dat hij al klaar was?'

'Weet ik dat. Kan verschillen, soms is zes weken genoeg. Dit is een taaie, volgens mij zit-ie al aan de vier maanden.'

'Tsssss, dure klant.'

'Ja, vier maanden gratis gif. Daar doen sommigen een moord voor.' Ze lachten.

'Nou, schiet op met die spuit, ik ga zelfs hier over mijn nek.'

Ditmaal kwamen ze samen binnen. Met geroutineerde gebaren bond de eerste man een leren riem om de arm van hun patiënt. De ander tikte tegen een injectienaald, wachtte tot de ader tevoorschijn kwam en prikte. 'Hij ziet er belabberd uit. Nog even en hij legt het loodje. Wat een verspilling.' Hij haalde een telefoon uit zijn zak en maakte een serie foto's van de man, die wiegend op het matras zat te murmelen. 'Die stuur ik door. Als hij nu niet klaar is voor het echte werk, wordt het niets meer.'

Zijn maat knikte zwijgend en plaatste een papieren zak en een fles water naast het matras. Achter elkaar liepen ze naar buiten. Met een boog belandde de geleegde emmer in een hoek. Daarna ging de deur op slot.

Aan de andere kant van de wagen duwde een kleine hand het raampje verder open. Chico wrong zich door de opening en landde op handen en voeten op de vloer. Hij opende de fles, hield hem boven de lippen van Diego en liet er voorzichtig wat water uit stromen.

15

De hemel kleurde diepzwart toen Diego zijn ogen opende. Voor het eerst in lange tijd had hij geslapen zonder te dromen en dat gaf hem een vreemd soort helderheid. Hij duwde zich omhoog en draaide het vlammetje van de petroleumlamp wat hoger. Zijn blik dwaalde door de ruimte en stokte toen hij Chico opgekruld zag liggen aan het voeteneinde van het matras, diep in slaap met in zijn handjes een stuk brood. De aanblik ontroerde hem. Hij wreef in zijn ogen en verzette zich uit alle macht tegen de herinneringen uit een ander leven. Een gezinsleven met een vrouw, twee kleine kinderen en een vaste baan, die hij de rug had toegekeerd om redenen die hij nu niet meer begreep. Hij wist dat het hem niet lukte voluit voor zijn gezin te leven, dat hij zich gevangen voelde en continu vocht tegen een sterke drang naar vrijheid. De vrijbuiter in hem wilde met een rugzak de wereld rond, maar in plaats daarvan zat hij vast in een rijtjeshuis waar hij elke avond stipt om zes uur aan tafel werd verwacht. Avonturen beleefde hij enkel op zijn werk, waar hij in zijn verhalen voor de krant even kon ontsnappen aan het burgerleven dat hem steeds meer was gaan tegenstaan. Hij hield van Yvonne en zijn kinderen waren zijn grootste rijkdom, maar het samenleven met hen voelde als een harnas dat hem de adem ontnam. Hij stikte en kon niet anders dan vluchten, zo ver mogelijk weg van huis, om zijn longen te vullen met zuurstof en om de vrijbuiter in hem los te laten.

Hij koos Mexico, het geboorteland van zijn vader, omdat hij

goede herinneringen had aan een eerder verblijf daar en hij het niet op kon brengen er lang over na te denken. Hij sprak een aardig woordje Spaans, er woonde een tante waarbij hij terechtkon, en verder zou hij het wel zien. Toen de knoop eenmaal was doorgehakt, ging het snel. Yvonne werd dit keer niet eens boos; alsof ze eindelijk inzag dat dat geen zin meer had. De eindeloze ruzies hadden hun relatie al te veel beschadigd. Als hij bleef, zouden ze het sowieso niet redden. Dus liet ze hem gaan, zonder zeker te weten of hij terugkwam. Na de lange lijdensweg die hem tot zijn beslissing had gebracht, voelde zijn vertrek niet minder dan euforisch. Helaas duurde dat maar kort en inmiddels kon hij zich er amper iets van herinneren. Nu voelde hij enkel het schrijnende gemis van zijn kinderen en verfoeide hij de lamlul die gezegend was met een gezond en liefdevol gezin en dat niet kon waarderen. Het gapende gat in zijn borst deed hem ondraaglijk veel pijn en daarvan kon hij alleen zichzelf de schuld geven. Niemand anders dan hijzelf was verantwoordelijk voor de puinhoop die hij van zijn leven had gemaakt.

Natuurlijk had hij nooit mee moeten gaan naar Mexico-Stad. In Puebla was het goed, en van daaruit zou hij naar Acapulco reizen. Mits hij een lift kon vinden, want na de maandelijkse betalingen aan het thuisfront, die hij trouw was blijven doen, was zijn geld bijna op. In de horeca van Acapulco zou genoeg werk te vinden zijn. Als hij een dag eerder of later was vertrokken, had het lot wellicht anders beslist, maar die avond stond hij naast de randweg met zijn duim omhoog. Twee motorrijders reden voorbij, stopten en wenkten hem. Zonder twijfel was hij achterop gesprongen en voor hij het wist zaten ze gedrieën aan de bar, in een van de duistere buurten van Mexico-Stad. Ja, ze gingen ook naar Acapulco, maar wat maakten die paar uur nou uit. Hij had toch geen haast? Als hij het echte Mexico wilde beleven, moest hij ook de plekken zien waar de toeristen wegbleven, uit angst voor de fabeltjes die de reisbureaus hun op de mouw speldden.

Hij werd dronken op een manier die hem vreemd was. Drank en hij waren nooit een match geweest: na een biertje of zes, zeven hing hij meestal boven de pot, maar dit keer liep het anders. Achteraf begreep hij dat zijn *amigos* iets in zijn bier hadden gedaan, want hij voelde geen grenzen meer en tankte maar door. Na het bier zette de barman een rij lokale drankjes voor hem neer, die hij stuk voor stuk achteroversloeg. Hij zag dubbel en viel een paar keer van zijn kruk, maar misselijk werd hij tot zijn eigen verbazing niet. Zijn vertrouwde leven achter zich laten was het moeilijkste wat hij ooit gedaan had en echte vrienden had hij hier nog niet gevonden. Nu genoot hij van de saamhorigheid met deze mannen, die hem de volgende dag naar Acapulco zouden rijden. Wat was daar mis mee?

Ze bleven tot sluitingstijd, belandden in andere tenten met nog meer drank, tot hij ergens een trap op werd geduwd en in een kamer terechtkwam waar het noodlot toesloeg. In de film die maanden later nog door zijn hoofd speelde was de ruimte donker en stil. Meubilair ontbrak, vloer en muren waren kaal en voor het open vensterraam stond een man met een cowboyhoed op. Het maanlicht weerkaatste op de zilveren sporen aan zijn laarzen, maar het was te donker om het gezicht van de man te kunnen onderscheiden. Achteraf rezen wel honderd vragen, maar op dat moment was er geen sprake van twijfel of argwaan. Vertraagd beleefde hij het moment steeds opnieuw. Zijn nieuwe vrienden die als duivels naar hem schreeuwden, hun ogen vol vuur. In een waas zag hij hun monden open- en dichtgaan, maar wat ze zeiden bereikte hem niet. Steeds feller gebaarden ze naar de man voor het raam, die amper bewoog, als een cowboy vlak voor een duel. Het liet hem koud. Hij stond daar alleen, als in een vacuüm, wachtend op niets, totdat hij de revolver zag. Een klein zwart wapen, zomaar in zijn hand. Hij hield het voor zijn gezicht om het nader te bekijken. Het leek precies op het speelgoedding uit zijn jeugd, dat had ook zo'n trommeltje. Met zijn vingers tikte hij tegen de cilinder, die bleef ronddraaien, tot een van zijn vrienden zijn hand met wapen en al vastgreep. Zijn arm werd recht vooruit getrokken en op de man voor het raam gericht. Pas toen begreep hij het. En nog voordat de cowboy zijn pistool uit het holster om zijn middel kon trekken, schoot Diego twee keer. Zonder gedachten, zonder gevoel. De man greep naar zijn borst, stapte achteruit en viel ruggelings door het openstaande venster. De sporen aan zijn laarzen draaiden langzaam rond.

De emoties kwamen later pas. Toen hij zijn roes had uitgeslapen en onder de douche de gebeurtenissen van de vorige avond zijn brein binnensijpelden. Hij schreeuwde en was naakt naar beneden gerend, waar zijn zogenaamde vrienden aan een bord *chilaquines* zaten. Ze vingen hem op en duwden hem op de bank. Hij was een held, vertelden ze, want hij had een slechte man gedood die hen al jaren lastigviel. Vrienden hadden het lichaam afgevoerd, dus hij hoefde zich geen zorgen te maken, er zou geen haan naar kraaien. Ze legden een handdoek en een stapel kleren voor hem neer. Als hij zich aankleedde, kreeg hij ook een bord warm eten en daarmee was de kous af.

Alleen zat Diego zo niet in elkaar. Hoe duister de omstandigheden ook geweest mochten zijn, hij had een moord op zijn geweten en dat kon hij niet zomaar opzijschuiven. De vragen die de vorige avond waren weggebleven, buitelden nu in veelvoud over zijn lippen. 'Wie was die man? Hoe viel hij jullie lastig? Wat deed hij daar? Waar waren we eigenlijk? Waar kwam die revolver vandaan? Waar is het lijk begraven? En wat als de politie me zoekt?'

De mannen gaven antwoord tot ze het zat waren en hem achter op de motor zetten voor een lange rit. In een trailerpark in de Chihuahuawoestijn werd hij voorgesteld aan een groep motorrijders, die hem begroetten als een oude vriend. Ze droegen allemaal dezelfde zwartleren hesjes en stelden geen vragen. Iedereen heeft lijken in de kast, dat doet er hier niet toe, legde een van hen uit. Hou je mond en doe mee, dan heb je hier een thuis.

Twee weken hield hij het vol. Hij hield zich gedeisd, deed wat reparatieklusjes op het park en verdiende net genoeg geld om zijn afspraken in Nederland na te komen. Toen barstte de bom. Hij moest 's nachts mee op pad, de rivier over naar El Paso in de VS, met een tas vol onbekende inhoud. Dat weigerde hij zonder meer. De moord op de cowboy drukte zwaar op zijn geweten. Bijna elke nacht lag hij wakker en nam hij het besluit zichzelf aan te geven, maar de gedachte aan een leven in een Mexicaanse cel had hem er steeds van weerhouden. Niet alleen omdat het er volgens veel van zijn nieuwe buren de hel op aarde moest zijn, ook omdat hij daar nooit het geld voor zijn kinderen bijeen zou krijgen. De gevangenis was hoe dan ook geen optie, en dus deed hij aan een illegale expeditie naar Amerika niet mee. Dat viel niet in goede aarde. De mannen met wie hij samenleefde en die hem behandelden als vriend, namen hem flink te grazen. Ze pakten alles van hem af, van zijn paspoort en zijn laatste geld tot aan de kleren om zijn lijf. Toen schopten ze de 'ondankbare hond' en 'profiteur' van het terrein en sloten hem op in een leegstaande caravan. Daar zat hij nu vier maanden, onder erbarmelijke omstandigheden, en vervloekte hij de dag waarop hij besloot naar Mexico te gaan.

16

Op een paar honderd kilometer afstand van Diego's caravan dronken Tara en Jay koffie in een felverlicht wegrestaurant. Ze hadden er al een flink stuk op zitten sinds hun vertrek uit Mexico-Stad. Na het extreem drukke verkeer in en om de metropool, was de relatieve rust van de snelweg een verademing. Tara genoot van de nachtelijke motorrit en voelde de teleurstelling van die middag langzaam wegebben. Hoewel het resultaat tegenviel, was haar speurtocht in Puebla niet voor niets geweest. Ze wist nu zeker dat Diego Puebla had bezocht. Sterker nog, hij verbleef er kennelijk lang genoeg om twee keer mee te doen aan een hardloopwedstrijd van een plaatselijke atletiekvereniging. Het affiche op de kathedraal had haar op het juiste spoor gezet. Diego was een fanatiek hardloper en zou de kans om deel te nemen aan een wedstrijd niet zomaar voorbij laten gaan. De vrouw achter het informatienummer op de poster meldde aanvankelijk dat zich voor de laatste wedstrijden geen buitenlanders hadden ingeschreven, maar na wat aansporing van Tara vond ze wel een zekere D. Martinez uit Mérida, die aan de runs in januari en februari had meegedaan. Tara's vermoeden dat Diego de woonplaats van zijn Mexicaanse tante had ingevuld, werd bevestigd toen ook het ingevulde telefoonnummer dat van zijn tante Olivia bleek te zijn.

Hoe summier ook, de informatie bevestigde in ieder geval het eerste deel van het beknopte reisplan dat Diego met zijn tante had besproken. Na een rondreis door het zuiden was hij in het begin van het jaar in Puebla beland. Op de wedstrijdformulieren vanaf maart ontbrak zijn naam; dat kon erop duiden dat hij na de wedstrijd in februari, nu vijf maanden geleden, was doorgereisd naar Acapulco. Maar het was evengoed mogelijk dat zijn plannen waren gewijzigd en dat hij in Veracruz, aan de Golf van Campeche, aan een cocktail zat. Frustrerend, vond Tara, die moest toegeven dat ze de zoektocht had onderschat. Mexico was bijna vijftig keer zo groot als Nederland. Daar iemand vinden die misschien niet eens gevonden wilde worden, leek een schier onmogelijke opgave. Ergens wist ze dat natuurlijk al voordat ze aan dit avontuur begon, maar haar verlangen naar Diego was te sterk om de smeekbede van Yvonne en de daaropvolgende kansen te negeren. Ze miste hem en wilde bij hem zijn. Met Diego leek het leven lichter en gingen de dingen vanzelf. Daarom zou ze blijven zoeken, hoe moeilijk dat ook was. Aan volharding geen gebrek, alleen had een idee voor een volgende stap zich nog niet aangediend en dat voelde knap waardeloos. Op Jays verzoek vulde een forse serveerster hun mokken bij, om zich daarna weer tot de chauffeurs aan de counter te wenden, die de slaap uit hun ogen wreven en eerder om een praatje verlegen zaten dan om de bonen op hun bord. Tara had geen slaap, ze voelde zich klaarwakker. Ze keek hoe Jay een suikerklontje in tweeën brak en een helft in zijn koffie liet vallen. In het witte licht van de tl-buis boven hen was de tatoeage in zijn nek duidelijk zichtbaar. Ze verbeeldde de kop van een adelaar voor een wapperende Amerikaanse vlag.

'Eens een Amerikaan, altijd een Amerikaan?' vroeg Tara, wijzend naar zijn nek.

Jay sloeg zijn lichtgrijze ogen naar haar op en dacht even na voor hij antwoord gaf. 'Mijn huis staat in Nederland, maar echt thuis ben ik alleen in Florida.' Bedachtzaam dronk hij zijn koffie. 'Het is beter dat we vanaf nu geen Nederlands meer praten. Ze kennen me hier als Amerikaan en hoeven niet te weten dat ik twee paspoorten heb. Hoe minder ze weten van mijn betrekkingen met Nederland, hoe beter, ook in verband met de veiligheid van mijn gezin.'

Tara knikte. Jay had haar voor vertrek, in Benno's kantoor, gebrieft over de klus die hun te wachten stond en ook het dossier dat ze tijdens de vlucht gelezen had, bevatte nuttige informatie, maar er bleven nog veel vragen onbeantwoord. Ze wist inmiddels dat Jay, net als zij, geen prater was en koos haar vragen zorgvuldig.

'Waarom ik?' vroeg ze, in het Engels.

Dat ontlokte een glimlach aan Jays doorgaans zo serieuze gezicht. 'Om met Roy Orbison te spreken, *you've got it*.' Hij grinnikte toen Tara hem verbaasd aankeek. 'Een bekende countryzanger van voor jouw tijd, *never mind*. Nee serieus, je voldoet volledig aan het functieprofiel dat officieel is geaccordeerd door de instanties waarvoor we werken.' Hij telde op zijn vingers mee. 'Eén, je bent een vrouw, twee, je rijdt motor, drie, je schrijft goed en snel en vier, *you stand your ground*, je kan tegen een stootje.'

'Waarom is het van belang dat ik vrouw ben?'

'Escorpiones is een mannenbolwerk. Ik heb me daar de afgelopen jaren als eenling geprofileerd, *a lone wolf*. Het zou vreemd zijn als ik nu opeens een vriend meeneem, dat roept vragen op. Bovendien komt een onbekende man er niet zomaar binnen, daar gelden regels voor. Het is de bedoeling dat jij op afstand blijft, maar mocht je gezien worden, dan vorm je geen bedreiging.' Hij knipoogde. 'Dat zelfs een lone wolf weleens een scharreltje in een motel heeft zitten, snappen ze daar allemaal.'

Tara klakte met haar tong en trok een verontwaardigd gezicht. 'Fraai dat Benno me zo heeft aanbevolen. Ik wist dat hij voor een goed verhaal veel overhad, maar dit slaat alles. Waar ken je hem trouwens van? Benno zei dat jullie hebben samengewerkt?'

'Klopt. Hij werkte in Florida, bij Pensacola Newsradio en heeft meegedaan aan een operatie waarbij ik toen nog als rechercheur betrokken was. Het ging om een man die via contactadvertenties andere mannen uitnodigde voor een afspraak. Hij nam ze mee uit eten en daarna naar een hotel, waar hij ze zwaar mishandelde. Omdat hij alles vastlegde op video, durfden de meesten geen aangifte te doen; hun echtgenotes moesten er eens achter komen dat ze hadden afgesproken met een kerel. Gelukkig was er een zo dapper naar ons toe te komen en hij bleek zelfs bereid als lokaas te fungeren. Met hem hebben we een advertentie opgesteld die Benno een aantal keer op de radio heeft voorgelezen in zo'n speciale contactrubriek, die had je toen nog. Het duurde niet lang of die vent kwam erop af. Hij ontmoette onze man in een restaurant en wij konden in een busje om de hoek alles volgen, via de zender in de bloemenvaas op tafel. Hij was ijdel, zoals de meeste *bad guys*, en had maar weinig nodig om uit de school te klappen over de mannen die hij ontmoette en over de gereedschappen, waarmee hij hen bewerkte. Binnen een uur stond er meer dan genoeg op band om hem op te pakken. Het was een grote vangst, in zijn huis troffen we dozen vol video's aan. Na afloop hebben we er een drankje op gedronken en daar was Benno ook bij.'

Met een blik op zijn horloge gaf Jay het einde van zijn verhaal aan. Hij griste zijn sleutels van de tafel en stond op. 'Genoeg gepraat. Ga je mee? Dan verklap ik je de vijfde reden waarom je voor deze klus gevraagd bent,' zei hij met een slinks lachje.

'Zeg het maar,' hapte Tara.

'Je haar. *I love redheads*.'

17

In de laatste uren voor de zon opkwam leek de snelweg bijna verlaten. De route naar het noorden had een afwisselend decor. Na de heuvels in het Dal van Mexico, met Mexico-Stad als grootste hooggelegen stad ter wereld, volgden al snel de uitlopers van de Westelijke Sierra Madre, de bergketen die zich uitstrekte van Arizona in de vs tot de deelstaat Jalisco in Mexico. De eindeloze tweebaanswegen bevatten scheuren en gaten en sommige bochten waren verraderlijk scherp, maar geen moment voelde Tara zich onveilig. Op haar Harley, schuin achter Jay, zoog ze de schoonheid van het door maanlicht verlichte landschap in zich op. Waar de natuur overdag een ruige indruk gaf, heerste onder de sterrenhemel een haast serene rust. Op het monotone ronken van haar motor dreven haar gedachten naar een ver verleden.

'Kom je, Tara? We gaan!' Haar moeders stem schalde door de lange gang. Vlug schoof ze de brief die ze net geschreven had in een schrift. Ze klapte het schrift dicht en verstopte het onder haar hoofdkussen. Hij was nog niet af, en papa en mama mochten hem pas lezen als ze helemaal klaar was. Ze rende de trap af, viste haar jas van de kapstok en zag door de open voordeur dat haar vader al in de auto zat.

'Waar gaan we heen?' vroeg ze aan haar moeder, die de deur afsloot en achter haar dochter aan naar de auto liep.

'Dat weet je best, naar dokter Bergman. Je uitslagen zijn binnen, dus hij kan ons vast meer vertellen over wat er laatst gebeurde. Dat wil ik graag weten, jij niet?'

Ze knikte ongeduldig. Natuurlijk wist ze heel goed dat ze naar de kliniek gingen waar ze aan allerlei draadjes was geknoopt. Dat was voor de epilepsie die ze misschien had. Het was nog niet zeker, daarvoor waren de tests. Zelf wist ze er niets meer van, maar papa en mama waren enorm geschrokken toen ze opeens flauw was gevallen. Toen ze wakker werd lag ze in de woonkamer op de grond en deed haar hoofd pijn. Best raar, maar haar ouders waren daarna overdreven bezorgd. Ze mocht niet eens meer alleen naar school fietsen voordat ze wisten wat er aan de hand was. Daarom waren die tests wel handig. De dokter zou vast vertellen dat ze meer water moest drinken, of gezonder moest eten, of zoiets. Nou, dan deed ze dat toch?

'Halen we daarna een ijsje?' bedelde ze in de auto.

'Ja, lekker, ik wil er ook een!' riep haar vader al, voordat haar moeder kon protesteren. In de achteruitkijkspiegel lachte hij naar Tara, die enthousiast haar duim opstak.

De kliniek lag tegen de bosrand in een naburig dorp. Het was een ritje van nog geen twintig minuten en onderweg telden ze de smaken die de Italiaanse ijszaak aan het dorpsplein verkocht. Tara wist het al: vanille en pistache en mama wilde een bolletje citroen. Haar vader draaide zich om om zijn wensen kenbaar te maken en daardoor zag hij de vrachtwagen niet. De kolos reed op hun weghelft, veel harder dan toegestaan, en kwam in volle vaart op hen af. Tara gilde. Papa draaide zich terug en gaf nog een ruk aan het stuur, wat een frontale botsing voorkwam. De vrachtwagen ramde de zijkant van hun auto en leek papa te vermorzelen. Mama's hoofd bloedde ook, maar haar hand bewoog nog. Zoekend probeerde ze Tara te bereiken, die zich in shock aan haar moeders stoel had vastgeklampt. Ze greep haar moeders hand en luisterde naar de stem, die hortend en stotend tot haar sprak. Roerloos bleef ze zitten, tot het stil werd. Toen een sirene, en vreemde mannen die haar uit de auto haalden. Eentje huilde en hield haar vast. Raar, want ze kende hem niet. Papa en mama moesten maar snel weer wakker worden, dan konden ze haar brief lezen.

Tranen vertroebelden haar zicht. Ze klapte het vizier van haar helm omhoog en wreef haar ogen droog. Tien jaar was ze, toen ze haar ouders verloor in het tragische auto-ongeluk. De vrachtwagenchauffeur, die haast had gehad en een cd'tje verwisselde, overleefde het en kwam er met anderhalf jaar gevangenisstraf wegens 'dood door schuld' van af. Ze had nooit meer iets van hem gehoord.

Het was lang geleden dat ze de momenten voorafgaand aan het ongeluk zo helder voor zich had gezien. Triest en troostend tegelijk, want even voelde ze weer hoe gelukkig ze waren met z'n drieën. Een gevoel dat ze in de vierentwintig jaar daarna niet meer had ervaren. Dat klonk dramatischer dan het was; ze had min of meer geaccepteerd dat het grote geluk niet voor haar was weggelegd. Er was één ding dat bleef knagen en dat waren de woorden van haar moeder, in die paar minuten voor haar dood. Tara zou er alles voor geven als ze zich herinneren kon wat haar moeder gezegd had, maar wat ze ook probeerde, dat lukte niet.

18

In de laadbak van de pick-uptruck trok Chico de te grote leren jas wat dichter om zich heen. Hij was nog maar net terug van zijn bezoek aan de vreemdeling, waar hij in slaap was gevallen. Riskant, want de anderen mochten hem daar beslist niet zien. De 'gifwagen' was verboden terrein, dat wist iedereen. Hij had geen idee wat er zou gebeuren als iemand hem daar zou betrappen, maar hij kwam er liever ook niet achter. Beter sliep hij nog een paar uur in de caravan van de oude Dimitri, voor de zon opkwam en de rivier hem riep. Maar dat liep anders. Hij lag nog geen tien minuten toen een luide roffel op de deur hem wekte: werk aan de winkel. Meestal werkten Chico en de andere kinderen overdag, maar soms werden ze 's nachts uit bed gehaald. Hij wist beter dan daar vragen over te stellen. Als hij deed wat de bazen hem vroegen en verder zijn mond hield, kreeg hij meer te eten. Bovendien had hij geen hekel aan het werk; zwemmen was tof en hij kon het als de beste. Alleen bij een te zware lading werd hij bang, dan haalde hij het bijna niet en deed alles pijn. Gelukkig gebeurde dat niet zo vaak.

Naast hem zat Luca weg te dommelen. Hij was de grootste van de vier en moest het meeste dragen. Hij had een arm om de drie jaar jongere Mimi geslagen, die geeuwend de slaap uit haar ogen wreef. Luca en Mimi woonden bij hun vader op het park en waren de eerste zwemmers geweest, de proefkonijnen. Luca schepte daar altijd over op. Omdat hij het zo goed kon, woonden zijn vader, zijn zus en hijzelf in een van de mooiste caravans van het park, mét Playstation. Chico en Alejandro droomden ervan ooit ook zo'n machtig apparaat te bezitten. Misschien duurde dat niet eens zo lang meer, Luca werd te groot om te zwemmen. Chico had het de bazen al een paar keer horen zeggen: Luca paste bijna niet meer door de tunnels en moest waarschijnlijk weg. Chico kon niet wachten, want als dat gebeurde waren Alejandro en hijzelf de beste zwemmers. Alejandro woonde met twee kleine zusjes, baby's nog, bij zijn moeder, een van de weinige vrouwen op het park. Hun caravan stond het dichtste bij de villa en had een eigen tuintje. Soms zat Alejandro's moeder met haar baby's buiten onder een parasol. Het was Chico opgevallen dat ze nooit lachte, ook niet als ze haar vrolijk groetten. Dan zwaaide ze wel, maar haar blik bleef triest.

De kinderen schudden in de laadbak heen en weer toen de truck over een reeks hobbels in de weg reed. Chico trok zijn schoenen alvast uit, ze zouden er zo zijn. Als je het niet wist, reed je de tunnel makkelijk voorbij. Dichte varens hielden de ingang goed verborgen, maar voor de kinderen was het dagelijkse kost. Zodra de auto voldoende vaart minderde, sprongen ze eruit en met hun schoenen in de hand verdwenen ze achter de varens. Terwijl de truck verder reed, volgden zij gebukt hun route door de eerste tunnel naar de andere kant van de heuvel. Daar kleedden ze zich uit, stopten hun kleding in de plastic tassen en trokken hun duikpak aan. Zelfs in het donker was dit voor hen gesneden koek.

Het duurde een paar minuten voor het geluid van voetstappen in de tweede tunnel de komst van hun twee Mexicaanse bazen aankondigde. In het laatste stuk, dat recht naar beneden liep, waren stalen beugels in de muur geplaatst die dienstdeden als trap. Geroutineerd daalden de mannen de trap af, waarna ze de tassen om hun rug en schouders voorzichtig op de grond plaatsten. Ze ritsten ze open en stapelden een serie in plastic verpakte pakketten naast zich neer. Het licht uit de lampjes op hun hoofd verdreef het duister net voldoende om de kleine grot te verlichten. Met twee volwassenen, vier kinderen en de goederenvoorraad was het er propvol. Gesproken werd er nauwelijks, iedereen kende zijn taak. Luca ging als eerste. Hij hield zijn armen opzij terwijl de mannen de pakketten aan zijn duikpak tapeten. Zes rond zijn middel, twee voor op zijn bovenbenen en twee achter; tien in totaal. Daarna was het Chico's beurt, hij kreeg er zes, voor meer had zijn lichaam geen plek. Het gewicht maakte het erg lastig om te lopen, hij steunde tegen de wand om overeind te blijven en schuifelde in de richting van het water. Na een paar meter werden zijn voeten nat. Vanaf dit punt was het pikdonker en deed hij alles op de tast. Voetje voor voetje volgde de jongen de tunnel verder naar beneden, tot het water aan zijn borst stond en het gewicht van de bagage verlichtte.

Chico trok de duikbril over zijn ogen en liet zich langzaam vooroverzakken. Na de eerste daling boog de tunnel iets omhoog en bleef hij zo'n driehonderd meter op gelijke hoogte. Het water reikte tot halverwege de omringende muren. Chico kende de tunnel op zijn duimpje, hij wist waar hij zijn beenslag moest inhouden om zich niet te schaven aan de uitstekende rotspunten en onder moest duiken om zijn hoofd niet te stoten aan het lage plafond. Ook zorgde hij ervoor dat hij ver genoeg achter Luca bleef, om een onverwachte trap in zijn gezicht te voorkomen. Als je niet bang was voor het donker, zoals Chico, was dit eerste stuk vrij goed te doen. En toch gingen beginners hier vaak de mist in. Ondanks hun training en de vele waarschuwingen wilden ze te snel, zwommen ze te hard om er maar van af te zijn, met als gevolg dat hun ademhaling veel te hoog zat en ze te weinig lucht hadden voor het moeilijkste deel van deze tocht: de rivier. Want daar was het uiteindelijk allemaal om te doen: de plastic pakketten moesten de grens over, door de Rio Grande naar Amerika.

Chico wist uit verhalen dat niet alle kinderen dit werk overleefden, maar weigerde daaraan te denken. Wat er in de pakketten zat, interesseerde hem evenmin. De beste zwemmer worden, daarentegen, sprak hem wel aan. Net als lekker eten en drinken verdienen, taco's met cola, churros en ijs, en misschien ooit een Playstation, dat zou fantastisch zijn. Als hij goed zijn best deed, was niets onmogelijk. Dat zeiden de bazen en daar hield hij zich aan vast.

De stroming van het water werd krachtiger, het was bijna zover. Hij vertraagde zijn ademhaling en voelde nog een laatste keer of zijn pakketten goed vastzaten. De overkant halen was mooi, maar als hij onderweg een pakket verloor, kreeg hij er zeker van langs en kon hij een beloning vergeten. Toen hij zich ervan verzekerd had dat de lading stevig op haar plek zat, nam hij een grote hap lucht. Hij duwde zich hard af tegen de muur en dook onder water. Met een toenemende druk op zijn oren volgde hij de tunnel naar beneden, tot de muren verdwenen en hij de rivier in zwom. De Rio Grande was hier zes meter diep en Chico zwom op een meter of twee boven de bodem. Niet dat hij die zag, hij kon amper zijn eigen handen onderscheiden, maar hij wist inmiddels dat hij negentien krachtige slagen nodig had voordat hij aan de overkant een nieuwe tunnel bereikte. Daar hoefde hij zich alleen maar door het water omhoog te laten duwen, en duurde het nog zo'n tien tellen voor hij bovenkwam en adem kon halen. Meestal begon zijn lijf bij vijftien slagen te protesteren. Ook nu voelde hij de druk op zijn oren en een beklemmende pijn op zijn borst. De zware lading had hem toch te veel vertraagd om zonder pijn de overkant te halen. Wennen deed dat nooit, maar de wetenschap dat hij het zwaarste stuk er over vier slagen op had zitten, hield hem kalm. Hij zette door tot hij met zijn hand de rand van de tunnel raakte en de ijzeren beugel vond. Met zijn laatste krachten trok hij zichzelf naar binnen, waar zijn hoofd hard tegen een onbekend voorwerp stootte. De pijn vlamde door zijn lichaam, hij opende zijn mond en kreeg een paar gulpen water binnen. Volkomen in paniek sloeg hij om zich heen. Hij voelde de wanden van de tunnel, maar was zijn oriëntatie kwijt. Zijn hoofd bonkte en zijn longen schreeuwden om zuurstof. Ongecontroleerd trapte hij tegen de muren en hij merkte niet eens dat hij daarbij zijn voeten openhaalde. Opeens hoorde hij geschreeuw en voelde hij hoe een hand hem ruw naar boven trok. Voor hij het wist lag hij op zijn buik op de grond en toen werd alles zwart.

19

Met de metalen smaak van bloed in zijn mond en het gevoel alsof hij met een pan op zijn hoofd was gemept, werd Chico wakker. Hij lag op de grond in de tweede grot, aan de overkant van de rivier en om zijn voeten was een handdoek gewikkeld. Meteen sloeg de paniek weer toe. Hij kneep zijn ogen stijf dicht en kroop in foetushouding in elkaar. Er klopte iets niet; dat ding waartegen hij zijn kop gestoten had, was er nooit geweest. Alleen in de eerste tunnel staken de rotsen op sommige punten uit. Geen probleem, want daar was genoeg ruimte om die te ontwijken. Eigenlijk werd het aan de overkant van de rivier pas echt gevaarlijk. De Amerikaanse tunnel was een stuk smaller en daar waren alle obstakels weggehaald, zodat de kinderen er konden passeren. Wat was er vandaag ineens anders? Chico begreep er niets van. Voorzichtig bewoog hij zijn hand over zijn duikpak, de pakketten waren weg. In het licht van de fakkels bij de ingang naar boven, scande hij de grot. Leeg, vreemd. Waar was Luca? Die zwom vóór hem. Zou hij ook zijn hoofd gestoten hebben?

Opeens sloeg de schrik hem om het hart. Alejandro! Die kwam na hem en wist niet dat hij uit moest kijken. Zou hij nog aan het zwemmen zijn? Hoe lang was hij zelf bewusteloos geweest? Hij had geen idee, maar de gedachte aan zijn vriend die onwetend op een ramp af zwom, bezorgde hem maagkrampen. Chico schoot overeind en kermde luid toen hij meteen weer viel. Zijn bonzende hoofd stond niet toe dat hij opstond. Toch moest hij naar het water, misschien kon hij Alejandro helpen. Zo snel hij kon kroop hij op zijn knieën naar de waterrand, waar hij zichzelf in het water liet glijden. Hij dook onder en bewoog zijn armen in een wijde boog om zich heen. Toen hij proestend bovenkwam, hoorde hij rumoer achter zich. Hij draaide zich om en zag dat een van de twee bazen aan deze kant van de rivier, een dikke Amerikaan met honkbalpet, de trap af kwam en iemand met zich meetrok. Bijna beneden sleurde de Amerikaan de gedaante verder en smeet hem de grot in. Met een kreun landde Luca tegen de muur, waar hij roerloos bleef liggen.

'Luca!' gilde Chico. 'Je moet me helpen, er zit iets in de tunnel en Alejandro weet dat niet. Ik heb me ook gestoten, het is gevaarlijk!' Zonder op antwoord te wachten dook Chico weer onder. Hij redde het tot de ingang van de tunnel, maar daar liet zijn verzwakte lijf hem in de steek. Toen hij bovenkwam hapte hij naar adem en zag hij lichtflitsen voor zijn ogen. Het voelde of zijn hoofd elk moment kon ontploffen. Toch wist hij niet van ophouden. Als de Amerikaan hem niet voor de tweede keer uit het water had getrokken zou hij weer ondergedoken zijn, net zo lang totdat zijn vriend veilig was. Daar stak de baas een stokje voor. De dikke man tilde hem op een rots, hief een dreigende vinger naar hem op en gromde: 'Blijf.'

Nog nahijgend zocht Chico de blik van Luca, die onbegrijpelijk genoeg geen vin verroerde. Hij zat onderuitgezakt tegen de muur en staarde glazig voor zich uit. Wanhopig draaide Chico zich naar de Amerikaan, die tot zijn middel in het water stond en zijn handen zoekend door het water liet gaan. Op dat moment kondigde gestommel de komst van zijn collega aan, een lange donkerbruine man zonder voortanden.

'Er is er een teruggehaald, de laatste moet nog komen!' riep hij, terwijl hij de trap af sprong en het water in stapte. Hoewel Chico geen Engels sprak, begreep hij die woorden donders goed. Mimi was nummer vier in de rij en kennelijk was zij op tijd gewaarschuwd. Alleen Alejandro lag nog in het water en had er nu allang moeten zijn. Hij sloot zijn ogen, vouwde zijn handen samen en bad uit alle macht.

De brul van Luca zou hij later nooit vergeten, die ging door merg en been. Met grote ogen van schrik zag Chico hoe Luca opstond en zich in het water stortte. In de armen van de dikke Amerikaan lag het levenloze lichaam van een klein kind in duikpak. Een hoofdwond en een te lang gebrek aan zuurstof waren dit keer wel fataal. Jammerend trok Luca de duikbril van het gezicht van zijn zusje. Mimi's ogen waren open, maar ze kon hem niet meer zien.

20

Alberto Maria Costa had slecht geslapen. Steeds als hij indutte, schrok hij wakker en checkte hij de telefoon, die hij afwisselend in zijn hand of onder zijn kussen bewaarde. Ze zouden bellen, dat stond vast, maar hij had geen idee wanneer. Het wachten maakte hem nerveus. Liever hoorde hij meteen wat hij moest doen, wat ze van hem verwachtten, om te bewijzen dat het hem ernst was. Nu hij de knoop had doorgehakt, kon het hem niet snel genoeg gaan. Vandaag was het zaterdag; dat betekende dat zijn confrontatie met Alvarez over drie dagen zou plaatsvinden. Dan was de week voorbij, waarin hij had kunnen herstellen van de afranseling door zijn aartsrivaal. Een week was veel te kort, er zat nog steeds bloed bij zijn urine en als hij geeuwde of hoestte voelde hij een messteek in zijn ribbenkast. Maar zelfs als er een wonder gebeurde en hij over drie dagen genezen en pijnvrij was, zou hij een gevecht met Alvarez niet winnen. Tegen diens jarenlange knokervaring kon hij simpelweg niet op. Daarom had hij een plan bedacht om op een andere manier korte metten te maken met zijn kwelgeest. Het was even gevaarlijk als geniaal, maar hoe dan ook noodzakelijk om voorgoed van Alvarez bevrijd te zijn.

Hij ging op de rand van zijn bed zitten en duwde zich behoedzaam omhoog. Vanuit de kleine keuken klonk het geluid van een pan op het fornuis. Zijn moeder warmde pap op, voordat ze naar het naaiatelier vertrok waar ze zes dagen per week werkte. Gloria wist niets van zijn plannen en dat liet hij graag zo. Haar kwetsen was het laatste wat hij wilde, bovendien zou ze het niet begrijpen. De bendes in haar geboortestad tekenden haar leven en hadden haar al te veel afgenomen. Na het verlies van haar man en broer deed ze er alles aan om haar enige zoon voor onheil te behoeden. Ze zou ziek worden van woede en verdriet als ze wist dat Alberto zich gemeld had bij Escorpiones. Die wetenschap bezorgde hem pijn in zijn buik, maar hij zag geen andere mogelijkheid. Als hij nu niet opstond, ging het hoe dan ook een keer mis. En hij was het die het tij moest keren, niemand anders zou het voor hem doen.

Net toen hij voor de muurspiegel stond en zijn rechteroog bestudeerde, dat iets minder dik en blauw leek te worden, trilde de telefoon in zijn hand. Bijna liet hij hem vallen, maar hij herstelde zich op tijd. Hij nam op en noemde zijn naam.

'Morgenmiddag twaalf uur, achter het oude busstation. Het witte huis met de groene poort. Je wordt verwacht.' De stem die hij herkende van de man met de getatoeëerde tranen, leek even te twijfelen. De boodschap was overgebracht en toch beëindigde de man het gesprek niet meteen. Met natte handen en een droge keel wachtte Alberto af.

'Ken je de plek?' klonk het toen gehaast.

'Ja.'

'Wees op tijd en kijk uit... ik ben er niet bij.' De man hing op.

Alberto liet zijn arm zakken en bleef roerloos staan. Dat was het dan. Escorpiones had hem opgeroepen. Zondagmiddag twaalf uur, de tijd waarop hij elke week met zijn moeder in de kerk zat. Bidden zou hij waarschijnlijk wel doen, alleen niet in de kerk. Het witte pand achter het oude busstation was bepaald geen huis van God; het was een bordeel en gokpaleis, maar bovenal het hoofdkwartier van een van de grootste concurrenten van Escorpiones: Caníbales.

21

Pas tegen het einde van de ochtend checkten Tara en Jay in bij een goedkoop motel. Met zijn salaris kon Jay zich makkelijk een duur hotel veroorloven, maar dat paste niet bij zijn imago als biker. 'Geloofwaardigheid is de sleutel,' legde hij Tara uit. 'In undercoverwerk speel je nooit iets wat je niet kent, een gouden regel. Ik rijd al jaren motor en ken de mores binnen de clubs, daarom kon ik deze klus aannemen. Zodra ik denk dat iemand doorheeft dat ik niet ben wie ik zeg te zijn, zit ik in het eerste vliegtuig terug, want dan staat mijn leven op het spel. In dit werk krijg je geen tweede kans.'

Tara inspecteerde de kamer, een kopie van de *sleezy rooms* uit veel Amerikaanse roadmovies: vlekken in de vloerbedekking, een versleten sprei op het tweepersoonsbed, kakkerlakken in de badkamer en een douche met plakkerig gordijn. Het sprak haar wel aan. Een luxepopje was ze nooit geweest, met deze faciliteiten redde ze het prima. De kamer paste in de sfeer van deze roadtrip, die zich in één woord liet samenvatten: vrijheid. Ze genoot van het onderweg zijn, nieuwe plekken ontdekken en weer verder, in kleding die stonk naar benzine en met het zand tussen haar tanden. Aan deze levensstijl hoefde ze niet te wennen, hij paste haar als een oude jas.

'Ik haal wat te eten,' zei Jay, terwijl hij zijn bagage naast een aftandse paarse divan op de grond zette. 'Probeer daarna maar te slapen, ik heb nog een afspraak. Vanavond rijden we verder, zodat we vroeg in de ochtend in Chihuahua zijn.' Hij trok de deur open, leek even te twijfelen en draaide zich om. 'Je rijdt goed.'

'*Thanks.*'

Tara liep naar het raam en zag door de luxaflex hoe Jay met grote passen het parkeerterrein overstak, naar de Burger King verderop. Ze had hem nog niets verteld over Diego, maar wist dat ze daar niet aan ontkwam. Als ze haar voormalige collega en vriend wilde vinden, had ze hulp nodig. Mexico was te groot en het aantal aanknopingspunten te klein. Jay kende het land, hij sprak de taal en door zijn achtergrond beschikte hij over een netwerk waar zij niet aan kon tippen. Als ze met zijn hulp niet verder kwam, zag ze het somber in. Zuchtend liep ze naar de badkamer, waar ze zich uitkleedde en een douche nam, die eerst stomend heet en daarna ijskoud was. Ze droogde haar haren, trok haar capuchontrui weer aan en dook met het dossier van Jay op de divan. Het was belangrijk dat ze elk draadje informatie in zich opsloeg voordat ze in Chihuahua aan haar taak begon. Als 'Hoofd Dossiervorming en Informatiemanagement', zoals ze het zelf spottend omschreef, was ze verantwoordelijk voor de communicatie tussen Jay en zijn opdrachtgevers op het ministerie in Nederland. Eenmaal 'binnen' kon Jay daar onmogelijk zelf voor zorgen, te riskant, en daarom was Tara zijn secondant. Vanuit een anoniem adres in de omgeving van Chihuahua zou ze de informatie die Jay haar gaf, versleuteld doorspelen naar Nederland. Andersom gold het ook: de opdrachtgevers communiceerden niet rechtstreeks met Jay, maar gebruikten Tara als doorgeefluik. Alle acties, inclusief de nieuwe feiten die Jay zou aanleveren, moesten verwerkt worden in een dossier, dat alle betrokkenen voortdurend konden raadplegen. Koos Korevaar en zijn kompanen waren de internationale autoriteiten al te vaak door de vingers geglipt. Telkens lukte het hem en zijn leger aan advocaten om aan een veroordeling te ontkomen. Steeds trok hij aan het langste eind en werden politie en justitie neergesabeld in de media. Ze waren er klaar mee: geen vormfout, gebrek aan bewijs, gerede twijfel of geseponeerde rechtszaak mocht Korevaar nu nog uit de bak houden. Levenslang, mogelijk in combinatie met tbs – zijn acties waren er krankzinnig genoeg voor –, dat was het ultieme doel van deze operatie en daar mochten Jay en Tara voor zorgen.

Vanzelfsprekend stonden er hulptroepen klaar. Jay hoefde maar met zijn vingers te knippen en een Amerikaanse eenheid van getrainde agenten schoot te hulp. Schijnveiligheid, volgens Jay, zodra hij hen inschakelde was zijn rol immers uitgespeeld. Het vertrouwen dat hij in drieënhalf jaar bij Escorpiones had opgebouwd, zou in een oogwenk verdampen als hij de politie erbij riep. 'Dan ben ik het volgende lijk,' was zijn laconieke samenvatting, tijdens hun eerste ontmoeting in de kamer van Benno. Tara herinnerde zich de rust in zijn ogen toen hij die woorden uitsprak.

Met een klop op de deur kondigde Jay zijn terugkomst aan. Hij plantte een papieren zak naast Tara op de divan en ging met een Whopper op het bed zitten. 'Nog vragen?' vroeg hij, doelend op het dossier in haar schoot.

'Altijd,' zei Tara, terwijl ze een kussen over haar blote benen trok. 'Ik snap bijvoorbeeld niet waarom we zo moeilijk doen. Escorpiones is in meerdere landen actief en alleen al in Mexico begaan ze de ene misdaad na de andere. Ze handelen in drugs, doen aan afpersing, smokkelen goederen en mensen de grens over. Het aantal doden dat aan Escorpiones gelinkt wordt, is allang niet meer te tellen. Waarom rechtvaardigt dat geen scherpschutter, die van een afstand een kogel door die Korevaar jaagt? Is dat nooit geprobeerd?'

Jay herkende haar verontwaardiging. Precies hetzelfde had hij zich afgevraagd toen hij jaren geleden bij de club binnenkwam. 'Zo simpel ligt het niet. De organisatiestructuur van Escorpiones is zeer hiërarchisch. Elk land waarin de club actief is, telt meerdere vestigingen: drie in Nederland, acht in Duitsland, en Mexico en Argentinië staan sinds dit jaar op zestien. Deze chapters hebben ieder een eigen bestuur, daarboven staat het landelijk bestuur en aan de top van de hele toko staat El Capitan, Koos Korevaar. Die verschanst zich met een kleine kring vertrouwelingen in een fort in de Chihuahuawoestijn. Zijn villa, midden in een trailerpark vol zwaarbewapende bikers, is een ware bunker. Dat kunnen we zien op luchtfoto's. Verder verlaat hij zijn domein zelden en komen er nauwelijks vreemden in zijn buurt. Niet voor niets bouwde hij een hoofdkantoor op zo'n afgelegen plek; hij ziet alles en iedereen van mijlenver aankomen. Jezelf verstoppen kan daar niet, dekking zoeken evenmin. De mogelijkheden voor een luchtaanval zijn uitputtend bestudeerd, maar het risico dat er onschuldige slachtoffers vallen is te groot. Waarschijnlijk is dat precies de reden dat er ook vrouwen en kinderen wonen.'

Jay zweeg en at zijn burger, terwijl Tara de informatie liet bezinken. Deze klus vergde een andere manier van denken dan ze gewend was. Voor haar verhalen zocht ze altijd naar het 'hoe en waarom' en legde ze meningen naast elkaar. Hoor en wederhoor gold als een gouden principe; zij droeg de objectieve feiten aan en liet de lezer zijn oordeel vellen. Haar positie als journalist was neutraal, maar bij deze opdracht lag het wezenlijk anders. Van hoor en wederhoor was hier geen sprake, Korevaar kreeg geen recht van spreken. Onmogelijk, begreep ze, maar ook doodzonde, want het zou een spectaculair interview opleveren.

'Je zei eerder dat er reden was om aan te nemen dat Korevaar binnenkort wel te vangen is?'

'Een buitenkans,' beaamde Jay, terwijl hij de dop van een flesje water draaide. 'We hebben er jaren op gewacht en het was lang onzeker of het doorgaat, maar het lijkt er wel op.'

Ongeduldig zag Tara hoe hij het flesje leegdronk. 'Wat doorgaat?'

Jay boerde en excuseerde zich daarvoor, iets wat in strijd leek met zijn ruige uiterlijk. 'Het staat in het dossier: de club is in 1968 opgericht en bestaat dit jaar dus vijftig jaar. We vermoedden al dat Korevaar die mijlpaal niet onopgemerkt voorbij wil laten gaan. Het is een narcist van de eerste orde, als El Capitan moet hij wel gloeien van trots op het succes van zijn club. Dat vermoeden blijkt juist: er komt een feest waarvoor de voorzitters van de landelijke besturen zijn uitgenodigd, met nog een lading chapterhoofden. Het is niet zeker of iedereen echt komt, maar zo veel kopstukken bijeen… *that's once in a lifetime*.'

22

Ondanks de rookverbodsticker op de deur stak Tara een sigaret op. Dat ze daarmee niet de eerste was, bewezen diverse zwarte gaatjes in de sprei. Ze sloeg hem opzij, kuchte van de damp die uit de lakens opsteeg, een mengeling van stomerij, oud zweet en mottenballen, en kroop met trui en al in bed. Onmiddellijk sloeg de vermoeidheid toe. Boven op de nachtelijke motorrit had de spontane herinnering aan het auto-ongeluk van haar ouders haar tol geëist; ze was doodop. Kennelijk kon Jay met weinig slaap toe, hij was zojuist vertrokken en dat gaf haar gelegenheid een paar uur rust te pakken, voordat ze die avond aan hun tweede rit begonnen.

Ze nam een hijs en blies de rook langzaam uit. Zoals altijd bracht de vertrouwde smaak van nicotine haar tot rust. Carlo was er fel op tegen, in zijn huis werd niet gerookt, daarom sliepen ze meestal bij Tara. Al deden ze dat in de eerste plaats voor Huub, die 's nachts niet graag alleen bleef. Haar trouwe rottweiler was een klein kind met een groot hart; hij wist precies wanneer zijn baasje wel wat warmte kon gebruiken. Dan kwam hij bij haar liggen, met zijn kop in haar schoot. Tara glimlachte. Ze miste haar hond, maar de gedachte aan hem gaf toch een fijn gevoel. Kon ze van Carlo maar hetzelfde zeggen, dat zou alles een stuk overzichtelijker maken. Hij deed in feite niets verkeerd, sterker nog, hij deed veel meer goed dan zij: hij was zorgzaam en attent, ruimde op en liet haar lachen en toch zou het nooit iets worden tussen hen. Ze hadden het geprobeerd; hun vakantie in Ierland kende leuke momenten en heel soms was samen fijner dan alleen, maar echt gelukkig maakten ze elkaar niet. Ineens wist ze het zeker, alsof de duizenden kilometers afstand haar blik verscherpten. Carlo kon een fantastische partner zijn, alleen niet voor haar. Ze zuchtte en merkte dat er een last van haar schouders viel. In haar strijd tegen de eenzaamheid had ze zich te lang vastgeklampt aan een illusie. Dat was niet alleen zinloos, maar ook oneerlijk. Zodra ze thuis was zou ze het hem vertellen. Opgelucht nam ze een laatste trekje, waarna ze de peuk in een leeg blikje Sprite liet vallen. Ze vouwde het kussen dubbel onder haar hoofd en viel als een blok in slaap.

Nog geen half uur later ging de deur langzaam open en sloop een donkere gestalte de kamer binnen. In het halfduister had zijn silhouet van hoge jukbeenderen en scherpe kuif iets van een fotomodel. De man liep naar het bed en bestudeerde Tara uitgebreid. Met zijn telefoon maakte hij drie foto's van haar gezicht. Toen spotte hij naast de divan de tas van Jay. Hij zakte er op zijn knieën naast en doorzocht de tas met een gemak dat verraadde dat hij dit vaker deed. Ook Tara's rugzak kwam aan de beurt, daarna de badkamer en ten slotte de kussens van de divan. Onder de zitting vond hij wat hij zocht.

Voorzichtig legde hij het dossier op de vloer. Hij sloeg het open en nam een foto van elke bladzijde. Daarna stopte hij het terug onder de kussens en zorgde ervoor dat alles lag zoals hij het had aangetroffen. Met een laatste blik op Tara, die nog steeds diep in slaap was, verliet hij de kamer, even geruisloos als hij was binnengekomen.

23

'Better safe than sorry.'

Jay greep de hengsels van de sporttas die R.J. onverwacht naar hem toe wierp en voelde zijn hartslag in zijn keel. '*Jackass*,' riep hij. 'Hiermee blazen we de hele buurt weg!' Geschrokken keek hij naar de man in camouflageshirt, die zich hinnikend van pret op de knieën sloeg.

'Nog steeds zo scherp als een mes, buddy. En de buurt zou geen verlies zijn, die verdient een plek in de top tien van architectonische *fuck-ups*.' Hij trok aan de wielen van zijn stoel en rolde de garage uit. Jay volgde hem naar het woonhuis, een uit roodbruin baksteen opgetrokken doos die inderdaad geen schoonheidsprijs verdiende. R.J. woonde hier al toen ze samen in Zuid-Amerika werkten, maar Jay was niet eerder bij hem thuis geweest. Zijn oud-collega was expert op het gebied van explosieven. Niemand wist meer van ontstekingsmechanismen en de neutralisatie ervan dan R.J. Tucker en hij was de eerste aan wie Jay moest denken toen hij zijn opdracht in Mexico kreeg. Net als het eerdere bezoek aan het ondergrondse paleis van Gustavo Mendoza bleef ook deze afspraak buiten de boekjes. Wat niet weet, wat niet deert, vond Jay. Het was zijn doel Korevaar te tackelen zonder zelf het loodje te leggen en als hij daar wat minder legale hulpmiddelen bij nodig had, was dat zijn beslissing. Voorzichtig zette hij de sporttas op de marmeren tegels van de hal.

Binnen duwde R.J. twee cups in een ingewikkeld koffiezetapparaat. 'Extra sterk, toch?'

Jay knipoogde. Zijn maten lachten jaren geleden al om zijn voorkeur voor een slappe bak. Dan zei hij dat het werk hem genoeg adrenaline gaf om hem wakker te houden en dat hij daar geen koffie voor nodig had. Hij liep naar de keuken en leunde tegen het verlaagde aanrecht. Met een mix van verbazing en bewondering keek hij toe hoe R.J. zich in zijn rolstoel voortbewoog, zo vanzelfsprekend alsof hij nooit anders had gedaan. Als de dag van gisteren herinnerde Jay zich hoe R.J. wegdook, een fractie van een seconde te laat; de kogel spleet zijn ruggengraat doormidden.

Het was hun laatste dag in Medellín, Colombia, en de klus was al geklaard: twee kopstukken uit de cocaïnehandel zouden voor lange tijd achter slot en grendel verdwijnen. Onder de riante villa van een van hen moest nog een kluis staan en daarvoor doorzochten ze het souterrain, toen ze onverwacht de verbolgen jongste zoon van de huiseigenaar tegen het lijf liepen. De mitrailleur om de schouder van de veertienjarige jongen maakte een potsierlijke indruk, maar dat deed aan het gevaar ervan niets af. Jay sprong zijwaarts een kamer in, terwijl R.J. achter een kast probeerde weg te duiken. Het repeterende geluid van het kogelsalvo echode door de gangen, totdat Jay, die snel was omgelopen, de jongen van achteren kon overmeesteren. Hij hield hem in een houdgreep, trok de mitrailleur van zijn schouder en schopte die buiten handbereik. Zonder zijn wapen maakte de jongen geen schijn van kans en schaterlachend gaf hij zich gewonnen. De herinnering aan de hysterische blik in zijn ogen deed Jay nu nog huiveren. Hoe het met hem was afgelopen, wist hij niet en het hield hem ook niet bezig, tot hij hier naast R.J. stond, die de gevolgen van die aanval nog dagelijks ondervond.

'Ik stop ermee, maat,' hoorde hij zichzelf zeggen. Behalve Carina en zijn zoons wist niemand van dit besluit. Ook zijn opdrachtgevers wilde hij het pas melden, als deze laatste klus in Mexico geklaard was.

R.J. reikte hem een mok aan. 'Genoeg gehad?' vroeg hij. 'Groot gelijk, vriend. Dit werk is *one hell of a ride*, het is verslavend, maar eens houdt het op. En dan kun jij beter degene zijn die de beslissing neemt dan de crimineel aan de andere kant van de loop.'

Jay hief zijn mok proostend omhoog en nam een slok. 'Alleen deze nog, de finale. Het zou geweldig zijn als dit lukt, een mooier einde van mijn loopbaan kan ik niet bedenken.'

'*Shut up*, ik wil er niets van weten,' onderbrak R.J. hem. 'Het moet iets groots zijn, anders kom je hier niet langs. Ik heb mijn vermoedens en daar blijft het bij. Ik leid een ander leven nu, met Maria en de jongens.' Hij rolde naar Jay en legde zijn hand op zijn arm. 'Dat is een goed leven, Jay, en dat is er ook voor jou. Weg van het geweld, dat de laatste jaren alleen maar toeneemt. Sinds marihuana in de States gelegaliseerd is, levert de productie ervan niks meer op en richten de latinokartels zich steeds meer op heroïne. Het gebruik ervan is enorm toegenomen. Zestig procent van de heroïneproductie in Mexico is bedoeld voor de export naar Amerika. De kartels moorden elkaar uit om de grootste winst te pakken. Waar moet dat heen?' Mistroostig schudde hij zijn hoofd.

Jay klopte hem op zijn schouder en even dronken ze in stilte.

'Met wat er in die sporttas zit, blaas je geen woonwijk weg, maar vergis je niet, het is serieus spul.' R.J. lachte schamper. 'Ach, wie ben ik om jou te waarschuwen? Zie hoe ik erbij zit... ik wil alleen maar zeggen dat je uit moet kijken, oké buddy? Dat is alles, wees voorzichtig.'

24

Met een keel als schuurpapier schrok Diego wakker. Hij probeerde te slikken, maar het leek of het klamme matras elke druppel vocht uit zijn lichaam had geabsorbeerd. Zijn tong lag kurkdroog in zijn mond en het zweet, dat zijn poriën uren geleden al had verlaten, legde een witte waas over zijn huid. Het was een uitzonderlijk hete dag geweest in de woestijn en dat maakte de caravan tot een sauna. Halverwege de ochtend was zijn waterfles al leeg. Gek van hitte en dorst had hij tegen de wanden liggen trappen, hopend op een blijk van medeleven, tot zijn lijf het begaf en hij zijn bewustzijn verloor. Het zou niet lang meer duren of de draken zetten weer een aanval in, de geur van hun vlammende adem prikkelde zijn neus al en verraadde hun nabijheid. Af en toe kwam hij bij en riep hij om hulp, tot zijn keel zo droog werd dat hij alleen nog wat radeloos gekraak uitstootte.

Pas toen de avond viel en het donkerder werd, zakte de temperatuur. Volledig uitgeput lag Diego op zijn rug, te staren in het niets, toen ineens het besef kwam: ik ga dood. De gedachte had al vaker door zijn hoofd gespookt, maar nooit eerder was het einde zo tastbaar en dichtbij. Morgen, overmorgen, of de dag daarna, langer hield hij het niet meer vol. Hij zat vast en kwam er niet meer uit… het was afgelopen. Tranen welden in zijn ogen op toen hij de gezichtjes van zijn tweeling voor zich zag. Nona en Max moesten het al een tijd zonder hem stellen, maar, op een korte onderbreking na vlak na de moord op de cowboy, had hij altijd gedacht hen weer te zien. Deze reis zou tijdelijk zijn, een noodzakelijke onderbreking van zijn leven thuis, om zijn dromen en ambities helder te krijgen. Wat een nonsens, wist hij nu. Terwijl hij alles had wat hij zich wensen kon, twijfelde hij of het genoeg was, of het gezinsleven hem paste en of hij niet liever vrij zou zijn. Voor die twijfel betaalde hij een hoge prijs: zijn leven was verkloot en op een haar na voorbij.

Hij gilde geluidloos toen er onverwacht een hand tegen het kleine raam sloeg. De wereld draaide om hem heen waardoor het amper lukte om zijn blik te focussen op het raam, dat nu geopend werd. Door de opening verscheen een arm met een fles water.

'Chico?' fluisterde hij onhoorbaar, maar een antwoord bleef uit. De fles viel op de grond en rolde over de vloer tot hij tegen de rand van het matras tot stilstand kwam. Diego strekte zijn arm, maar kon er niet bij. Ruggelings schoof hij naar de fles toe. Het was een immense inspanning, waarvan het koude zweet hem uitbrak. Opnieuw strekte hij zijn arm uit en nu raakten zijn vingers het plastic. Met gesloten ogen en ingehouden adem concentreerde hij zich op zijn vingers, die de fles stukje bij beetje draaiden totdat hij zijn hand eromheen kon sluiten en hem naar zich toe kon trekken. Het kostte nog oneindig veel tijd om de dop los te krijgen, voor hij eindelijk het verlossende water tegen zijn lippen voelde. Hij goot het ongecontroleerd over zijn mond, en kreeg slechts een deel binnen, maar het leek of het hem openbrak. Zijn zware tong werd wakker, het schuurpapier in zijn keel loste op en zijn stem kwam weer tot leven.

'Chico?' riep hij opnieuw, dit keer verstaanbaar.

'Nee, ik ben Alejandro,' klonk er van onder het open raam, 'een vriend van Chico, hij heeft me gestuurd.' De jongen stapte op de kratjes en toonde zijn gezicht. Een paar tellen keken twee angstige ogen Diego aan, voordat ze weer uit beeld verdwenen.

Met de fles in beide handen dronk Diego kleine slokjes. Liever goot hij de fles in één keer leeg, maar hij had al te veel gemorst en wilde elke druppel sparen. Hij slikte moeizaam en liet zichzelf op adem komen. 'Waar is Chico?'

'Die is ziek, gewond,' zei de jongen. Hij sprak zacht en gejaagd, alsof hij bang was ontdekt te worden. 'Hij heeft zijn kop gestoten in de tunnel en zijn voet bloedde. Mimi is dood. Luca is te groot geworden, hij had veel pakketten en kon er bijna niet door. Toen heeft hij geduwd en zijn er stenen verschoven. Daar zijn Chico en Mimi tegenaan gebotst. Eigenlijk moest ik vóór haar, maar in de eerste tunnel schoot een van mijn pakjes los. Ik ging terug, want zonder pakjes mag je niet zwemmen, en toen moest Mimi in mijn plaats. Anders was ik dood.'

Vol afgrijzen luisterde Diego naar de kinderstem die verslag deed van een afschuwelijk ongeluk, alsof het de normaalste zaak van de wereld was. Chico had hem verteld dat de kinderen van het park spullen verkochten bij de rivier en dat hij graag ging zwemmen als er tijd over was. Over tunnels had hij met geen woord gerept. De woorden van Alejandro gaven een totaal ander beeld. Kennelijk werden de kinderen ingezet als smokkelaars en moesten ze daarbij door tunnels zwemmen. Nu was er een meisje dood, ene Mimi, en deed Alejandro het af als iets wat er nu eenmaal bij hoorde. Voor zijn ogen verscheen het beeld van Nona en Max die met bange snoetjes door een tunnel vol water zwommen. Het sneed hem door zijn ziel. Wat waren dat voor beesten, die kleine kinderen voor dit werk gebruikten? Ondanks zijn verzwakte toestand voelde hij een ongekende woede in zich opkomen. Hij nam nog een slok water en sloot zijn ogen.

'Waar is Chico nu?' vroeg hij.

'Die heeft straf, omdat hij niet kan zwemmen. Hij zit in het hok, ik denk twee, of drie dagen. Als zijn voet beter is, moet hij weer mee.'

Diego klemde zijn tanden op elkaar. Een jochie van zes was bijna doodgegaan door te doen wat hem was opgedragen en werd als dank in een hok gesmeten? Met een hoofdwond en een kapotte voet? En als hij eruit kwam, moest hij die tunnels weer in? De verontwaardiging vloog hem naar de keel, maar de kracht ontbrak hem om iets te doen. Hij schreeuwde uit onmacht en hoorde daardoor de voetstappen niet. Pas toen Alejandro's stem klonk en hij doorhad dat de jongen niet langer tegen hem sprak, begreep hij dat het mis was.

'Ik wist niet dat hier iemand zat, ik liep toevallig langs... ik was alleen nieuwsgierig!' riep de jongen in paniek. Na een klinkende klap gilde de jongen het uit. 'Niet doen, niet doen, ik heb niks gezien,' huilde hij.

Diego luisterde wanhopig. Er klonken weer twee slagen die de jongen nog harder deden huilen. 'Ophouden!' brulde Diego. 'Het is een kind! Hij heeft niets gedaan, laat hem met rust. Pak mij maar! Hufters!' Hij schreeuwde, gooide de fles tegen het raam en ramde uit pure frustratie zijn vuisten tot bloedens toe tegen de vloer, tot hij niet meer kon en volledig overstuur ineenkroop.

Lang nadat Alejandro en zijn belager vertrokken waren en de caravan opnieuw door stilte werd omgeven, lag Diego met zijn knieën tegen zijn borst en zijn armen eromheen zacht heen en weer te wiegen. Apathisch staarde hij voor zich uit en over zijn gebarsten lippen stroomde een onsamenhangende reeks woorden. Door het raam weerspiegelde het maanlicht in een plas water op de vloer, naast een lege plastic fles.

25

Een keer eerder had Chico in het hok gezeten; dat was tijdens zijn eerste week op het trailerpark. De mannen die hem in Chihuahua van de straat hadden geplukt, lieten hem aan zijn lot over en hij stierf bijna van de honger. Toen zijn neus de geur van gebraden vlees oppikte, kon hij de verleiding niet weerstaan. Hij vond de caravan waarin het vlees bereid werd en wachtte met het water in zijn mond tot de bewoner naar buiten kwam. Toen de man met ontbloot bovenlichaam achter zijn wagen verdween, sloop Chico naar binnen om twee worsten uit de pan te graaien. Met zijn buit in een theedoek wilde hij zich uit de voeten maken, toen hij in de deuropening tegen de blote bast op botste. Het leverde hem twee dagen straf op: eenzame opsluiting in een houten hok dat ooit dienstdeed als toilet. Het gat in de grond was inmiddels dichtgegooid, maar de houten planken hadden genoeg urine opgezogen om bezoekers blijvend te herinneren aan de voormalige functie van het gebouwtje. De stank, de honger en de verveling maakten het de zwaarste dagen van zijn jonge leven. Hij huilde dan ook van geluk toen aan het einde van de tweede dag de deur plots van het slot ging en er twee worsten in het zand op hem lagen te wachten.

Chico had zich voorgenomen nooit meer iets te doen wat hem straf opleverde, of er in ieder geval niet voor gepakt te worden. Zijn maag draaide soms nog om van de herinnering aan de penetrante pislucht van het hok. En toch zat hij er nu weer. Drie dagen. Omdat hij niet goed had gezwommen. De bult op zijn kop en de hoofdpijn waren geen probleem, dacht hij, die trokken vanzelf weg, maar met een kapotte voet kon hij onvoldoende kracht zetten om het einde van de tunnel te halen. Wat er precies mis was wist hij niet, maar zijn voet was flink opgezwollen en hij kon er nauwelijks op staan. Bovendien was Mimi dood en mocht Luca niet meer meedoen. Die was definitief te groot voor het werk, dat had hij zelf bewezen door de tunnel te beschadigen. Nu moest Alejandro het in zijn eentje opknappen, totdat er nieuwe kinderen gehaald werden. Ze waren er flink pissig om, zijn bazen. Zonder kinderen konden de pakketten niet naar de overkant. Voorzichtig streek hij met zijn vingers over zijn dikke voet. Hij hoopte dat die snel genas; dan was hij de beste zwemmer en kon hij de nieuwe kinderen helpen.

Met een zucht trok hij het hemd, dat hij voor zijn neus en mond had geknoopt om de misselijkmakende stank te dempen, strakker aan. De kou was nog net te doen, al zou dat rap veranderen. Hij had dorst, maar durfde niet te drinken. Waarschijnlijk moest hij genoegen nemen met de fles die met hem het hok in was gesmeten, op meer hoefde hij vast niet te rekenen. Daarom nam hij af en toe een piepklein slokje en deed hij net of het cola was. Dat trucje had Diego hem geleerd. Die vertelde dat hij elke dag een andere smaak uitkoos. Soms was zijn water een koud biertje en de dag daarop versgeperste jus d'orange. Als je je maar goed genoeg concentreerde, lukte het best. En wat had je anders te doen? De verveling was verschrikkelijk. Onvoorstelbaar dat Diego al zo lang gevangenzat, dacht Chico. Gelukkig had hij Alejandro een keer over Diego verteld, hopelijk zou die hem water gaan brengen. Dat was belangrijk, want zonder die extra fles hield hij het niet lang vol. En Diego mocht niet doodgaan, had Chico bedacht, na Alejandro was Diego zijn beste vriend.

Het geluid van voetstappen in het zand, dicht bij het hok, bezorgde hem kippenvel. Hij schoot overeind en verging van de pijn toen zijn voet van de steen af gleed die hij als steuntje gebruikte. Tijd om te herstellen had hij niet, want voor hij het wist, werd de deur opengerukt en viel er iets groots naar binnen. Even verscheen het donkere silhouet van een man met een cowboyhoed in de deuropening, toen viel de deur dicht en was hij weer alleen. Zoekend strekte Chico zijn hand uit naar de hoek waar het voorwerp was neergegooid. Zou het een deken zijn? En misschien wat te eten? Hij schrok toen zijn hand iets raakte, maar trok niet terug. Zijn hart bonkte in zijn keel terwijl hij het voorwerp verder aftastte en ineens wist hij wat het was: een schoen. Hij slaakte een gil, schoof op zijn billen dichterbij en zocht met zijn handen tot hij het kettinkje met het kruisje tussen zijn vingers voelde.

'Alejandro!' Hij hoorde zelf de wanhoop in zijn stem toen hij het sieraad om de hals van zijn vriend herkende. Zacht schudde hij de jongen heen en weer, maar een reactie bleef uit. De tranen sprongen in zijn ogen en zo snel zijn voet het toeliet, boog hij met zijn oor naar de mond van Alejandro. In zijn paniek was hij niet in staat een ademhaling te horen, maar voelen deed hij hem wel. Het was niet meer dan een zacht zuchtje wind dat om de paar tellen tegen zijn oorlel streek, maar het was genoeg om hem gerust te stellen. Voorzichtig vlijde hij zijn verkleumde lichaam tegen dat van zijn vriend op de grond. Met een arm om hem heen dacht hij aan zijn andere vriend, Diego, opgesloten net als zij, en er was niemand meer die hem kon helpen.

26

Met hernieuwde energie reed Tara tegen middernacht op de tolweg van Durango via Torreón naar Chihuahua. De beslissing over haar relatie met Carlo had haar kennelijk goedgedaan. Ze had zo vast geslapen dat ze pas wakker werd toen Jay haar wekte met de vraag of ze iets wilde eten. Na de pizza's hadden ze hun spullen gepakt en waren ze binnen een paar minuten weer en route. Ondanks het late uur voelde de lucht zwoel aan. In haar vertrouwde outfit van skinny jeans en capuchontrui en met haar rode lokken wapperend onder de helm uit voelde Tara zich de koning te rijk. Het door maanlicht verlichte landschap was wederom een sprookje en ze prees zich gelukkig dat zij daar getuige van mocht zijn. Met een binnenlandse vlucht waren ze sneller op hun plaats van bestemming geweest, maar Jay had een legitieme reden voor hun nachtelijke reis per motor. Dat die reden effect had bleek toen ze stopten bij een krakkemikkig benzinestation. Nadat ze hun motoren hadden volgetankt liep Jay naar binnen om te betalen en water in te slaan, terwijl Tara een eindje verderop een sigaret opstak.

Voor een autowasstraat, die al jaren geen dienst meer deed aan de ingeslagen ruiten en het zwartgeblakerde interieur te zien, zat een oude man op een bankje. Diepe groeven tekenden zijn gezicht en zijn vingers stonden krom van de artrose, maar in zijn ogen lag een schrandere blik. Zonder iets te zeggen, wees hij op het pakje in Tara's hand. Ze gaf de man een sigaret en hield haar hand beschermend voor het vlammetje van de aansteker. Daarna ging ze naast hem zitten. Meestal bleef ze op afstand, maar op deze plek en dit moment leek het vanzelfsprekend om met een oude man op een bankje te zitten en te roken. Samen bekeken ze de vrachtwagens die een paar honderd meter verderop als verlichte ufo's de nacht doorkliefden, tot de vredige stilte werd doorbroken door Jay, die voor hen ging staan en Tara polsend aankeek. Hij boog zich voorover en gaf de man, tot Tara's verbazing, een hand.

'Padre, hoe gaat het?' vroeg hij, in het Spaans met een vet Amerikaans accent.

De man knikte. 'Ik hoorde al dat je onderweg was.'

'De tamtam is me weer vooruit.' Jay trok een grimas naar Tara en ze begreep waar hij op doelde. Hij had voorspeld dat dit zou gebeuren. De sociale controle op de weg was groot, vooral onder motorrijders. Jay wilde zichtbaar zijn, op zijn Harley en in *colors*, zodat zijn aankomst bij de club niet als een verrassing zou komen. Zo hield hij de schijn van transparantie op: hij had niets te verbergen, iedereen mocht weten dat hij eraan kwam en dat hij iemand meebracht. Overdag was dat waarschijnlijk ook gelukt, maar in het luwe nachtverkeer vielen ze beter op. Bovendien bood de weg 's nachts meer ruimte voor een duorit.

'Je bent niet de enige,' vervolgde de oude man. 'En allemaal naar het noorden, het wordt druk in de woestijn.'

Met een hoofdbeweging naar Tara gaf Jay aan dat hij verder wilde. Ze viste een tweede sigaret uit haar pakje en gaf die aan de man. Hij glimlachte, wees op haar haren en zei: '*Guapa*', en tegen Jay: 'Geluksvogel.' Grijnzend nam Jay afscheid en samen liepen ze terug naar hun motoren.

'Sommige dingen veranderen nooit,' grinnikte Jay. 'Die man zat tien jaar geleden ook al op dat bankje. Hij is oud geworden, maar vergis je niet, hij houdt alles in de gaten. Mensen zoals Padre vormen de vleesgeworden tamtam.'

Onder een overweldigende sterrenhemel bood de Sierra Madre een schitterend decor voor hun route naar het noorden; pure vrijheid, in asfalt gegoten. Als Tara's geweten haar geen parten had gespeeld, zou haar geluk bijna compleet zijn.

'Ik moet je iets bekennen,' stootte ze uit, voordat ze zich kon bedenken.

Jay borg de flessen water in zijn tas, ging op zijn motor zitten en keek haar vragend aan.

'Er is nog een reden dat ik in Mexico ben: ik zoek iemand, een voormalig collega… een vriend van me. Hij wordt vermist.'

'Diego Martinez,' knikte Jay, 'ik vroeg me al af wanneer je dat zou vertellen.' Hij zette zijn helm op en klikte het riempje vast.

Even was Tara zo beduusd dat ze niets wist uit te brengen. Ze staarde Jay met grote ogen aan. 'Hoe bedoel je? Heeft Benno…? Die weet het helemaal niet.'

'Natuurlijk weet hij het wel. Denk je dat Yvonne zich niet bij hem gemeld heeft? Ze grijpt zich vast aan elke hulplijn die ze kan bedenken. Benno heeft me bijgepraat.' Zijn blik verraadde niets, maar aan zijn stem hoorde Tara dat hem iets dwarszat. Haar geluksgevoel was acuut verdwenen.

'Ik ben ook hier voor jouw opdracht,' zei ze stug. 'Maar ik moet Diego vinden, ik moet weten of het goed met hem gaat.'

'Dat begrijp ik, maar voor mij heeft Diego geen prioriteit. Over niet al te lange tijd zit ik in het hol van de leeuw en dan gaat al mijn energie en aandacht naar een andere man.' Jay keek om zich heen om te controleren of niemand hen kon horen. 'Ik meen het serieus, deze opdracht vraagt honderd procent focus en niet alleen van mij.'

'Aan mijn focus hoef je niet te twijfelen,' gaf Tara direct terug, 'als ik me ergens in vastbijt laat ik niet meer los. Ik neem aan dat Benno je dat ook verteld heeft?'

'Ik weet veel meer over jou dan je denkt,' zei Jay met vlakke stem, 'ook hoe belangrijk Diego voor je is. Als ik kan, zal ik je helpen, maar dat moet wachten; first things first.' Hij klapte zijn vizier dicht, startte zijn motor en reed weg. En terwijl Tara hem nakeek, begon haar iets te dagen. Het was niet enkel Benno's keuze geweest haar in te zetten op deze klus, toen een oude vriend hem om hulp vroeg. Hier was meer aan de hand en daarmee zou ze Jay op hun volgende stop direct confronteren.

27

‘Wat weet je over mij?’ Tara spuugde de vraag haast uit, zodra zij en Jay voet hadden gezet in de motelkamer in het centrum van Chihuahua. De laatste tweehonderd kilometer had haar verontwaardiging zich tot een hoogtepunt opgebouwd en nu kon ze niet meer wachten: ze moest weten waarom juist zij was uitgekozen voor deze opdracht.

Stoïcijns sloot Jay de deur achter hen. Hij zette hun bagage neer, knipte de lichten aan en begon een ronde door de kamer en de aangrenzende badkamer. Hij klopte tegen de muren, trok kastdeuren en lades open en haalde zelfs de droogbloemen uit een vaas. Tara ergerde zich mateloos. Toen hij de spiegel boven de kaptafel van dichtbij inspecteerde, kon ze zich niet langer inhouden.

‘Hé, James Bond, ik vroeg je iets. Jij houdt iets voor me achter en dat trek ik niet. Je weet het van Diego, ik heb geen geheimen meer. Nu is het jouw beurt. Wat weet je over mij en waarom ben ik hier?’ Met haar armen gekruist op haar borst ging ze voor hem staan, haar ogen vlamden.

Jay zakte op de kruk voor de kaptafel en keek haar geamuseerd aan. Aan haar gezicht zag hij dat dit geen goed moment was voor een grapje over redheads en hun pittige karakter. ‘Goed, ga zitten,’ zei hij, terwijl hij wees op het bed tegenover hem. Na twee etmalen zonder slaap verlangde hij naar rust, maar hij besefte dat er eerst iets uit de lucht moest. Het was zijn eigen schuld: hij had een visje uitgeworpen en Tara hapte toe. Had hij iets anders verwacht?

‘Ik volg je al drie jaar,’ zei hij en meteen stak hij zijn wijsvinger in de lucht om een protest van Tara in de kiem te smoren, maar dat bleek niet nodig. Met opeengeklemde kaken boorde ze haar ogen in de zijne. Het was duidelijk dat ze niet van plan was langer met zich te laten sollen.

‘Je werkte op Aruba aan dat verhaal over die Vlaamse meisjes. Daar heb je, min of meer op eigen houtje, een aantal grote zaken aan het licht gebracht: dwangarbeid, internationale drugshandel, kidnapping, om maar wat te noemen. Benno schakelde Interpol in, die stelde de AIVD op de hoogte en zo kwam je ook op mijn vizier. Ik was onder de indruk van je werk en heb je gescand. Het ongeluk van je ouders, de pleeggezinnen, je medische geschiedenis, het kraakpand en je loopbaan bij de krant, er is weinig dat ik niet weet.’

Tara’s wangen werden vuurrood en haar tanden stonden in haar onderlip, maar ze bleef zwijgen. Ze wilde per se het hele verhaal, voordat ze uit haar vel sprong.

‘Je zult je afvragen waarom,’ vervolgde Jay. ‘Dat is simpel, we willen je hebben. Op Aruba was je misschien nog net te onervaren, maar later in Andalusië, toen je met Diego de *Spanish butcher* tackelde, wisten we het zeker. De meeste nieuwkomers worden gescout op een militaire academie of een politieschool, maar dat is geen voorwaarde. Jij hebt bewezen over de kwaliteiten te beschikken die we zoeken: je bent onafhankelijk, slim, creatief, een doorbijter en voor de duvel niet bang. Bovendien beschik je van nature over de perfecte dekmantel: je bent vrouw en klein van stuk. Niet dat er zoiets bestaat als een doorsnee uiterlijk van een geheim agent, maar jou zal helemaal niemand verdenken. Ik vind je perfect voor de job. Natuurlijk zou je een training moeten volgen en er zit een hoop papierwerk aan vast.’ Hij haalde zijn schouders op. ‘Je moet het zelf willen. Zie deze klus maar als een testcase, denk erover na en kijk of het je aanspreekt. Officieel werk je nu nog voor Benno, maar als je wilt zou dit je laatste opdracht voor de krant kunnen zijn.'

Tara stond op, liep naar de badkamer, bedacht zich, kwam terug en viste een flesje water uit haar rugzak. Na een paar flinke slokken zakte ze terug op het bed. Minutenlang had ze haar vragen ingeslikt en nu ze de kans kreeg ze te stellen, leken ze verdwenen. Ze wist niet wat haar overkwam, voelde zich gevleid en genaaid tegelijk en wenste boven alles dat Diego er was om mee te praten. Hij was in staat met een paar rake opmerkingen orde te scheppen in de chaos en daar had ze sterk behoefte aan. Een brok in haar keel kondigde een huilbui aan. Snel griste ze haar rugzak van het bed.

'Ik heb even tijd nodig,' zei ze, waarna ze de deur achter zich dichtsmeet. Ze rende door de gang, nam twee trappen naar beneden en snelde langs de receptionist naar buiten, waar ze trillend tegen de gevel bleef staan om haar adem onder controle te krijgen. Te laat. Piepend van benauwdheid sjorde ze aan de rits van haar rugzak, die daardoor muurvast kwam te zitten en de plastic blaaszakjes buiten handbereik hield. De duizeling kwam al op toen ze zich tegen de muur omlaag liet zakken. Met haar mond wijd open en haar ogen dicht wachtte ze de aanval af. Ze wist wat er gebeuren zou, maar wennen deed het nooit. Jay mocht haar dan gescand hebben en geloven dat hij alles van haar wist, maar één ding had hij mis: bang was ze absoluut, doodsbang.

28

Om twaalf uur precies klopte Alberto Maria Costa op de poort van het witte pand achter het busstation. Hij had alweer nauwelijks geslapen en stond strak van de sloten koffie die hij de afgelopen uren had gedronken om zijn zenuwen te bezweren. Zijn moeder had haar wenkbrauwen gefronst toen hij meldde hun wekelijkse kerkbezoek te willen overslaan, maar zoals gewoonlijk protesteerde ze niet. Daarmee hield ze zich aan hun afspraak: zolang Alberto op het rechte pad bleef, legde zij hem geen strobreed in de weg. Met een roffel op de poort schond hij niet alleen die afspraak, maar ook het vertrouwen van zijn moeder. Dat brak zijn hart, maar meer dan hopen dat hij de kans kreeg het haar later uit te leggen, kon hij niet.

De poort zwaaide open en voor hem verscheen een Aziatisch ogende man met zonnebril. Zijn bovenlijf was zo vadsig dat het leren hesje met het logo van Caníbales de vetrollen nauwelijks kon bedekken. Met een vorsende blik nam hij de jongen op.

'Naam?'

Alberto schraapte zijn keel. 'Alberto Maria Costa.'

De dikzak stapte naar voren en fouilleerde hem grondig. Hij zakte zelfs door zijn knieën om Alberto's broekspijpen en sokken te controleren. Pas toen hij zeker wist dat de jongen geen wapens of zenders bij zich droeg, hees hij zich omhoog. Hijgend stapte hij opzij om Alberto door te laten. Zodra die binnen was, draaide hij de poort op slot en wees hij aan de overzijde van een ruim terras naar een kralengordijn. Zonder de jongen verder een blik waardig te keuren, sjokte hij naar de aangrenzende tuin met zwembad, waar hij zich in een ligstoel liet vallen. Alberto zag hoe hij een emmer *chickenwings* naar zich toe trok en gulzig begon te eten. Zelf had hij die ochtend alleen koffie door zijn keel gekregen en nog steeds moest hij niet aan eten denken. In zijn hoofd was slechts plaats voor één onderwerp en dat was de nog onbekende opdracht die achter het kralengordijn op hem wachtte. Met zijn kaken strak opeen liep hij ernaartoe.

Binnen was het donker. Hij wist zeker dat er ramen waren, dat had hij aan de buitenkant gezien, maar die waren kundig weggewerkt, want het weinige licht in de ruimte kwam van een paar kaarsen op een tafel en van twee roodgekleurde spots aan het plafond. Het duurde even voor zijn ogen aan het donker gewend waren. Zijn neus was sneller: die pikte direct de onmiskenbare marihuanawalm op, die zwaar in de kamer hing. Na een paar tellen had hij in de gaten dat hij niet alleen was. Door de loungemuziek klonk het zachte kreunen van een vrouw. Op een matras achter in de ruimte, net buiten de lichtcirkel van een van de spots, zag hij haar. Schaars gekleed bewoog ze langzaam op en neer, boven op een man van wie hij alleen twee benen in een afgestroopte spijkerbroek kon zien. Gegeneerd liep hij de andere kant op, zijn armen als voelsprieten voor zich uit. Hij passeerde een serie matrassen, een lege zithoek en een bar, waar glazen en volle asbakken stonden opgestapeld in de spoelbak. Doelloos keek hij om zich heen. Hij had zich voorgesteld dat hij werd opgewacht en instructies kreeg. Als hij een proef moest doorstaan, moest iemand hem vertellen wat de opdracht was. In deze tent was het feestje al voorbij, bijna iedereen was weg. Wat kon hij hier nog doen?

Hij besloot te wachten in de zithoek, weggaan was geen optie. Een tijdlang zat hij voor zich uit te staren, weeïg van de wietlucht, tot opeens het gekreun stopte. Schichtig keek hij opzij, maar het was te donker om achter in de kamer iets te kunnen onderscheiden. Opeens doemde vanuit het duister een vrouw op met lang zwart haar, een mysterieuze oogopslag en olijfbruine huid; zonder twijfel de mooiste vrouw die hij ooit zag. Ze liep op haar tenen en had een paar pumps met naaldhakken in haar rechterhand. Met niet meer aan haar lijf dan een zwartkanten bh, een string en jarretelles kwam ze recht op hem af. Het zweet brak hem uit en voor het eerst was hij blij met het duister, dat tenminste zijn knalrode wangen zou verbergen. Hij hield zijn adem in toen ze bij hem op de bank kwam zitten en haar pumps naast zich neerlegde.

'Ben jij Alberto?'

Of het haar nabijheid was, de gefluisterde naam in zijn oor, of de geur van seks die bijna tastbaar om haar heen hing, wist hij niet, maar de reactie tussen zijn benen was onmiskenbaar. Deze vrouw maakte hem bang, blij en begerig tegelijk, in tegenstelling tot de meisjes van zijn school met wie hij wel eens had geflikflooid. Even vergat hij waarom hij daar was en kon hij alleen maar naar haar kijken. Pas toen ze zijn naam herhaalde, iets dringender dit keer, knikte hij kort.

'Snel,' siste ze, 'kleed je uit,' en met twee handen trok ze zijn shirt naar boven. Het was al uit voor hij kon protesteren. Toen ze aan zijn broek begon, hield hij haar tegen.

'Wat... waarom...' Zijn stem haperde en het duurde even voor hij er controle over kreeg. 'Ik kom hier voor iets anders, ik heb een afspraak.'

'Dat weet ik,' zei de vrouw ongeduldig, 'die heb je met mij.'

'Maar... werk je dan niet voor Caníbales?' stamelde Alberto, die er steeds minder van begreep.

'Ik werk voor de hoogste bieder, jongen, wat maakt jou dat uit? En praat niet zo hard. We moeten opschieten, ik weet niet hoe lang hij slaapt.' Ze streek een lok achter haar oor en wierp een blik over haar schouder. Opeens begreep Alberto dat ze bang was.

'Wie slaapt er?' vroeg hij op fluistertoon.

'Carusso, de commissaris van politie. Hij kwam vannacht pas laat binnen. Ik heb hem zo lang mogelijk beziggehouden, hij moet uitgeput zijn. Meestal blijft hij een paar uur liggen, maar we kunnen het beter zo snel mogelijk achter de rug hebben. Dus alsjeblieft, kleed je uit.'

Alberto stond in tweestrijd. Een deel van hem deed niets liever dan simpelweg gehoorzamen aan de bloedmooie vrouw met haar smekende ogen, een ander deel was wantrouwig en wilde eerst meer weten. Hij besloot tot een compromis en trok zijn veters los. 'Waarom moet ik me uitkleden? Wat heb ik met Carusso te maken?'

De vrouw hielp hem met zijn schoenen en trok ook zijn sokken uit. 'Hebben ze dat niet gezegd? Je moet naast hem gaan liggen. Naakt.'

Dat veranderde de zaak. Abrupt schoot Alberto overeind. 'Absoluut niet.' Hij griste zijn shirt van de bank en trok het achterstevoren aan. Iets stelen was geen probleem. Een valse getuigenis afleggen of een pakketje van A naar B brengen evenmin, maar dit was van een totaal andere orde.

'Hoezo niet?' Hoewel ze nog steeds fluisterde, klonk haar stem nu beduidend anders, dreigender. 'Ik heb niet voor niets zo hard gewerkt. Als jij niet meewerkt, krijg ik geen geld. Jij gaat hier niet zomaar weg, meneertje. Of moet ik Chan erbij halen?'

Alberto zag haar ogen vlammen en dat boezemde hem meer angst in dan de dikke Chinees bij de poort. Hij voelde haar nagels over zijn huid krassen toen ze zijn shirt opnieuw uittrok. 'Ik wil geen seks met een man,' stootte hij uit. Hij was tot veel bereid om Alvarez voorgoed een halt toe te roepen, maar dit was een brug te ver. Tot hier en niet verder: zijn shirt kon hem gestolen worden, zijn broek bleef aan.

'Seks?' Ze klonk verbaasd. Toen sloeg ze haar hand voor haar mond om een lach te smoren. 'Wees gerust, al zou hij willen, het duurt wel even voor hij weer iets presteert.' En toen met een geruststellende hand op zijn schouder: 'Het gaat alleen om een foto, liefje, niets meer dan dat. Naakt, anders hebben we er niets aan. Jij naast hem, herkenbaar in beeld.'

Alberto twijfelde. Hij voelde opluchting, maar van een naaktfoto werd hij nog steeds niet vrolijk. Heel de stad kende commissaris Carusso als een van de weinigen die er prat op gingen niet open te staan voor corruptie. Hij durfde de strijd aan met de onderwereld en had al aardig wat successen geboekt. Met een naaktfoto van hem en een minderjarige jongen had de eigenaar het ultieme chantagemiddel in handen. 'Voor wie is die foto?' vroeg hij. 'En wie krijgen hem te zien?'

Het geduld van de vrouw was op. Ze ging staan en duwde de naaldhak van een van haar pumps hardhandig in zijn wang. 'Je moet niet zo veel vragen stellen,' snauwde ze op gedempt volume. 'Dit duurt te lang. Uit die kleren, of ik haal Chan en die doet het voor je.'

Nog steeds in tweestrijd stond Alberto op. De opdracht was makkelijker dan hij had gedacht en de kans dat zijn moeder de foto ooit zou zien – een gedachte die hem al bij voorbaat misselijk van schaamte maakte – schatte hij niet hoog in. Als hij hiermee de test zou doorstaan en op de hulp van Escorpiones kon rekenen, moest hij het offer maar brengen. Met een zucht trok hij de rits van zijn broek los en even later belandde ook zijn boxershort op de bank. Een snelle check leerde dat zijn angst weinig van zijn initiële opwinding had overgelaten. Geruisloos volgde hij de vrouw, die op haar tenen vooropging naar het matras achter in de kamer. Commissaris Carusso lag volledig uitgeteld op zijn rug, een arm op zijn borst, zijn benen iets gespreid. Met een handgebaar wees de vrouw waar Alberto moest gaan liggen. Hij deed het snel en zonder te kijken naar de commissaris, die de geur van de vrouw nog om zich heen had hangen.

Toen Chan de poort weer voor hem opende en Alberto het donker verruilde voor een stralende middagzon, voelde hij zich ronduit smerig. Zelfs na een grondige schrobbeurt onder de douche raakte hij dat gevoel niet kwijt.

29

Tara werd wakker in een vreemd bed, in een kamer die ze niet herkende. Op het nachtkastje naast haar brandde een lampje en er stond een glas water. Ze sloeg het in één keer achterover. Dorst, een hoofd vol watten en geen spat energie... dat kon maar één ding betekenen: ze had een aanval achter de rug. Hoewel ze wist dat het onzin was, voelde het telkens weer als falen. Ze was sterk en had veel onder controle, maar op de epilepsie kreeg ze geen grip. Die was haar de baas, al ging het inmiddels stukken beter dan vroeger. Boksen was een goede uitlaatklep en sinds ze vaker uitsprak wat haar bezighield, waren de aanvallen drastisch verminderd, in aantal en intensiteit. Ze ging van bijna maandelijks naar een keer of drie per jaar – een fikse vooruitgang, maar volledige genezing zat er waarschijnlijk niet in. Haar arts adviseerde tevreden te zijn met haar huidige conditie en waarschuwde voor een overmatige opbouw van stress, want een terugval was niet uit te sluiten.

Ze kneep haar ogen stijf dicht en concentreerde zich. Langzaam dreven de gebeurtenissen uit het afgelopen etmaal haar gedachten binnen. Het baanaanbod diende zich als eerste aan, de AIVD wilde haar zowaar inlijven als geheim agent. Jay had haar sinds Aruba in het vizier en lichtte haar hele levensloop door. Dat laatste voelde naar. Ze deed al een tijdje haar best om de muur om haar heen te laten afbrokkelen. Het was een kwetsbaar proces, dat tijd en moeite kostte. Jay was zonder kennisgeving gaan graven en had meer over haar ontdekt dan ze ooit uit zichzelf zou prijsgeven. Dat ging te snel en kwam te dichtbij. Maar weinig mensen in haar leven wisten dat haar ouders waren omgekomen toen ze klein was en over de periode in het antikraakpand vertelde ze al helemaal niet graag. Tegen Jay hoefde dat niet meer, die was al op de hoogte. Ergens bood dat misschien ook voordelen, bedacht ze, maar zo voelde het niet.

Haar hart sloeg over toen het besef over Jay en Diego opeens binnenkwam. Het was voor Jay volstrekt geen geheim dat ze Diego zocht. Wat wist die man eigenlijk niet? En waarom wist ze zelf maar zo weinig over hem? De spaarzame informatie die ze over Jay had, had ze van Benno gekregen. Zelf had ze nog geen minuut research aan hem besteed. In gedachten zag ze de fronsende blik van Diego, onderzoeker bij uitstek, bij zo veel naïviteit. Ze wankelde uit bed, pakte haar rugzak van de bank en gleed weer tussen de lakens. Op haar telefoon tikte ze Jays naam in bij een aantal zoekmachines. Geen resultaten. Dat verbaasde haar niet; zo makkelijk zou de AIVD het niet maken. Ze opende een e-mailprogramma en logde in als 'BobbyMacGee', het pseudoniem dat ze aannam als ze haar eigen naam niet wilde gebruiken. Haar bericht omvatte niet meer dan twee woorden en een afkorting: 'Jay Jennings AIVD'. Ze stuurde het naar 'BigMomma' en sloot het programma af.

Als een van de weinigen wist Tara wie er achter die naam schuilging. Jaren geleden had ze Bianca geïnterviewd voor een artikel over hackers. De vrouw, die het eerste deel van haar schuilnaam eer aandeed, werkte als professioneel hacker voor een verzekeringsmaatschappij. In die functie stond ze als expert te boek en had ze een klinkende reputatie opgebouwd. Bijna niemand wist dat ze onder de radar stevig bijbeunde. Als BigMomma speurde ze alle hoeken en gaten van het dark web af en vond ze informatie die voor anderen verborgen bleef. Tara interviewde Bianca op haar werk en voelde dat de vrouw iets achterhield. Die beantwoordde de vragen en lachte vriendelijk, maar liet niet het achterste van haar tong zien. Omdat ze vermoedde dat Bianca slechts een klein zetje nodig had, stelde Tara een tweede gesprek voor, bij de vrouw thuis. Een gouden greep, want in haar vertrouwde omgeving – een eenkamerflat met koektrommelverzameling en een bed vol teddyberen – bleek Bianca best bereid een boekje open te doen. Ze keek zelfs wat sip toen Tara het gesprek beëindigde en vertrok. Zoals afgesproken hield Tara de informatie uit de tweede sessie buiten het artikel, maar af en toe maakte ze nog wel gebruik van de diensten van BigMomma. Ze was benieuwd wat Bianca over Jay op het dark web kon vinden.

Alsof hij aanvoelde dat ze aan hem dacht, verscheen Jays hoofd in de deuropening. Toen hij zag dat ze wakker was, kwam hij binnen en sloot de deur.

'Hey girl,' zei hij, terwijl hij met een bezorgd gezicht op het voeteneinde van het bed ging zitten, 'je liet me schrikken.'

Dat toverde een glimlach op Tara's lippen. Dat hij haar levensloop gecheckt had bleef vervelend, maar daardoor was hij wel op de hoogte van haar epilepsie en wist hij hoe hij haar moest helpen. 'Ik neem aan dat jij me hebt gevonden en hier hebt neergelegd?' vroeg ze.

Jay knikte. 'Ik ging je achterna toen je naar beneden rende en vond je op de stoep. Je had stuiptrekkingen in je armen en benen, maar je hartslag bleef binnen de perken en je ademhaling was regelmatig. Ik denk niet dat je gewond bent, maar als je wilt kan de receptie alsnog een dokter voor je oproepen.'

Tara schudde haar hoofd. 'Dat is niet nodig, het gaat al beter. Bedankt.'

'Je hebt in ieder geval goed geslapen, net als ik.' Jay keek op zijn horloge. 'De middag is bijna voorbij. Kan ik nog iets voor je doen? Anders spring ik zo onder de douche. Ik heb de kamer hiernaast gehouden en deze voor jou bijgeboekt, zodat je rustig kon bijkomen. Zal ik iets te eten voor je bestellen?'

Tara gaf geen antwoord. Nu hij zo aardig voor haar was, voelde haar opdracht aan BigMomma bijna verkeerd aan. En toch was het goed want ze wilde meer weten dan hij losliet.

Jay zag haar twijfelen en trok een grimas. 'Laat me raden, pizza? Voor mij iets gezonds, maar als jij pizza wilt, krijg je er een.'

'Waarom doe je dit?' Ze besloot het op de man af te vragen.

'Wat?'

'Je leven op het spel zetten om Korevaar te pakken?'

Een fractie van een seconde verhardden de trekken om zijn mond, maar hij herstelde zich snel. Met twee handen wreef hij over zijn kale schedel, alsof hij tijd wilde winnen voor hij antwoord gaf. 'Iemand moet het doen.' In zijn ogen zag ze dat zelfs hij dit een zwak excuus vond. Hij hief zijn handen in de lucht. 'Het is mijn werk, *what can I say*? Iemand moet het doen. Andere tactieken hebben steeds niets opgeleverd, daarom doen we het nu zo. Ik ben hier al jaren mee bezig en geloof dat het kan. En jij?'

Tara klemde haar kaken opeen en knikte kort.

'Mooi. Dan zijn we het eens.' Hij stond op en klapte in zijn handen. 'Nou, zeg het maar: pastrami of tonijn?'

30

De geluiden in de kamer klonken al een poosje, minuten, of misschien uren – tijd had zijn betekenis verloren voordat Diego er vat op kreeg en doorhad dat het stemmen waren. Mannenstemmen, meer dan twee. Soms klonken ze afzonderlijk, dan weer door elkaar, langzaam, snel, hard en zacht, alsof ze probeerden in koor te zingen en daar steeds niet in slaagden. Het voelde goed; hij had ze gemist, de stemmen van mensen om hem heen. In de caravan had de stilte zijn eenzaamheid akelig benadrukt, maar hier in deze nieuwe ruimte was hij niet langer alleen. Hij laafde zich aan de klank van de woorden, de melodie van zinnen en de emotie waarmee ze werden uitgesproken. Hier was hij veilig en kon hij rusten, want hij was moe, zo moe...

Water op zijn lippen wekte hem. Hij wilde zuinig zijn, kleine slokjes nemen, maar tevergeefs: het gulpte over zijn mond en wangen, het droop van zijn kin en stroomde langs zijn nek over zijn schouders. De echte dorst was al even verdwenen en zijn keel voelde niet langer als schuurpapier. Het deed ook geen pijn meer als hij met zijn tong langs zijn lippen streek. De pijn had zich verplaatst naar zijn rug, daar kon hij niet op liggen. Daarom wisselde hij van zij naar zij, tot hij misselijk werd en ook dat niet meer ging. Zijn maag kromp samen en stuwde het water terug naar buiten en in grote golven gutste het uit zijn mond. Met zijn kaken als in een schreeuw uiteen, viel hij opnieuw weg. Dat iemand hem met een doek droogwreef, merkte hij niet.

Brood, versgebakken, zijdezacht van binnen en aan de buitenkant een knapperige korst. De geur prikkelde zijn neus en vulde hem met verlangen. Nu zijn ergste dorst verholpen was, diende de honger zich aan. Hij had zo lang zo weinig gegeten dat zijn lijf niet eens meer om voedsel vroeg, maar nu de warme zoete geur van ovenvers brood hem leek te omhelzen, schreeuwde zijn maag om eten. Hij opende zijn ogen en pas toen drong echt tot hem door dat hij niet meer in de caravan lag. Dit was een huis, met muren van baksteen en ramen van glas, in plaats van plastic. Er zaten mannen aan een tafel en in een hoek vertoonde een gigantisch scherm een voetbalwedstrijd. Zijn stinkende laken was verruild voor een wollen deken en het matras onder hem was dik en rook fris. Het waren bijna te veel prikkels om in één keer te verwerken en het liefst krulde hij zich op, met zijn ogen dichtgeknepen om nog even te blijven drijven in die zweem van zorgeloze onwetendheid, maar zijn rammelende maag stond dat niet toe.

'Hé, hij is wakker!'

De kreet had nog niet geklonken of alle ogen in de ruimte waren op hem gericht. Diego staarde terug, maar was niet in staat tussen de brij aan baarden, zwarte kleding en tatoeages afzonderlijke personen te onderscheiden. Zijn blik gleed verder over de tafel vol borden, kommen en dampende schalen. Hij trok zijn arm onder de deken vandaan, wees met een trillende vinger en zei: 'Eten.'

Even bleef het stil, tot iemand begon te lachen en de anderen hem luidkeels bijvielen. 'Geef die man een bord!' werd er geroepen, en: 'Extra hete saus!'

Vanuit het niets verscheen een vrouw in de kamer. Met haar lange haren in een hoge staart, een rijbroek en een nauwsluitend coltruitje leek ze op een amazone. Ze ging naast Diego op bed zitten en plaatste een koele hand op zijn voorhoofd. Daarna sloeg ze haar armen om zijn schouders en trok ze hem krachtig overeind.

Met een vlug gebaar griste ze twee kussens van onder het bed om die achter Diego's rug te plaatsen. Ze schikte de deken, keek nog eens onderzoekend naar zijn pupillen en leek tevreden. De snee brood op het bord dat ze voor hem hield, was nog warm en deed Diego watertanden. Hij boog met open mond voorover, maar dat was niet naar de zin van zijn gastvrouw. Streng trok ze het bord terug. Ze zette het op de deken, brak het brood in kleine stukjes en legde er eentje in Diego's hand. Nog voor hij het in zijn mond stak, stroomden de tranen al over zijn wangen. Hij kon er niets aan doen, de geur van vers brood riep gevoelens op die hij leek te zijn vergeten.

Onverstoorbaar drukte de vrouw een handdoek tegen Diego's wangen, waarna ze hem aanspoorde te eten. Hij kreeg een halve snee weg, meer kon zijn maag niet verdragen, toen vielen zijn ogen dicht.

Brood, taco's, molletes, enchilada's, kip, salades, vers fruit en emmers chilisaus. Het picknickkleed lag zo vol lekkernijen dat er geen plaats meer was om te zitten. Dat gaf niets, want zitten wilde niemand. Gedanst moest er worden! Mariachimuzikanten zongen uit volle borst en speelden de blaren op hun vingers. Vrouwen droegen bloemen in hun haren en ook de mannen hadden hun beste pak uit de kast getrokken. Kinderen met geschminkte gezichten renden zigzaggend tussen de graven door en gooiden snoepjes naar elkaar. Boven aan de hemel bescheen een stralende zon het meest bizarre ritueel waarvan Diego ooit getuige was geweest: Dia de los Muertos, de dag van de doden. Hij had vaker gehoord van deze nationale feestdag, maar meegemaakt had hij hem nog niet. Nederland kende op 1 en 2 november Allerheiligen en Allerzielen, maar dat werd lang niet zo uitbundig gevierd als in Latijns-Amerika. Hier vierden ze feest! Jong en oud danste letterlijk op de graven, om zo de herinnering aan over-

leden dierbaren levend te houden. Tante Olivia nodigde hem uit het feest met familie en vrienden te vieren op het heuvelachtige kerkhof van Mérida en daar keek Diego zijn ogen uit. Hij at, dronk, lachte en danste. Eén met de groep voelde hij zich vrijer en zorgelozer dan hij in tijden had gedaan. Met een buik vol heerlijk eten en een glas bier in zijn hand doorkruiste hij het terrein. Bij elk groepje muzikanten bleef hij staan om te luisteren naar de vrolijke klanken en om de opgetogen sfeer in zich op te zuigen.

Aan het einde van een pad, boven op een grafheuvel, zag hij een meisje dansen. Ze droeg een zwarte jurk met kanten ruches en de zon zette haar rode lokken in vuur en vlam. Met gesloten ogen en haar armen boven haar hoofd bewoog ze op het ritme van de muziek. De manier waarop ze opging in haar eigen wereld raakte hem en gebiologeerd bleef hij kijken. Ze was niet groot, maar straalde een enorme kracht uit; deze vrouw wist wat ze wilde en deed dat, ongeacht wat anderen daarvan vonden. Ze was prachtig en herinnerde hem aan iemand die hij meer miste dan hij ooit had gedacht.

31

Op hemelsbreed nog geen honderd meter van Diego vandaan, zat Chico in zijn houten hok. Alleen, want Alejandro had enkel de nacht en de vroege ochtend met hem doorgebracht, waarna hij weer werd opgehaald. De mannen die zijn vriend bevrijdden gaven geen antwoord op zijn vragen, maar Chico begreep dat de opsluiting van Alejandro een vergissing moest zijn geweest. In het laatste uur voordat de zon opkwam was Alejandro in paniek wakker geschrokken. Hij sloeg wild om zich heen en Chico probeerde de jongen te kalmeren.

'Ik moet weg!' gilde hij, en 'Ze gaan me pakken!' Pas toen Chico hem liet zien dat de deur op slot zat en ze met z'n tweeën waren, kon Alejandro rustig ademhalen. Hij vertelde dat hij betrapt was toen hij de vreemdeling een fles water ging brengen. Dat hij klappen had gekregen en een lap tegen zijn mond met sterk ruikend spul erop, waarvan hij heel diep in slaap was gevallen. Toen de ergste schrik voorbij was en hij zich veilig waande, kreeg Alejandro zijn vertrouwde bravoure terug. 'Ik ken de rotzak niet, maar als ik hem zie, is hij zo goed als dood,' pochte hij. 'Die man wist duidelijk niet wie ik was. Zodra ik hieruit ben, ga ik het vertellen en dan zorg ik ook dat jij hieruit komt.'

Niet veel later werd het slot opengedraaid en pakten twee grote handen Alejandro bij zijn schouders.

'Hoe kun je zo stom zijn?' vroeg een stem vanuit het donker.

'Hou je bek, ik wist het niet,' antwoordde de man die Alejandro beethad. Hij scheen met een zaklamp in Alejandro's gezicht, alsof hij zich ervan wilde verzekeren de juiste jongen te pakken te hebben.

Toen Chico de felle lichtbundel in zijn ogen kreeg wendde hij zijn hoofd af. 'Waar brengen jullie hem naartoe?' riep hij. 'En hoe lang moet ik hier nog blijven? Ik wil ook mee, ik zit al lang genoeg! Mijn straf is voorbij!'

Met een klap sloeg de deur dicht en knarsend draaide een sleutel in het slot. Chico wierp zich tegen het hout en schreeuwde uit volle borst: 'Laat me eruit! Alejandro!' Het mocht niet baten. De mannen verdwenen, Alejandro was weg en niemand keek nog naar hem om. Woest wreef hij de tranen uit zijn ogen; hij wilde niet huilen en zwak zijn, hij wilde uit dit gore stinkhok en als niemand hem hielp zou hij daar verdomme zelf voor zorgen. Hij duwde zijn handen in het zand, vlak voor de achterwand van het hok en begon te graven. Tunnels waren zijn specialiteit, hij zwom er zes dagen van de week doorheen. De tunnels bij de rivier had hij weliswaar niet zelf gegraven, maar voor alles was een eerste keer. Hij was niet groot, een smalle gang zou volstaan om onder de muur van planken door te kruipen en aan de andere kant omhoog. Hoe moeilijk kon het zijn? Zijn kapotte voet zou hem niet tegenhouden, die sleepte hij gewoon met zich mee. De laatste uren was de voet verder opgezwollen en de huid spande er pijnlijk strak overheen, maar dat ging vast vanzelf over, net als de bult op zijn kop, die al een stuk was geslonken. En als hij buiten stond, ging hij weg hier. Ze zochten maar een nieuwe zwemmer, hij wilde niet meer. Hij zou stiekem teruggaan naar de stad waar ze hem hadden opgepikt. Daar zou vast een ander baantje te vinden zijn waarmee hij geld kon verdienen. En heel misschien was er ook een huis met aardige mensen en kinderen, en hadden ze een plekje voor hem vrij.

32

In haar motelkamer maakte Tara zich klaar voor haar opdracht. De nasleep van de aanval sluimerde nog in haar lijf, maar tegelijkertijd voelde ze de energie terugstromen. Alsof ze gereset was, ontdaan van opgebouwde spanning, en weer met een schone lei vooruit kon. Het voelde prettig om een eigen kamer te hebben. Sinds ze donderdag vertrokken waren, nog maar drie dagen geleden, was ze amper alleen geweest en dat viel haar als einzelgänger niet mee. In haar eentje lukte het beter de dingen op een rij te krijgen en in het juiste perspectief te plaatsen. Zo besloot ze het aanbod van Jay voorlopig te laten voor wat het was. Twee zaken kregen voorrang: Diego vinden en Jay helpen Koos Korevaar te pakken, daarna zou ze wel zien. Ze voer haar hele leven al haar eigen koers en daar kon zelfs de AIVD geen verandering in brengen. Ze merkten het vanzelf als zij eraan toe was een beslissing te nemen, eerder niet.

Na de pizza en een douche verdiepte ze zich in de satelliettelefoon en bijbehorende laptop die Jay haar had gegeven. Beide apparaten bevatten uitgebreide achtergrondinformatie over Koos Korevaar en Escorpiones. Nu ze zo dicht bij het vuur zaten was een papieren dossier uit den boze en dus hadden ze dat verbrand. Morgenvroeg reed Jay de woestijn in en konden ze geen risico's meer nemen. De communicatie tussen hem en Tara zou dan uitsluitend nog online verlopen. Bellen vertrouwde Jay niet, gesprekken afluisteren of aftappen was te gemakkelijk. Het mail- en chatprogramma op de telefoon en laptop van Tara en op zijn eigen telefoon was zodanig beveiligd dat het onderscheppen van informatie hierop nagenoeg onmogelijk was. Helemaal uitsluiten kon je het echter nooit en daarom zouden ze minimaal één en maximaal twee keer per dag contact hebben, tenzij een noodsituatie extra interactie vereiste. Daarnaast moest ze stand-by zijn, voor het geval Jay alarm sloeg en er versterking nodig was. Dat scenario leek de zwakste schakel in het plan, want volgens de berekeningen zou het op zijn minst achttien minuten duren voor een klein eliteteam per helikopter ter plaatse kon zijn. Over de grond duurde het tweeëndertig minuten. In die tijd kon veel gebeuren. Jay deed er luchtig over en Tara ging er niet op door, maar beiden beseften de ernst van de situatie.

De laptop gaf meer informatie dan het papieren dossier had gedaan. Niet toevallig, begreep Tara, zo hield Jay de controle over wat zij wist. Dat was beter voor haar veiligheid, zou hij zeggen als ze ernaar vroeg, maar dat deed ze niet want het irriteerde haar dat ze zelf de regie niet had. Dat ze daar in dit geval niets aan kon veranderen, wist ze ook en dus hield ze haar mond en concentreerde ze zich op haar scherm.

Het naderende vijftigjarige bestaan van Escorpiones gaf de samenwerkende autoriteiten de ultieme kans om toe te slaan. Jay noemde het niet voor niets 'once in a lifetime': bijna alle kopstukken van de organisatie waren dan bijeen. Bovendien bood het hem de mogelijkheid zijn zorgvuldig opgebouwde rol prachtig uit te spelen. Drie jaar geleden had hij zich als motorrijder aangesloten bij de divisie in Mexico-Stad en al na een paar maanden was het hem gelukt een plaats te bemachtigen op het trailerpark in de woestijn. Aanvankelijk betaalde hij een veel te hoge huur voor de caravan, die weinig meer was dan een kunststof keet met een bed, een bank en een koudwaterkraan, maar dat was het waard.

Hij liet links en rechts vallen dat hij als securityspecialist gewerkt had, voordat een echtscheiding zijn leven omgooide en hij op zoek ging naar een nieuwe invulling van zijn bestaan. Al sncl ging rond dat hij handig was met camera's en detectoren. Toen een buurman zich bij hem meldde met het verzoek een camera te plaatsen in het huis van zijn vriendin in de stad, die hij verdacht van een affaire, was het hek van de dam. Opeens wist het halve trailerpark Jay te vinden en waren er meer die iemand stiekem in de gaten wilden houden. Anderen zochten een manier om hun motoren beter te beveiligen, in veel opzichten hun kostbaarste bezit. Jay zorgde ervoor, zonder vragen te stellen: van camera's en afluisterapparatuur tot zenders en alarmsystemen. Het duurde precies zes weken voor de grootste vis toehapte en El Capitan zelf, Koos Korevaar, Jay in zijn villa ontbood.

Tara trok een blikje cola open. Het dossier las als een spannend boek. Het trailerpark was een verzameling outlaws, die in de woestijn ongehinderd hun gang konden gaan. Een enclave buiten de maatschappij en boven elke wet verheven. Het deed haar denken aan de periode waarin zij in een antikraakpand woonde. Haar huisgenoten gingen net zo goed hun eigen gang en hielden zich, al dan niet onder invloed van drank en drugs, alleen aan hun eigen wetten. De eerste maanden was dat heerlijk: eindelijk niemand om rekening mee te houden. Geen pleeggezin dat haar, misschien onbedoeld, het gevoel gaf dat ze dankbaar moest zijn. Geen jeugdzorg die om de haverklap vroeg hoe het met haar ging, en geen klasgenoten die haar zwarte kleding bespotten. In dat huis golden geen regels en verwachtte niemand iets van haar en dat was een verademing, zolang het duurde. Nieuwe huisgenoten brachten vrienden mee, die op hun beurt vrienden uitnodigden. Feesten met drank en drugs vonden niet alleen meer in het weekend plaats, maar ook doordeweeks en opeens stond de politie haast dagelijks op de stoep. Ruzie, boetes en bedreigingen verjoegen de aanvankelijke vrijheid voorgoed.

Ergens begreep Tara de bikers in hun zelfgeschapen wereld best, maar ze wist ook dat de illusie geen stand kon houden. Zeker niet met een zware crimineel als Korevaar aan kop. Het verhaal van Escorpiones telde al te veel bladzijdes, het was tijd voor het laatste hoofdstuk. Dat zou zij schrijven, samen met Jay.

33

Jay herinnerde zich zijn eerste ontmoeting met Koos Korevaar als de dag van gisteren. In lotushouding op de mat naast zijn bed haalde hij, ter voorbereiding aan zijn komende en hopelijk laatste confrontatie met El Capitan, in gedachten de gesprekken terug die hij met hem gevoerd had. Dat eerste gesprek vond plaats naast een gigantisch groot zeeaquarium.

'Zestienhonderd liter zeewater, midden in de woestijn: niets is onmogelijk.' In de categorie 'originele openingszinnen' verdiende Korevaar een gouden medaille. De woonkamer van de villa was verlaten toen Jay binnenkwam en daarom had hij zich bij het aquarium geposteerd, waar tientallen exotische vissen streden om een schoonheidsprijs. Korevaar kwam naast hem staan, zonder zich voor te stellen, het was duidelijk dat ze van elkaar wisten met wie ze te maken hadden, en hij wees enkele exemplaren aan.

'Anemoonvis, citroengele doktersvis, koraalduivel, papegaaivis, vleermuisvis, diklipvis en de kardinaalbaarzen houden zich schuil. Je hebt altijd figuren die even de kat uit de boom kijken voor ze zichzelf laten zien. Geen verkeerde eigenschap.' Korevaar draaide zich naar Jay en nam de tijd om hem van top tot teen te bekijken.

Omgekeerd deed Jay hetzelfde en dat verhulde hij niet. Deze eerste indruk was allesbepalend en hij wilde dat Korevaar hem zag als het toonbeeld van lef en transparantie. Hij aardde zijn schoenen stevig in de grond, hield zijn ademhaling laag en trok zijn wenkbrauwen licht op. De *what you see is what you get*-uitstraling klopte uiteraard voor geen meter, maar als hij Korevaar ermee kon bedotten, was hij tevreden. Bijna ging het mis. Korevaar had een indrukwekkend voorkomen en dat zat hem niet alleen in zijn grootte. De vierkante schouders en de kolossale handen waren intimiderend, net als de stierennek en kale kop, die volledig door tatoeages bedekt waren, alleen zijn gezicht was vrij van inkt. Er waren meer grotere bikers met een vergelijkbaar uiterlijk, maar geen van hen kon zich meten met de *présence* van Korevaar. De man had zo'n overweldigend charisma dat zelfs een professional als Jay, zelf ook niet de kleinste, zich voelde krimpen in zijn nabijheid. Het leek of El Capitan met zijn vorsende blik dwars door hem heen keek en het kostte Jay merkbaar moeite zijn pokerface te behouden.

'Wat is jouw hobby?' vroeg Korevaar, terwijl hij Jay met zijn blik dwong te blijven staan.

Op deze vraag had Jay zich niet voorbereid. Hij wist dat een snel antwoord geboden was en voelde instinctief aan dat de waarheid hem het verst zou brengen.

'Yoga,' zei hij met vlakke stem. Al jaren beoefende hij diverse vormen van de bewegingsleer; het bracht hem rust en focus. Omdat het slecht paste bij zijn imago als motorrijder deed hij zijn oefeningen, sinds hij op het trailerpark woonde, alleen 's nachts. Tegen ieder ander zou hij er zijn mond over gehouden hebben, maar in het geval van Korevaar lag dat anders. De man had al zijn antennes op Jay gericht en bij een leugen viel hij onherroepelijk door de mand en dan waren zijn kansen verkeken.

Het bleek een schot in de roos. Korevaar knikte ter goedkeuring en verbrak daarmee de ban waarmee hij Jay gevangen hield. Hij draaide zich terug naar het aquarium en volgde met interesse een van de kardinaalbaarzen, die met een plotse zwenkbeweging een school papegaaivissen de stuipen op het lijf joeg. 'Ik hoor dat je in de beveiliging zit?'

‘Klopt.’

‘Dan heb ik een klus voor je. De opslag achter mijn huis wordt afgesloten met een ketting, maar dat moet beter. Er is gejat. Dat tolereer ik niet.’ De dreiging in zijn stem was niet mis te verstaan. ‘Ik wil dat er een camera komt, onzichtbaar, zodat ik zien kan wie het nodig vindt van mij te stelen.’

Jay had bij voorbaat medelijden met de stumper die betrapt zou worden, maar greep de kans om Korevaars vertrouwen te winnen met beide handen aan. ‘Geen probleem. Ik kan ook een alarm op de opslag zetten.’

‘Eerst die camera.’ Onverwacht snel draaide Korevaar zich terug en greep Jays schouder beet. ‘Ik heb er een hekel aan als mensen me bedonderen, snap je dat? Daar heb ik nooit tegen gekund. Ik dacht dat het inmiddels wel bekend was, maar ze blijven het proberen. Vind je het gek dat ik dan kwaad word? Dat ik ze een lesje moet leren?’

De hand op zijn schouder voelde als een bankschroef waarvan de druk langzaam werd opgevoerd. Toen het echt pijn begon te doen, bracht Jay zijn hand rustig naar de pols van Korevaar. ‘Dat vind ik niet gek,’ zei hij. ‘Mij hoef je geen lesje te leren, ik bedonder je niet.’ Jay sidderde bij de herinnering. Die eerste test had hij glansrijk doorstaan en daarmee was hij een flinke stap dichter bij het einddoel gekomen. Tegelijkertijd gold dat iedere ontmoeting met Korevaar een beproeving bleef. De keren dat ze elkaar spraken, stelde El Capitan zich steeds iets amicaler op, maar zijn aandacht liet hij nooit verslappen. Er was geen detail dat hem ontging. De man was even achterdochtig als hij groot was en zocht achter ieder antwoord een dubbele boodschap. Het gerucht ging dat hij niet meer dan twee uur per nacht sliep, omdat hij ervan overtuigd was constant waakzaam te moeten zijn. Een vrouw had hij niet. Af en toe bracht een vriendin een nacht met hem door, tot hij ook haar niet meer vertrouwde en ze het veld moest ruimen. Zo leefde hij, met zijn vissen als gezelschap, een geïsoleerd bestaan, te midden van een kleine honderd bikers die hem evenveel vreesden als bewonderden. Korevaar mocht dan op de top van de apenrots staan, hij betaalde er een flinke prijs voor.

Jay kon zijn geluk dan ook niet op toen El Capitan hem steeds vaker voor beveiligingsklussen inschakelde en hem, een kleine drie jaar na die eerste ontmoeting, vroeg een rol te spelen bij de beveiliging van het jubileumfeest. Korevaars eigen mannen waren wapenexperts en konden vechten als geen ander, maar van hightech security hadden ze geen kaas gegeten. Er moesten op afstand bedienbare camera's komen, zodat Korevaar het volledige trailerpark kon overzien en controleren. Zonder blikken of blozen had Jay de klus aangenomen. Hij maakte een technisch plan en bestelde de materialen, die inmiddels geleverd waren; hij kon direct aan de slag.

Een laatste keer keek Jay naar de foto in zijn hand. Carina, Ben en Thomas zwaaiden hem lachend toe. Hij kuste ze alle drie, streek zijn duim langs de aansteker in zijn andere hand en hield het vlammetje onder de foto. Pas toen de foto vlam vatte gooide hij hem in de stalen afvalbak naast het nachtkastje. Zijn gezin was zijn zwakke plek en die kon hij in het hol van de leeuw niet gebruiken. Over een paar uur was het zover. Als alles volgens plan verliep werd het een van zijn laatste ritten door de woestijn. Drie jaar had hij toegewerkt naar dit moment, het klapstuk van zijn carrière. Hij had Tara als back-up, maar in het heetst van de strijd kwam het op hem aan en op niemand anders. Hij legde zijn handen open op zijn knieën en haalde diep adem door zijn neus. In gedachten visualiseerde hij Koos Korevaar, languit in het zand, zijn enorme handen geboeid achter zijn rug. Het beeld bezorgde hem een opgewonden gevoel in zijn buik. Eindelijk gerechtigheid, hij kon niet wachten.

34

Bij de eerste zonnestralen ontwaakte Diego uit een onrustige slaap. Hij was alleen in de kamer. De mannen die eerder nog om de tafel hadden gezeten, waren weg, het tv-scherm stond op zwart en de amazone was nergens te bekennen. Rillend van de kou rolde hij op zijn zij, de deken tot over zijn schouder. De smaak van brood lag nog vers in zijn geheugen en hij verlangde naar meer. Er was slechts één ding waar zijn lichaam nog meer naar hunkerde en dat was een shot. Het liefste cocaïne, maar met heroïne zou hij ook genoegen nemen, als de kou maar wegtrok uit zijn lijf en hij weer rustig werd, zodat hij na kon denken over dingen die belangrijk waren. Ergens in hem zat zijn oude ik nog wel, met zijn ideeën, behoeftes en ambities, maar die Diego moest wachten. Dit had voorrang, anders zouden de kou en de onrust overgaan in die alomvattende en verschrikkelijke jeuk en daarna kwamen de monsters. Waanideeën, dat wist hij, maar levensecht en angstaanjagend en daar was niemand bij gebaat. Maar nee, vertelde hij zichzelf, dat stadium was gepasseerd: hij lag nu in een schoon bed, in een normale kamer, hier kwam het goed.

'Hallo?' Zijn stem klonk zo iel dat hij hem zelf niet eens herkende. Hij haalde diep adem en probeerde het nog een keer, met meer volume. 'Hallo?' Dat was beter, al bleef een reactie uit. Dit duurde te lang. Hij plaatste een elleboog in het matras en duwde zichzelf overeind. Het kostte al zijn kracht, maar het lukte zo te blijven zitten. 'Is daar iemand? Ik heb hulp nodig!' Bevreemd luisterde hij naar zijn eigen woorden. Op de een of andere manier pasten ze niet bij hem. Een fikse rilling drong zijn bedenkingen naar de achtergrond en in paniek begon hij te roepen: 'Hallo, is daar iemand? Kom me helpen, ik kan dit niet alleen! Hé, iemand? Hoort iemand mij?'

Een deur vloog open en met niet meer dan een handdoek om haar haren en een nachthemd om haar frêle lichaam, rende de amazone de kamer binnen. 'Stil zijn!' siste ze. 'Ik kan niet alles tegelijk, verdomme.' Ze dook onder het bed, griste een doos tevoorschijn en sprong weer op. Door haar bewegingen zakte de handdoek van haar hoofd, waardoor haar lange natte haar over haar schouders viel. Diego zag hoe ragfijne waterpareltjes over haar ranke schouders naar beneden druppelden en wist dat zijn lijf er onder andere omstandigheden op had gereageerd. Nu deed het hem niets. Zijn belangstelling richtte zich enkel op de doos in haar handen. Geroutineerd haalde ze een injectienaald uit een plastic verpakking, waarna ze de punt in een flesje vloeistof stak. Ze zoog de naald vol, tikte ertegen en legde hem op bed. Daarna bond ze een leren riempje om Diego's arm, wachtte tot de ader in de binnenkant van zijn elleboog goed zichtbaar was maar aarzelde toen. Vragend hield ze de spuit voor Diego's gezicht. 'Doe je het zelf?'

Verbouwereerd keek Diego naar de spuit. Hij had het nog nooit zelf gedaan. Vier maanden geleden wilde hij niet en moesten ze hem vastbinden om het spul goed naar binnen te krijgen. Later wilde hij best, maar was hij zo van de wereld dat hij de spuit niet eens vast kon houden. Twijfelend keek hij in de strenge ogen van de vrouw. Zelf spuiten was niet zomaar iets; het luidde een nieuwe fase in, waar een deel van hem zich tegen verzette.

'Schiet op, ik heb nog meer te doen.' De vrouw drukte de spuit in Diego's hand, raapte de handdoek van de grond en begon haar haren droog te wrijven. Het was duidelijk dat ze zou blijven tot Diego de spuit had gezet.

Het kostte hem geen moeite. Het protest diep vanbinnen was te zwak en het verlangen naar een einde aan zijn onrust te sterk. Hij prikte de punt in zijn ader en duwde de vloeistof naar binnen. Daarna zakte hij gerustgesteld terug in zijn kussen, een flauwe glimlach om zijn lippen. Nu was het goed, de kou werd al minder en de jeuk en de monsters maakten vandaag geen schijn van kans. Misschien bedacht hij morgen een plan om het helemaal anders te gaan doen, maar dat was van later zorg. Hij sloot zijn ogen en dreef weg.

35

Nadat Tara in alle vroegte afscheid had genomen van Jay, die zijn koninginnenrit gespannen maar vol vertrouwen tegemoet ging, was ze terug in bed gaan liggen voor nog een paar uur slaap. Tevergeefs... na een half uur lag ze nog klaarwakker en gaf ze het op. Het liefst was ze op haar motor gesprongen om Jay achterna te rijden, maar ze hield zich in en noteerde zijn vertrektijd netjes in het digitale dossier. Daarna checkte ze haar eigen telefoon op inkomende berichten en zag tot haar verbazing dat BigMomma had gemaild. Zo snel had ze dat niet verwacht. Nieuwsgierig klikte ze op het icoontje.

Jacob (Jay) Jennings is geboren en getogen in Miami, Florida, als enig kind van Rita Karlsburg en Christopher Jennings. Zijn moeder, makelaar, overlijdt aan een hersentumor als Jay vier jaar is. Zijn vader is nooit hertrouwd. Terwijl Jay Southside Elementary School en aansluitend Miami State High School doorloopt, werkt Christopher als inspecteur bij het forensisch laboratorium van het Miami Police Department. Geen ongeregeldheden, tot in het laatste jaar van de middelbare school. Jay, zestien jaar, wordt betrapt op drugshandel op het schoolplein en van school gestuurd. Hij krijgt een taakstraf en stapt over naar Miami Senior High School. Binnen een half jaar wordt hij ook daar geroyeerd wegens betrokkenheid bij drugshandel. Tweede taakstraf. Als hij op Kingston Private Boarding School,

een elitair internaat dat inmiddels niet meer bestaat, zijn middelbare school voortzet, overlijdt zijn vader bij een schietincident. Met twee collega's onderzoekt Christopher Jennings een crimescene in een winkelpand in het centrum van Miami, als twee leden van motorclub Escorpiones de locatie betreden. Er ontstaat een gevecht, waarbij een collega weet te ontkomen. De andere twee worden neergeschoten. De bikers steken het winkelpand in brand, vermoedelijk om sporen, ook van de eerdere misdaad, te wissen, en verdwijnen. Christopher en zijn collega verbranden en zijn nadien geïdentificeerd aan de hand van hun gebit. De daders worden niet gepakt.
Jay maakt zijn middelbare school af op het internaat en vervolgt zijn opleiding op de militaire academie in Key West. Hier geen meldingen van drugshandel (of drugsgebruik). Hij presteert bovengemiddeld goed. Een paar maanden voor hij afzwaait, wordt hij gescout door de CIA en verlaat hij de academie.
**** Alles wat ik kon vinden. Hoop dat je er wat aan hebt. Liefs, B.****

Tara las het bericht twee keer aandachtig door, waarna ze een korte dankmail naar BigMomma stuurde en tweehonderdvijftig euro op een anoniem rekeningnummer stortte – het afgesproken bedrag voor elk verzoek dat ze bij Bianca indiende, ongeacht de toereikendheid van het antwoord. In dit geval was het een schijntje: het bericht maakte zo veel duidelijk dat ze er zeker meer voor over had gehad. Opeens werd helder waarom Jay zich vastbeet in El Capitan Koos Korevaar en waarom hij bereid was zijn leven op het spel te zetten om de man te pakken. Het ging om wraak. Escorpiones maakte Jay een weeskind, door Christopher van hem af te pakken, de enige ouder die hij nog had. Als jongen van een jaar of zestien, zeventien stond hij er alleen voor. Hij wist dus hoe het voelde, dat gapende gat dat plots deel uitmaakte van je bestaan en ervoor zorgde dat je nooit meer onbekommerd blij kon zijn. Het was niet uit te leggen, als je de woorden er al voor vond, alleen iemand met dezelfde ervaring voelde de diepte van het gemis. Al kwamen er steeds nieuwe mensen op je pad, niemand kon de leegte vullen die achterbleef wanneer je als kind opeens je ouders niet meer had. Vooral niet als het op zo'n onverteerbare manier gebeurde als bij Jay.

Tara stapte uit bed, trok de gordijnen open en zag hoe de stad ontwaakte. Voor de ingang van het motel, twee verdiepingen lager, werden waszakken in een vrachtwagen geladen en bij de bakker aan de overkant stonden al mensen in de rij. Ze kreeg spontaan trek. Jay moest zich in haar herkennen, bedacht ze: allebei enig kind, en allebei op jonge leeftijd hun ouders verloren. Ze moesten zich in hun eentje redden, hij in een internaat en zij in pleeggezinnen, waar ze een muur optrokken om zichzelf te beschermen tegen nog meer verdriet. Ze leerden hun emoties verbergen en vonden allebei een baan waarin de focus nooit op henzelf, maar op de ander lag. Anderen observeren, luisteren en doorgronden, dat ging hun goed af, zolang ze zichzelf maar niet hoefden bloot te geven en niemand te dichtbij kwam. Hoe langer ze erover nadacht, hoe meer overeenkomsten ze vond. Tegelijkertijd waren er ook verschillen: Jay had een gezinsleven en daar kon zij zich niets bij voorstellen. Misschien veranderde dat nog? Onbewust fronste ze haar wenkbrauwen. Psychologie van de koude grond, wist ze, maar de theorie over Jay klonk lang niet gek en het verklaarde ook het baanaanbod dat hij haar gedaan had. Als Korevaar in de bak zat, was Jays doel bereikt. Eenmaal bevrijd van de missie die hij zichzelf had opgelegd, kon hij terug naar zijn gezin, rentenieren, op de motor door Europa, of wat dan ook. Tegelijkertijd wilde hij de dienst die invulling en betekenis aan zijn leven had gegeven, en waaraan hij zo veel te danken had, niet verlaten zonder zelf voor nieuwe aanwas te zorgen. Pas met Korevaar achter de tralies en Tara op zijn plek, was hij verlost.

Die gedachte drukte zo zwaar op haar gemoed dat ze het binnen opeens niet meer uithield. Ze moest naar buiten, de frisse lucht in, douchen kwam straks wel. Snel schoot ze een shirt en broek aan en niet veel later struinde ze door de straten van Chihuahua. De man met het uiterlijk van een fotomodel, die een tijdlang achter haar liep, merkte ze niet op. Twee dagen eerder had hij haar slapend gefotografeerd, in het motel langs de snelweg. Nu schoot hij plaatjes van haar terwijl ze een plein overstak, koffie en een krant kocht en een sigaret opstak. Na een klein half uur staakte hij de achtervolging en controleerde hij zijn werk op het scherm van het toestel. Tevreden borg hij de camera in een schoudertas, zijn beloning was in aantocht.

36

Achter op de motor liet Alberto zijn tranen de vrije loop. Het gezicht van zijn moeder, toen er vroeg in de ochtend, vlak voordat ze naar het atelier vertrok, werd aangebeld en hij zonder woorden bij de biker achterop sprong, stond voor altijd in zijn geheugen gegrift. Zo verslagen had hij haar nog nooit gezien en hij begreep het. Na het verlies van haar man en broer restte haar enkel de hoop dat haar enige zoon een veilig en gelukkig leven zou leiden, ver weg van de rampspoed die hun al zo veel had ontnomen. Door mee te gaan met een man in de kleuren van de grootste bende van de stad, stampte hij die hoop met twee voeten de grond in. Dat vrat hem op, maar hij had zijn keuze gemaakt en moest nu doorzetten. Er was geen weg terug.

De rit was kort, maar lang genoeg om zijn tranen te drogen en tot zichzelf te komen. Ze parkeerden in een drukke straat, naast een aantal andere motoren. Alberto herkende de tattooshop van jaren geleden, toen hij nog door het centrum van de stad durfde te lopen. Met wat klasgenoten had hij voor de etalage gestaan en gepocht over welke tatoeage hij zou nemen, als hij er gratis een mocht uitkiezen: een zwarte zon, met de stralen in acht taartpunten eromheen. Een teken van kracht, want niets was sterker dan de zon, maar ook van mogelijkheden. Die combinatie sprak hem aan, al was het nooit echt zijn bedoeling geweest het teken op zijn lichaam te laten tatoeëren. Nu was er geen ontkomen meer aan: met de naaktfoto in het bordeel van Caníbales had hij de test doorstaan en mocht hij officieel toetreden tot de club. Hij werd op een stoel gezet, moest zijn shirt uittrekken en op zijn tanden bijten. Een uur later stond hij weer buiten, niet met een zon, maar met een rode schorpioen op zijn rechterbovenarm. Het gekras in zijn huid had hem misselijk gemaakt en zijn hele arm leek in brand te staan. De tattoo was niet bijzonder groot en toch voelde hij zich groeien, alsof de inkt meer deed dan het kleuren van zijn huid alleen. Op de een of andere manier leek hij groter, sterker, minder onzeker. Nu zat er nog een verbandje op, maar vanaf morgen kon iedereen het zien: hij hoorde bij Escorpiones, zijn tatoeage bewees het.

Een keuze voor het leven, dat was algemeen bekend. Leden die overliepen, of de club schade toebrachten, moesten het met de dood bekopen. Niet zelden werden hun tatoeages na de moord uit hun huid gesneden of weggebrand. Verraders mochten het logo immers geen seconde langer dragen, dood of levend, dat maakte geen verschil. Een angstaanjagend feit, waaraan Alberto liever niet te veel aandacht schonk. Het lidmaatschap leverde hem vooralsnog meer op dan het hem kostte. Nu hij de stap gezet had, viel er een last van zijn schouders. De opluchting was vele malen groter dan hij vooraf had ingeschat en hij verheugde zich stiekem al op de reactie van Alvarez. Hij wist dat hij geduld moest hebben. Morgen was de afgesproken week voorbij en zou Alvarez ongetwijfeld voor hem klaarstaan. Alberto kende hem goed genoeg om te weten dat Alvarez er geen dagen overheen liet gaan, die sloeg het liefst vandaag al toe.

'Ik breng je terug.' De zwarte tranen onder zijn ogen gaven de biker die Alberto begeleidde continu een droef gezicht. In de tattooshop hoorde Alberto voor het eerst zijn naam: Miguel. Anders dan zijn ruige uiterlijk deed vermoeden, was het een zachtaardige man. Dat bleek wel toen Alberto, halverwege de schets op zijn arm, wit wegtrok. Miguel gaf hem een blikje cola en meteen knapte hij op. Het was ook Miguel die zorgvuldig het verband met pleisters op zijn arm plakte. Hij had afgerekend met de tattoo artist en nu stonden ze samen bij de motor voor de winkel.

'Ik kan niet naar huis,' antwoordde Alberto. 'Ze zitten me achterna, thuis ben ik niet veilig. Ik moet een paar dagen onderduiken. Weet jij een plek?'

Miguel knikte. 'In Chihuahua hebben we een huis voor nieuwkomers zoals jij. Volgens mij zitten er maar twee jongens, daar kun je makkelijk een tijdje bij. Je bent zeventien, toch? Dan regelen we daar ook je rijbewijs. Ik zal rondvragen voor een motor. Hoe eerder je mobiel bent, hoe beter.'

Bruisend van energie stapte Alberto achterop. Zijn arm stond in brand en zijn ribben waren nog altijd niet genezen, maar zijn lichaam leek de pijn niet langer te registreren. De gedachte aan een nieuw huis en een eigen motor maakte hem zo enthousiast als een klein kind op zijn verjaardag. Alleen het beeld van zijn moeder, eerder die ochtend, drukte nog zwaar op zijn geweten. Hij hoopte dat ze het briefje zou vinden dat hij voor haar had achtergelaten. En dat ze zou begrijpen dat hij dit moest doen, voor hen allebei. Als het allemaal achter de rug was, zou hij haar opzoeken en zijn spijt betuigen. Tot die tijd kon hij niet meer doen dan voor haar bidden en hij hoopte dat ze dat ook deed voor hem.

37

Zijn eerste zelfgeplaatste shot had Diego volkomen knock-out geslagen. Alsof zijn lichaam begreep dat hij een grens was overgegaan en tijd nodig had om dat te accepteren, hield het hem gevangen in een diepe slaap. De amazone checkte met regelmaat zijn pols en ademhaling en op de eettafel stond een sandwich voor hem klaar, maar de slaap eiste voorrang en kreeg die ook. Diego merkte niets van de beslommeringen om hem heen, ook niet toen een indrukwekkend grote kerel de kamer binnenkwam en naast het bed ging staan. Met zijn handen in de zakken van zijn spijkerbroek, die onder de bourgondische buik met een leren riem bijeengehouden werd, observeerde Koos Korevaar zijn gast.

Van tijd tot tijd logeerden er gasten in zijn huis en steeds bleef het een gok. De ene keer pakte het beter uit dan de andere. Soms bleek alle moeite voor niets, maar dat hoorde bij het spel. Als vooraf al vaststond dat het een succes zou worden, was er geen lol meer aan. Juist de onvoorspelbaarheid maakte het spannend. In een wereld die Korevaar zo veel mogelijk naar zijn hand had gezet en waarin veel volgens vaste patronen verliep, kon een gecontroleerd experimentje op zijn tijd verfrissend zijn. Op zijn teken werd er een vreemdeling uit de stad gehaald, altijd een soloreiziger, anders gaf het te veel gedoe. Een pil of een zakje poeder in een drankje was vaak al genoeg om ze ver over hun eigen grenzen te laten gaan. Het verbaasde Korevaar hoe eenvoudig het was om mensen dingen te laten doen waartoe ze zichzelf nooit in staat hadden geacht.

In paniek en niet zelden met een enorm schuldgevoel werden ze bij hem gebracht en zo had hij ze het liefst. Kneedbaar en naar zijn hand te zetten, al verschilde de mate waarin per persoon. De meesten waren gebleven en woonden in het trailerpark, alsof ze nooit een ander leven hadden gekend. De saamhorigheid tussen de bikers voelde aan als familie. Slechts een enkeling wilde terug, maar dat kon hij niet toestaan. Gasten bleven voor het leven, of tot een snelle dood, als ze daar aanleiding toe gaven.

Zijn nieuwste gast was geen domme jongen: een journalist uit Nederland die tijdens een soort sabbatical in Mexico was beland. Korevaar had het vaker met een Nederlander geprobeerd, maar dat had tot dusver niet goed uitgepakt. Als het er echt op aankwam bleef er van hun grote bek weinig over. Dan gingen ze piepen, onderhandelen, op zoek naar compromissen. Daar was hij snel klaar mee. Mannen met ballen moest hij hebben! Kerels die standhielden onder druk, waar hij respect voor kon opbrengen. Helaas waren er daar maar weinig van.

Hij keek toe hoe Diego zich omdraaide in zijn slaap. De deken viel een stukje terug en ontblootte een doorschijnende huid waaronder zijn ribben te tellen waren. Vier maanden op rantsoen hadden zijn lijf geen goed gedaan, maar dat kwam met wat stevig voedsel snel weer goed. Korevaar verheugde zich op het herstel van deze man. Het was een taaie, bijna niemand had het zo lang volgehouden. Doorgaans lag het breekpunt op een maand, hooguit twee. Eenzame opsluiting en een dieet van water en oud brood, was voor de meesten afdoende. Drugs inzetten om iemand te breken, bleek lang niet altijd nodig. Slechts een enkeling kreeg de 'totale behandeling' en Diego was er zo een. Hij was sterker dan zijn voorgangers, misschien dankzij zijn Mexicaanse bloed. Er moest een lading drugs aan te pas komen om hem klein te krijgen. Door de tijd tussen twee shots steeds verder op te rekken groeide zijn verslaving met de dag. Toen er daarbij nog een kind in het spel kwam, was het gedaan: Diego brak. Zo had ieder mens een zwakke plek. Nou ja, bijna iedereen, bedacht Korevaar met een grijns. Of hij zelf een achilleshiel bezat, viel te betwijfelen, hij had hem in ieder geval nog niet ontdekt.

38

Het graven ging minder makkelijk dan Chico dacht. Onder het mulle woestijnzand lag een laag rood zand gemengd met stenen, waaraan hij zijn handen openhaalde. Toen de kuil nog maar tot aan zijn elleboog reikte, had hij geen nagels meer over en bloedden zijn vingers. Hij trok de sok van zijn ongeschonden voet en schoof hem over een hand. Daarna viste hij de tweede sok uit zijn broekzak en trok die over zijn andere hand. Liggend op zijn buik, met beide armen in de nauwe kuil, schepte hij zo veel mogelijk zand opzij. Het zat in zijn mond en zijn neus, ogen en oren, maar hij hield vol. Toen hij het topje van zijn wijsvinger onder een van de planken kon buigen, schreeuwde hij van geluk. Helaas was de euforie van korte duur. Zodra hij terugkroop om op adem te komen, zakte een deel van de berg die hij had opgegraven terug de kuil in en was hij bijna terug bij af. De frustratie maakte hem razend. Als een wild dier viel hij opnieuw aan, zand en stenen vlogen door het hok, tot hij buiten adem raakte en moest stoppen, of hij wilde of niet. De sokken om zijn handen kleurden rood van het bloed, maar de hevigste pijn kwam ergens anders vandaan. Tijdens het graven had hij het niet gemerkt, maar nu hij stillag voelde hij dat de inspanning zijn voet beslist geen goed had gedaan. Omdat het te donker was om iets te kunnen zien, moest hij de wond op een andere manier inspecteren. Langzaam draaide hij zich op zijn rug. Hij kwam half overeind, veegde het zand van zijn handen en betastte voorzichtig zijn wreef. Behalve een kloppende pijn voelde hij een vochtige substantie. Dat moest bloed zijn, dacht hij, maar toen hij zijn hand naar zijn mond bracht om te proeven, ging hij bijna over zijn nek van de stank. Dit was geen bloed, dit was etter. De huid van zijn voet moest gesprongen zijn en had de onderliggende ontsteking blootgelegd. Dit was niet goed. Dat wist hij, maar wat hij eraan doen moest, daarvan had hij geen idee. Bovendien, wat kon hij uitvoeren, in dit hok? Lang had hij zich goed gehouden, maar nu trok hij het niet meer. Dit was te veel om mee te dealen. Huilend zakte hij onderuit. Er zat niets anders op dan wachten tot iemand hem bevrijdde. Als ze woord hielden, mocht hij er morgen uit, maar of dat 's ochtends was of 's avonds, hadden ze niet gezegd.

Hij sloot zijn ogen en hoopte dat de slaap snel kwam, zodat hij de pijn niet voelde en weg kon vluchten in een droom. Over een tijdje zou hij dit allemaal vergeten zijn en dan woonde hij misschien wel in een echt huis, bij aardige mensen, die het fijn vonden dat hij er was. Net als Diego, die ook altijd blij was hem te zien. Oververmoeid, maar met een glimlach om zijn lippen viel hij in slaap.

Zo werd hij een paar uur later gevonden. Alejandro had hemel en aarde bewogen om zijn moeder zover te krijgen dat ze actie ondernam. Hij mocht zelf dan geen kind van Koos Korevaar zijn, zijn halfzusjes waren dat wel. Dat maakte Koos ook een klein beetje zijn stiefvader. El Capitan was laaiend geweest toen bleek dat Alejandro per abuis in het hok was gesmeten. Zijn moeder wilde niet vertellen welke straf de baas had uitgedeeld aan de minkukel die dat op zijn geweten had, wat alleen maar kon betekenen dat die erg pittig was. Alejandro wist zeker dat Koos het ook niet goed zou vinden dat zijn beste vriendje zo lang opgesloten zat. Met een kapotte voet nog wel. Na lang zeuren ging zijn moeder overstag en klopte ze bij Koos aan. Die liet Chico meteen bevrijden. Op veilige afstand zag Alejandro hoe het hok werd opengemaakt en Chico naar buiten werd gedragen. Hij durfde hem niet te roepen, maar ging ervan uit dat het goed kwam, toen de man met Chico in zijn armen de villa van El Capitan binnenging.

Als zijn moeder wakker werd, zou hij een lekker ontbijt voor haar maken. Misschien wilde ze vragen of hij Chico mocht bezoeken. Dan kon hij zelf zien of het goed met hem ging en vertellen dat de vreemdeling verdwenen was. Het moest hem gelukt zijn te ontsnappen, want toen hij vannacht door het raampje van de verlaten caravan keek, was het matras leeg en de vreemdeling nergens te bekennen.

39

Koos Korevaar zat in de woonkamer van zijn villa aan een late avondmaaltijd, andijviestamppot met uitgebakken spek, toen er op de deur werd geklopt. Geïrriteerd liet hij zijn bestek op tafel vallen. Eten deed hij in zijn eentje en daarbij wenste hij niet gestoord te worden. De weinige mensen die hij in zijn huis toeliet, kenden de regels. Er was de 'club van vijf': vijf vertrouwelingen uit het trailerpark, op wie hij dag en nacht een beroep kon doen en die in ruil daarvoor drie keer per week in zijn huis mochten eten. Mariza en Elena runden het huishouden en de broers Matiz en Eduardo bewaakten de boel. Met deze negen mensen in een cirkel om hem heen voelde hij zich tachtig procent van de tijd in zijn element. Niet alleen werd hij door hen op zijn wenken bediend, ze schermden hem ook af van ongewenste invloeden. Hij hield niet van verrassingen, die maakten hem onzeker. Vaste patronen en rituelen, daar voer hij wel bij. Het zat hem in de kleine dingen: dagelijks twee gekookte eieren bij zijn ontbijt, koffie uit Nederland, spijkerbroeken van zijn favoriete merk, een schoon en opgeruimd huis en altijd een doos jonge jenever op voorraad. Zijn mensen wisten dat en zorgden ervoor. Af en toe ging het mis en dan baalde hij stevig, maar kennelijk viel het niet te voorkomen. Hij zuchtte zwaarmoedig en riep: 'Ja.'

Met een bedrukt gezicht snelde Mariza de kamer in. Korevaar hield niet van bijnamen, dat schiep maar verwarring, al zou hij zich in 'de amazone', zoals Diego haar noemde, misschien best kunnen vinden. Met haar handen achter haar rug bleef ze naast de eettafel staan. 'Excuses, meneer. Fabio staat voor morgen op de agenda, maar meldt zich nu al. Hij zegt dat het dringend is. Zal ik hem binnenlaten?'

Korevaar keek naar zijn bord. In een perfect kuiltje lag een plasje jus te wachten om door de stamppot geroerd te worden. Het zou moeten wachten, want dringend nieuws vlak voor het grootste evenement dat hij ooit georganiseerd had, voorspelde weinig goeds. 'Laat maar binnen en houd mijn eten warm,' gebood hij.

Mariza knikte en met het bord in beide handen verliet ze de kamer. Even later verscheen ze opnieuw, dit keer met Fabio, 'het fotomodel', aan haar zijde. Ze vormden een oogverblindend paar, ware het niet dat Fabio de herenliefde verkoos. Korevaar was geen fan van de knappe Duitser met zijn stoïcijnse kop. Of hij nu tegen hem van leer trok of hem een compliment gaf, Fabio verblikte of verbloosde niet. Hij bleef altijd koelbloedig en dat verontrustte Korevaar, die gewend was de regie te voeren, zowel over de situatie als over de mensen die erbij betrokken waren. Liever liet hij zijn klusjes dan ook door anderen opknappen, maar bijna niemand was zo goed als Fabio. Omdat hij vloeiend zes talen sprak was hij internationaal inzetbaar. Hij was even stabiel als betrouwbaar, leverde topkwaliteit en was altijd op tijd. Of te vroeg, bedacht Korevaar. Hij stond op en nam de A4-envelop die Fabio hem aanreikte in ontvangst. Pas toen Mariza de deur achter zich dichttrok, vouwde hij hem open. Hij spreidde de serie vergrote foto's op tafel uit en boog zich eroverheen. 'Wat zie ik?'

'De dame is Tara Linders, een journaliste uit Nederland en een contact van Jay Jennings. Ze zijn deze week samen van Mexico-Stad naar Chihuahua gereden.'

'Zij rijdt ook?'

'Ja, ook Harley.'

Korevaar bestudeerde een close-up van Tara's gezicht en pakte een tweede foto van de tafel. 'En dit?'

'Dit is een foto van het dossier dat ik aantrof in het motel waar Jay en Tara een nacht verbleven. Ik heb alle pagina's gefotografeerd en het dossier achtergelaten. Ze weten niet dat ik langs ben geweest.'

Korevaar las een paar regels voor hij de foto's met een fel gebaar terug op tafel wierp. Zijn wangen kleurden dieprood. Hij voorzag welke richting dit uitging, maar had er het geduld niet voor de teksten te lezen. 'Wat moet ik weten?' vroeg hij, met een verstikte stem vol ingehouden woede.

Fabio haalde zijn schouders op. 'Ik denk dat je wantrouwen ten opzichte van Jay terecht was. Ik ben begonnen met zijn strafblad; dat heeft hij niet. Hij is twee keer van school gestuurd vanwege een handeltje in wiet en wat pillen, kruimelwerk, maar daarna is er niets meer over hem te vinden. Dat is op zijn zachtst gezegd bijzonder, in deze kringen. Toen ontdekte ik dat hij een huis in Nederland heeft, maar hij doet er alles aan om dat verborgen te houden. Waarom? In de afgelopen drie jaar heeft hij langere periodes hier op het trailerpark gewoond. Steeds ging hij weg om bij zijn gezin in Thailand te zijn. Dat is een fabeltje: er is geen gezin in Thailand, hij heeft een vrouw en twee zoons in Nederland. Blijkbaar mocht niemand dat weten – iets wat hem in mijn ogen verdacht maakt.'

Hij liet een stilte vallen voor hij verderging. 'Ik heb een vriendje met hem en die journaliste, Tara Linders, mee laten vliegen van Amsterdam naar Mexico. Op zijn foto's zag ik haar herhaaldelijk in een dossier lezen. Dat maakte me nieuwsgierig, dus ben ik ze gevolgd om dat dossier in te zien en dat maakte veel duidelijk: Jay Jennings werkt als undercoveragent voor een inlichtingendienst.'

Na die bom bleef het stil in de kamer. Fabio checkte snel Korevaars expressie om te zien of het nut had verder te praten. Toen

Korevaar bleef zwijgen, waagde hij het een tweede bom te droppen: 'Het dossier meldt niet expliciet om welke dienst het gaat, maar Jay rapporteert aan een instantie in Den Haag. Hij heeft de opdracht jou uit te schakelen. Zo staat het er niet, maar daar komt het op neer, om Escorpiones in het hart te raken. Voor dat doel zou het vijftigjarig bestaan van de club het uitgelezen moment zijn.'

'Godverdomme!' Met een ongecontroleerde beweging veegde Korevaar de foto's van tafel. Daarna trapte hij een stoel omver en beende als een dolle stier de kamer door. Fabio begreep dat het moment was aangebroken om zijn mond te houden en stapte rustig naar achteren om Korevaar door te laten. Dat zijn bevindingen niet in de smaak vielen, deed niet ter zake. Zoals gebruikelijk had hij uitmuntend werk geleverd en zonder de afgesproken beloning ging hij de deur niet uit. Het was een kwestie van wachten tot de storm ging liggen, al kon dat in dit geval best even duren.

'Die tyfushond!' Korevaar bukte naast de tafel en probeerde op handen en knieën de foto's van de dossierpagina's te lezen. Dat lukte niet, zelfs al hadden ze nog op volgorde gelegen. De waas voor zijn ogen maakte lezen onmogelijk en de weinige woorden die hij wel zag, leken zijn hersenen niet te registreren.

'Ik wist het! Ik wist het, maar ik wilde er niet aan. Er moest toch godver iemand te vertrouwen zijn in deze klotewereld? Eéntje die het goed met me voorheeft? Eén enkele vriend, eerlijk en oprecht, is dat nou zo veel gevraagd?' Hij wreef met beide handen over zijn kale kop. 'Ik wilde het zo ontiegelijk graag geloven, maar het klopte al niet... Ik voelde het gewoon aan, die gore verrader met zijn gladde praatjes. Altijd overal een antwoord op, steeds maar mooi weer spelen, het kon godverdomme niet waar zijn...' Hij spoog de woorden uit zijn mond. Het zweet droop van zijn gezicht en de aderen in zijn nek stonden op springen.

Fabio liep naar het dressoir tegen de muur en schonk een groot glas vol water. Zonder woorden bood hij het Korevaar aan. Het was ook in zijn belang dat de man niet spontaan geveld werd door een hartstilstand. Hij keek toe hoe de inhoud van het glas in een paar tellen verdween en wilde de karaf pakken om het bij te vullen, toen El Capitan zichzelf bij elkaar wist te rapen.

'Genoeg!' Korevaar sloeg hard met zijn vuist op de grond, stond op, zette de stoel die hij omver had getrapt, recht en ging erop zitten. Met twee handen wreef hij door zijn gezicht, dat nog steeds ongezond rood zag. Dat hij in vijf minuten tien jaar ouder was geworden, hield Fabio voor zich.

'Ik moet hierover nadenken,' zei Korevaar toen. In zijn stem klonk verslagenheid door. Het contrast met de woede-uitbarsting van zojuist kon niet groter zijn, het was alsof er een ballon was leeggelopen. 'Die foto's blijven hier en jij houdt je bek. Dit blijft tussen jou en mij. Duidelijk?'

'Uiteraard,' knikte Fabio.

'Jennings is vandaag aangekomen, ik spreek hem morgenvroeg. Hij mag niet weten dat ik hem doorheb. Voorlopig verandert er niets. Helder?'

'Ja,' knikte Fabio opnieuw. Ongeduldig streek hij door zijn kuif. De ontmoeting had wat hem betrof lang genoeg geduurd.

Korevaar liep naar het dressoir en schoof een la vol bankbiljetten open. Hij greep er een handvol uit en bond ze samen met een elastiekje. 'Twintigduizend dollar plus fooi.' Hij gooide het bundeltje naar Fabio, die het met één hand opving en in de binnenzak van zijn slangenleren jasje stak. 'Nou oprotten.'

Fabio boog kort zijn hoofd, draaide zich om en liep met grote passen de kamer uit. Meteen stak Mariza haar hoofd door de deuropening. Ze rees haar wenkbrauwen, maar zag al snel dat haar baas andere zaken aan zijn hoofd had dan een bord stamppot. Zacht sloot ze de deur.

Koos Korevaar zakte in de dichtstbijzijnde stoel en liet zijn schouders hangen. Alweer een mes in zijn rug, de zoveelste die hem verraadde. Waarom was er niemand te vertrouwen? Waarom wilde niemand gewoon zijn vriend zijn en dat blijven? Hij kon er niet bij. Leefde zijn moeder nog maar, dacht hij. De enige die onvoorwaardelijk van hem hield, tot ze er, op zijn achtste, vandoor ging met een Roemeense circusartiest. Haar vertrek overschaduwde de rest van zijn jeugd, maar het was pas op zijn vijfentwintigste verjaardag dat hij het aandurfde een zoektocht te starten. Toen hij haar uiteindelijk vond, zat ze ergens in het Oostblok te verpieteren in een verzorgingshuis en herkende ze hem niet meer. Ze stierf niet veel later, zonder te weten hoe succesvol haar zoon geworden was. Soms bad hij dat ze kon zien hoe hard hij werkte en hoe bang de mensen voor hem waren. Hij hoopte dat ze trots zou zijn.

40

Zich volledig onbewust van de donkere wolken die zich boven zijn hoofd samenpakten, stapte Jay de volgende ochtend al vroeg zijn caravan uit. Na een redelijke nachtrust, kon hij niet wachten te beginnen aan de waslijst aan taken die hij die dag had. Zo moest hij op audiëntie bij Koos en daarna moesten er twaalf op afstand bedienbare camera's geïnstalleerd worden aan houten palen, die al in een wijde cirkel om het trailerpark waren neergezet. Vervolgens zou hij het kantoor van Korevaar ombouwen tot controlekamer, waar de camerabeelden op een reeks schermen konden worden uitgelezen. Matiz en Eduardo Ortega, de vaste bewakers van de villa, zouden hem de hele dag bijstaan.

Jay moest moeite doen zijn passen in te houden. Nu de finale bijna tastbaar was, voelde hij een ongekende gejaagdheid in zijn lijf. Kalm blijven, hield hij zichzelf voor. Rust en focus brachten hem stap voor stap naar het einddoel. Hij zoog zijn longen vol droge woestijnlucht, die zijn longen prikkelde, en matigde zijn pas. Achter de ramen van de meeste trailers waren de gordijnen nog gesloten. Bij sommige bleef dat de hele dag zo. Hier en daar was de geur van koffie al te ruiken en bij het sanitaire gebouw, een bakstenen keet met wat provisorisch in elkaar geknutselde wastafels en douches, groette hij twee mannen met nat haar. Tijdens zijn jaren op het park had Jay een inventarisatie gemaakt. Hij schatte dat ongeveer de helft van de bewoners de kost verdiende met activiteiten in de stad. Dagelijks verliet een kleine colonne motorrijders het park, om aan het begin van de avond terug te keren. Van de achterblijvers werkten enkele op het park zelf en de rest voerde niets uit. Die waren te oud, te ziek, of te lamlendig. Ze hoefden niets te doen en toch stond hun kostje voor hen klaar. In deze minimaatschappij zorgden de sterken voor de zwakkeren, zonder dat daar direct een prestatie tegenover stond. Mooi, vond Jay, maar onder de indruk was hij allerminst. In het grotere geheel van de misère die de bende wereldwijd teweegbracht, viel de schoonheid van dit interne sociale vangnet volledig in het niet.

De villa van Korevaar lag aan het einde van het hoofdpad door het park en werd geflankeerd door drie bijgebouwen: links van de villa de stalling en goederenopslag, en rechts een middelgrote schuur, die dienstdeed als werkplaats, het domein van de broers Ortega. Jay gaf een roffel op de deur en wachtte. Opeens klonk links van hem een fluitje. In de deuropening van het hoofdgebouw stond Matiz. Met een broodje in zijn hand wenkte hij Jay: 'We zijn nog aan het eten. Kom hierheen en neem ook wat.'

Binnen was het een drukke boel. Aan een vorstelijk gedekte tafel telde Jay zeven mannen en twee vrouwen en achter in de kamer lag iemand in een ziekenhuisbed te slapen. Matiz schoof een stoel voor hem bij en gebaarde dat hij moest gaan zitten. Jay nam plaats en in een oogwenk stond er een bord warme pap en een kop koffie voor zijn neus. Terwijl hij at, scande hij de gezichten van de harde kern rond Korevaar. De baas zelf was er niet, die at nooit mee en liet zich zelden zo vroeg zien. Geen probleem, want onder elkaar was de sfeer een stuk relaxter, al zou niemand dat hardop zeggen. Er werd gegeten, gelachen en zorgeloos gekeuveld. Het leek bijna gezellig, maar Jay wist dat hij bij deze incrowd altijd op zijn hoede moest blijven. Ze droegen stuk voor stuk een wapen en deinsden er niet voor terug het te gebruiken als dat nodig was. Hij was erbij toen Eduardo een kampgenoot zonder aarzeling door zijn hoofd schoot, toen deze in een delirium de villa binnendrong en El Capitan wilde aanvallen. Direct na de moord trad een geoliede machine in werking. De club van vijf droeg het lijk naar buiten, de dames boenden het bloed van de muren en wisten alle sporen uit en Eduardo bracht verslag uit aan Korevaar. Daarna ging het leven verder, alsof er niets gebeurd was. De caravan van de vermoorde man was binnen een week al weer bewoond. Jay stond versteld van zo veel efficiëntie en had zich voorgenomen deze mensen nooit te onderschatten.

Om acht uur stipt klapte Mariza in haar handen. Als getrainde circushonden stonden de mannen van de club van vijf op. Na een laatste grap en een slok koffie verlieten ze de kamer en werd het een stuk stiller. Terwijl Eduardo en Matiz zich bogen over een technische handleiding, ruimden de vrouwen rap de tafel af. Besluiteloos keek Jay om zich heen, toen een beweging achter in de ruimte zijn aandacht trok. De man in het bed was wakker geworden en duwde zichzelf overeind om een paar slokken water te drinken. Met zijn uitstekende botten en ingevallen wangen maakte hij bepaald geen sterke indruk, maar toen hij in de gaten kreeg dat Jay hem observeerde, glom er een alertheid in zijn ogen, die Jay niet had verwacht. Iets maakte dat Jay zijn blik niet van de man af kon houden en langzaam liep hij naar hem toe.

'Hi,' zei Jay zacht. Waarom wist hij niet, maar hij voelde dat hier meer aan de hand was dan hij op het eerste oog zag. Er knaagde iets, waar hij zijn vinger net niet op kon leggen. Als hij de Ortega-broers niet stoorde, won hij misschien een paar minuten om met de man te praten en te ontdekken wie hij was. 'Hoe gaat het?'

Diego liet zijn blik de kamer rondgaan, maar vond niet wat hij zocht. Met een grom zakte hij terug in de kussens. Argwanend nam hij Jay op. 'Wie ben jij?' vroeg hij.

'Mijn naam is Jay, ik woon en werk hier in het park. En jij?'

Opnieuw kwam Diego overeind. Hij greep naar het glas op het tafeltje naast zijn bed, zag dat het leeg was en knipte geërgerd met zijn vingers. Weer keek hij de kamer rond. 'Kun jij Mariza roepen? Ik heb iets nodig.' Nerveus trok hij zijn deken recht, om die vervolgens van zich af te slaan. Er stonden zweetdruppels op zijn voorhoofd en tegelijkertijd leek hij af en toe te klappertanden van de kou.

Jay observeerde zijn rusteloosheid en zag ook de rode puntjes aan de binnenkant van zijn arm. Het was niet moeilijk te begrijpen wat het was dat de man hebben wilde, maar om tijd te winnen speelde hij het spelletje mee.

'Mariza is even in de keuken,' zei hij rustig, 'ze zal er zo zijn. Ben je hier al lang?'

Diego kneep zijn ogen tot spleetjes en even flitste de alertheid van daarnet weer door zijn blik. 'Zo'n vier maanden, maar wat gaat jou dat aan?' Hij nam Jay van top tot teen op en toen verslapte zijn aandacht. Krabbend aan zijn armen begon hij te roepen. 'Mariza! Ik ben wakker!'

Met een klap sloeg de deur open. Uit de keuken snelde Mariza naar hem toe, haar wenkbrauwen gefronst. 'Wegwezen,' zei ze resoluut tegen Jay, die bedachtzaam achteruitstapte.

Het laatste antwoord van de man in het bed had wat radertjes in gang gezet, die Jays nekharen overeind zetten. Toen plotseling het kwartje viel, moest hij hard op zijn tanden bijten om zich te beheersen. Vier maanden! Dat kwam overeen met de periode die Diego Martinez zoek was, sinds hij Puebla verlaten had. Deze verslaafde man zag er zo anders uit dan op de foto van Diego die Benno hem voor vertrek had laten zien, dat hij nagenoeg onherkenbaar was. Jay waagde het wat dichterbij te komen om het gezicht van de man nog eens goed te bekijken. Op de foto was hij kortgeknipt, gladgeschoren en zeker acht kilo zwaarder, maar het kon niet missen, de gelijkenissen waren te sterk: dit was Diego, Tara's voormalige collega en vriend. Mijlenver van huis en zwaar verslaafd. Van alle plaatsen waar hij zich in dit grote land had kunnen verstoppen, zat hij uitgerekend in de villa van Koos Korevaar. Jay verheugde zich er niet op Tara het goede nieuws te brengen.

Geërgerd draaide Mariza zich naar Jay. 'Kom jij dan maar eerst mee,' zuchtte ze en ze gaf aan dat hij haar moest volgen. Samen liepen ze naar een kamer achter in de villa, waar de deur op een kier stond. Mariza kondigde Jay aan en vertrok.

Koos Korevaar kwam op Jay af en schudde zijn hand. 'Mister Jennings, goed dat u er bent.'

'Koos,' groette Jay, ogenschijnlijk rustig, maar vanbinnen een kolkende kermis. Hij voelde zich gespannen, opgetogen, bang en verbeten tegelijk. Jarenlange ervaring en zijn yogaoefeningen hielpen hem die gevoelens te maskeren en in controle te blijven. Zelfs zijn stem klonk volkomen kalm. 'Ik kan je bijna feliciteren.'

'Zeker. Over drie dagen is het eindelijk zover: vijftig jaar Escorpiones, een mijlpaal.' Korevaar ging achter zijn bureau zitten en vouwde zijn handen in elkaar. 'De eerste gasten arriveren overmorgen al, maar de meeste komen op de dag zelf. De trailers waarin zij kunnen overnachten zijn neergezet. We hebben extra watertanks en op alle generatoren staat stroom. Daar maak ik me geen zorgen over. Het zijn de leveranciers waar ik het zuur van krijg. We kunnen er niet omheen, want het moet top worden, het feest van de eeuw. Dit maken we niet nog een keer mee. De deejays en de danseressen komen uit onze eigen gelederen, maar de cateraars en de artiesten kennen we niet. Er komen vuurspuwers en slangenbezweerders en er wordt een vuurwerkshow geïnstalleerd. Vreemd volk over de vloer, dus beveiliging is belangrijker dan ooit en dan heb ik het niet over een paar extra uitsmijters, die hebben we zat. Jij bent verantwoordelijk voor onze hightech security. De elektronica die je besteld hebt, is vorige week binnengekomen. Ik heb het technische plan nog eens doorgenomen en dat moet toch anders.' Hij vouwde een tekening op tafel uit en boog zich eroverheen.

Terwijl Jay luisterde naar de wensen en ideeën van Korevaar, dacht hij aan de back-ups die hij tijdens de heenreis had opgehaald. De fles van Gustavo Mendoza en de explosieven van R.J. lagen bij Tara op de motelkamer, net als zijn Glock. Alleen de stiletto stak nog in zijn laars, meer durfde hij niet aan. Voorafgaand aan elk bezoek aan El Capitan werden bezoekers en hun voertuigen uitgebreid gecontroleerd door een van de bewakers. Eenmaal ingecheckt in het trailerpark kreeg hij meer vrijheid, bijvoorbeeld om materialen te halen die hij voor zijn werk nodig had. Ook dan vonden controles plaats, maar minder vaak en minder nauwkeurig. Dan was hij immers weer *one of the guys,* die meehielp met de voorbereidingen voor het feest. Vandaag en morgen ging hij gewoon aan het werk en zou hij niets doen om op te vallen. Over twee of uiterlijk drie dagen moest hij een manier vinden om zijn back-ups op te halen. Zonder die zekerheden durfde hij het niet aan, de grande finale, die heel anders zou verlopen dan iedereen dacht. Want niet alleen de gasten van het feest stond een verrassing te wachten. Het mocht zijn opdrachtgevers dan vooral om Korevaar gaan, zelf nam Jay het liefst zo veel mogelijk leden van de hele mieterse bende mee. Met Korevaar, een zwik chapterhoofden en honderden bikers dood in de woestijn, zou hij Escorpiones eigenhandig van de kaart vegen.

41

Tara reed op haar motor door het buitengebied van Chihuahua, toen ze een telefoon in haar binnenzak voelde trillen. Behalve haar eigen toestel, had ze ook de satelliettelefoon van Jay meegenomen, om stand-by te kunnen blijven als ze haar kamer verliet. Een specifiek reisdoel had ze niet, maar in het motel kwamen de muren op haar af en wachten op bericht van Jay kon ze ergens anders ook. De aanbevolen bezienswaardigheden in Chihuahua, zoals de basiliek en kathedraal in de historische binnenstad, liet ze links liggen. Liever maakte ze op de bonnefooi een rondje om de omgeving te verkennen. De naam van de stad was gelijk aan die van de staat en betekende 'droge zandige plaats'. Treffender kon het niet: al na de eerste kilometer knarste het zand tussen haar tanden. Ze stopte langs de weg, trok haar helm af en spuugde een paar keer op de grond. Daarna viste ze haar telefoon uit haar binnenzak en las ze het bericht van Jay.

Ben binnen. XX gesproken. Donderdag feest. Nog 2 dagen werk. Pik donderdagochtend back-ups op. DM gevonden. In slechte staat.

Pas na drie keer lezen begreep ze de staccato taal. Toen begon haar hart te racen en kon ze niet langer stil blijven staan. Ze zette de motor op zijn standaard en rende in het wilde weg het land in. Diego was terecht! Jay had hem gezien. Ze kon wel schreeuwen van geluk, maar hield zich in. Haar handen trilden toen ze het bericht opnieuw aanklikte om het fantastische nieuws een vierde keer te lezen. Wat zou Jay bedoelen met 'In slechte staat'? Was Diego ziek?

En wat had hij in hemelsnaam bij Escorpiones te zoeken? Hoe was hij daar verzeild geraakt? Zat hij daar de hele tijd al? Nam hij daarom geen contact meer op met zijn familie en met haar? Werd hij vastgehouden, of zat hij er vrijwillig? Het duizelde haar, zo veel vragen zonder antwoord. Voor de tweede keer in korte tijd moest ze zich beheersen om niet op haar motor te stappen en rechtstreeks het hol van de leeuw in te rijden. Jay had het onder controle en ze moest geloven dat hij er alles aan zou doen om Diego daar weg te krijgen.

Ze stak een sigaret op en inhaleerde diep. Na een paar minuten voelde ze zich wat kalmeren, al was stilstaan nog steeds geen optie. Ze liep terug naar haar motor en probeerde haar gedachten op een rij te krijgen. Yvonne moest het weten, besloot ze. Hopelijk zou het nieuws haar de kracht geven die ze nodig had om zichzelf bij elkaar te rapen en beter voor haar kinderen te zorgen. Den Haag moest geïnformeerd worden en ze zou het dossier actualiseren. Ze twijfelde over Benno; de afspraak was dat ze hem pas na afloop zou bijpraten, als ze haar verhaal voor de krant ging schrijven. Maar hij bleef haar chef en ze wist dat hij een update zeer op prijs stelde.

Na een laatste blik op het bericht borg ze haar telefoon op. Ze trapte de peuk uit en startte haar motor. Als ze ergens een kop koffie kon scoren, zou ze haar takenlijstje afwerken. Het voelde goed om eindelijk in actie te komen, ze zat al veel te lang in een passieve rol en dat maakte haar onrustig. Vol gas scheurde ze naar het eerstvolgende dorp. Wolken zand stoven aan weerszijden van haar motor omhoog.

42

Diego zat rechtop in bed en verlangde naar een douche. Vroeg in de ochtend had hij zichzelf een shot mogen geven, waarna hij een paar uur was weggedommeld tot Mariza hem wekte voor zijn lunch. Met een dagelijkse injectie kregen de monsters en de jeuk geen vat op hem en langzaam stroomde er weer wat energie zijn lijf binnen. Hij kon drinken wanneer hij wilde, er stond een fles water binnen handbereik, en hij kreeg drie keer per dag te eten. Met die eerste levensbehoeften onder controle, staken andere zaken de kop op. Een stevige baardgroei had hij nooit gehad, maar nu groeiden er lange haren uit zijn kin en op zijn wangen krulde kroezig dons. Zijn haar plakte in vette pieken tegen zijn schedel en hij stonk. Het enige wat nog enigszins fris rook was het witte T-shirt, dat hij niet herkende. Een douche, shampoo en een scheermes zouden wonderen doen.

Net toen hij Mariza wilde roepen, ging de deur open en rolde er een tweede bed de kamer binnen. Met verbazing keek Diego hoe Mariza het bed voortduwde en aan zijn voeteneinde tegen de muur plaatste. De deken bolde een beetje op en tegen de onderrand van het kussen was een plukje haar zichtbaar.

'Wie is dat?' vroeg hij, zijn douche op slag vergeten.

Mariza fronste haar wenkbrauwen. 'Zachtjes, hij slaapt.' Ze boog zich over het bed en plaatste haar hand voorzichtig op het plukje haar. Met een bezorgde blik trok ze de deken recht. 'Laat hem met rust, hij heeft hoge koorts en moet slapen. Ik heb hem een slaappil gegeven, dus hij zal wel even van de wereld zijn, maar hou je toch koest, voor de zekerheid.'

Diego strekte zijn nek om iets van de nieuwkomer op te vangen, maar meer dan het haar kon hij niet zien. 'Wie is het dan?' vroeg hij nogmaals. 'En waarom zet je hem hier neer?'

Als door een wesp gestoken sprong Mariza op. Met een paar passen was ze bij hem en drukte ze hem ruw terug in zijn kussen. 'Denk je soms dat je het alleenrecht hebt op deze kamer?' Ze fluisterde, maar haar toon loog er niet om. 'Krijg je opeens praatjes nu er voor je wordt gezorgd? Maak je geen illusies, vriend, ik heb ze hier zien komen en gaan. Dat jij het langer uithoudt dan de rest mogen anderen indrukwekkend vinden, mij interesseert het geen zak. Ik zorg voor jou omdat de baas dat wil, maar dat kan morgen zomaar anders zijn, hoor je?' Met een giftige blik liep ze van hem weg en na een laatste controle van haar tweede patiënt verliet ze de kamer.

Diego kwam meteen weer overeind. Hij begreep niet precies wat Mariza bedoelde, en daar zou hij beslist nog over nadenken, maar eerst moest zijn nieuwsgierigheid gestild worden. Hij trok zijn deken opzij en zwaaide zijn benen uit bed. Langzaam probeerde hij te gaan staan, maar zodra er gewicht op zijn knieën kwam, begon hij zo hevig te trillen dat hij zijn poging moest staken en weer op bed neerviel. Na maandenlang liggen waren zijn benen zijn gewicht, hoe gering dat nu ook was, niet meer gewend. Gefrustreerd keek hij naar het tweede bed. De bult onder de deken bewoog lichtjes op en neer. Zonder erbij na te denken, draaide hij zich op zijn buik. Tijgerend trok hij zichzelf naar het voeteneinde van zijn eigen bed. De kloof tussen de twee bedden was maar een centimeter of tien en makkelijk te overbruggen. Binnen een paar tellen zat hij op handen en knieën op het tweede bed. Opnieuw trilde zijn lijf in protest, maar hij was nu te dichtbij om te stoppen.

Met ingehouden adem kroop hij naar voren, ervoor wakend dat hij het kleine lichaam niet zou raken. Hij reikte zijn arm naar voren en trok de deken voorzichtig terug.

Chico's slapende gezichtje zag lijkbleek. Hij lag op zijn zij en had zich tot een klein balletje opgekruld. Bij zijn slapen plakten piekjes haar tegen zijn huid en ook zijn hemdje was drijfnat. Diego moest hard op zijn tanden bijten om zijn ontzetting niet te uiten. Dit lieve, dappere jongetje, zonder wie hij de maanden in de caravan misschien niet had doorstaan, leek op sterven na dood en dat was meer dan hij aankon. De tranen sprongen in zijn ogen. Met zijn vingertoppen streelde hij het been van Chico. Pas toen zag hij het verband om een van de voeten van de jongen. Hij trok de deken omhoog en schrok. Hoewel het verband aan weerszijden van de voet hagelwit was, kleurde er op de wreef een grote donkerrode vlek. Meer dan van het beeld schrok Diego van de geur die onder de deken hing. De voet moest ontstoken zijn, dat verklaarde ook de koorts.

Diego snoof verontwaardigd en dekte de jongen weer toe. Hier was meer nodig dan een verbandje en een slaappil. Als Chico geen professionele hulp kreeg, kon het heel slecht met hem aflopen. Hij kroop terug naar zijn eigen bed en ging hijgend liggen. De exercitie had hem afgemat. Peinzend staarde hij naar het plafond. Had Mariza niet iets gezegd over haar baas? Dat ze voor hem zorgde, omdat dat moest van haar baas? Mooi, dacht hij, dan is dat degene die ik moet hebben. Zodra Mariza of een van de anderen zich hier laat zien, zeg ik dat ik de baas wil spreken. Chico heeft een dokter nodig en wel zo snel mogelijk. En bij die gedachte viel hij uitgeput in slaap.

43

De sfeer in de vergaderkamer van de villa was beladen. Wekelijks kwam de club van vijf hier bijeen om de baas bij te praten over de gang van zaken op het park en om zijn nieuwe orders te ontvangen. Hoe lang die vergaderingen duurden, stond vooraf niet vast en hing volledig af van de gemoedstoestand van Koos Korevaar. Was El Capitan in zijn hum, dan schudde hij graag wat anekdotes uit zijn mouw, voorvallen die steevast aantoonden hoe goed hij het voor elkaar had. Was hij teleurgesteld of boos, dan jakkerde hij door de vergadering heen en joeg hij zijn club zo snel mogelijk de villa uit. Hoe vandaag zijn pet stond, wisten ze niet, maar dat de vergadering zonder opgaaf van reden twee uur was vervroegd, voorspelde weinig goeds.

Zwijgend dronken ze hun koffie: Elvis, Cruz, Javier, Jésus en Bono. Van top tot teen getatoeëerd, mannen van het eerste uur, vertrouwelingen van de baas, en toch zou geen van hen zich zijn vriend durven noemen. Zo lagen de verhoudingen niet. Ze zouden voor hem door het vuur gaan, maar dat kwam niet voort uit vriendschap, eerder uit een hoge mate van bewondering. Daarnaast gaf de positie in de club van vijf hun status. De overige kampbewoners keken naar hen op en behandelden hen met meer respect. Ze genoten het voorrecht in de nabijheid van de baas te zijn, op gezette tijden weliswaar en daarbuiten alleen bij hoge uitzondering, maar het was veel meer dan andere bendeleden konden zeggen. In ruil voor hun positie betaalden ze een hoge prijs: een misstap werd zonder meer met de dood bekocht. Die wetenschap, waarover nooit gesproken werd, sluimerde op de achtergrond bij elke ontmoeting met Koos Korevaar. Ook in de vergaderkamer, waar de mannen elkaars blik vermeden, om niet te verraden dat ze bang waren.

Opeens klapte de deur open en vulde de aanwezigheid van El Capitan de ruimte. De mannen rechtten hun rug, schoven hun koffiemokken opzij en probeerde met neutrale blik de stemming van de baas te peilen. Dat was nooit eenvoudig; Korevaar liet zich niet zomaar in de kaart kijken. Hij nam plaats aan het hoofd van de ovale tafel en keek nors voor zich uit. Een schram op zijn wang verraadde dat hij zich had gesneden met scheren, verder was hij een gesloten boek.

'Als er dringende zaken spelen op het park, hoor ik die graag nu.' Vragend keek Koos Korevaar de kring rond. De mannen hoorden aan zijn stem dat er deze vergadering geen smeuïge anekdotes op tafel zouden komen en bereidden zich voor op een serieuze zit. Geen van hen waagde het zich te melden.

'Dan praat ik,' vervolgde Korevaar. 'Ik heb drie punten. Punt één: de organisatie.' Hij klapte hard met zijn hand op tafel. 'De handel loopt en de beschermgelden komen binnen, daar geen bijzonderheden. Die zijn er wel bij de smokkelroutes: de tweede tunnel is beschadigd en daardoor kunnen er momenteel geen transporten plaatsvinden. Dat kost me veel te veel geld, dus die tunnel moet stante pede gerepareerd worden. Daarnaast zijn er drie kinderen uitgevallen. De dochter van Reyes is dood, ze wordt later vanmiddag bij de rivier begraven, ik ben erbij en verwacht jullie daar ook. De zoon van Reyes is te groot, hij past er niet meer doorheen. En een van die kleintjes heeft een hersenschudding en zijn voet verwond, die kan voorlopig niet zwemmen. Dus: tunnel maken en minstens drie nieuwe kinderen halen. En snel. De Amerikanen werken al aan het herstel, maar ik wil dat jullie erbovenop zitten. Cruz en Javier, jullie taak. Vragen?'

De twee mannen knikten en schudden daarna beurtelings hun hoofd, ten teken dat alles in orde kwam.

'Punt twee: het feest.' Nu hij op dreef raakte, liet Korevaar zijn reserves varen. Hij stond op en leunde met twee vuisten op de tafel. Zijn ogen spuwden vuur. 'Ik ben godverdomme helemaal niet in de stemming voor een fuif, jullie snappen zo waarom, maar dat feest is aangekondigd en het zal er komen ook. Alleen niet op donderdag.'

'Hè?' Elvis was de eerste die zijn verbazing durfde te tonen. 'Wanneer dan? De chapterhoofden uit Europa zijn al onderweg.'

'Die blijven dan maar een dagje langer, want we doen het vrijdag,' antwoordde Korevaar resoluut. 'Ik neem zelf contact met ze op. Verder is het een kwestie van de leveranciers informeren, de catering en de artiesten, en de bewoners hier. Maar niet eerder dan donderdagochtend vroeg. Tot die tijd weet niemand hiervan. Ik herhaal: geen mens buiten deze kamer. Elvis, jouw taak.'

Elvis keek bedenkelijk, maar kreeg geen kans vragen te stellen, want Korevaar stoomde door. 'Kom ik bij punt drie, en dat maakt me pislink: we hebben een verrader.'

Er golfde een schok door de ruimte. Javier en Jésus sprongen op en Cruz spoog op de vloer en vloekte hartgrondig.

'Bekken dicht en zitten!' Korevaar voegde zelf de daad bij het woord door weer plaats te nemen. 'Een mes in mijn rug; ik kan het niet anders zien. We kennen hem allemaal al jaren. Er was geen concrete aanleiding om hem te wantrouwen, niets wat in die richting wees, maar het ging me te gemakkelijk. Nooit problemen, altijd in controle, geen enkel weerwoord, veel te glad. Ik vertrouwde het niet langer en heb hem na laten trekken, dus Fabio heeft hem de afgelopen tijd geschaduwd. En natuurlijk had ik gelijk. Ik wilde het niet, ik zocht het niet op, maar het is er en we kunnen er niet omheen: Jay Jennings is een judas, hij werkt voor de wouten.'

Weer was de verontwaardiging enorm. 'Hij moet dood!' 'Mag ik het doen?' 'Waar is die klootzak?' 'Ik dacht het al, veel te gelikt.'

Dit keer liet Korevaar de mannen begaan tot ze stilvielen en hem verwachtingsvol aankeken. 'Er is nog een probleem: hij werkt niet alleen.' Uit een la van de vergadertafel haalde hij een envelop met twee foto's van Tara tevoorschijn: de ene een portret en op de andere stak ze een straat over, waarbij ze zonder het te weten recht in de camera keek. De mannen lieten de foto's rondgaan en bekeken haar aandachtig. Onder andere omstandigheden zouden er beslist opmerkingen over haar fraaie figuur gemaakt zijn, maar ze wisten beter.

'Tara Linders, journalist uit mijn eigen Nederland, zit in een motel in het centrum van Chihuahua en is een contact van Jennings. Ze zijn samen hierheen gekomen, zij rijdt ook. Of ze politie is, weten we niet, maar ze blijft een risico. Ik wil haar hier hebben en Jay moet haar vragen te komen. Dat regel ik met hem. Daarom doen we voorlopig of onze neus bloedt en spelen we gewoon het spelletje mee. Jay mag niets doorhebben, anders waarschuwt hij haar en wie weet wie zij dan weer inseint. Dit moet klein blijven, dus iedereen houdt zijn muil tot ze allebei, Jennings en dit vrouwtje, op het park zijn. Alleen als het niet lukt, springen we in. Dan gaan Jésus en Bono haar halen, maar niet voordat ik een teken geef. Duidelijk?'

Een tijdlang bleef het stil. Terwijl Korevaar in gedachten voor zich uit staarde, lieten de mannen het nieuws op zich inwerken. Na een kleine tien minuten schraapte Elvis zijn keel. Toen een reactie van de baas uitbleef, schoof hij subtiel zijn stoel naar achteren. 'De begrafenis, baas?' probeerde hij voorzichtig.

Dat had effect, Korevaar stond op. Zijn woede had plaatsgemaakt voor verdriet en toen hij de kring een laatste keer rondkeek, deed hij geen moeite zijn emotie te verhullen. Met hangende schouders droop hij af. Zodra hij de deur achter zich sloot, ging een heftig fluisteren op. Ook de mannen moesten hun emoties kwijt, maar schreeuwen was er niet meer bij. Niemand mocht het immers weten, de baas had het gezegd. Gelukkig werd hun geduld niet lang op de proef gesteld. Over twee dagen, minder dan achtenveertig uur, was het geen geheim meer. Dan zou Jay Jennings zijn verdiende loon krijgen, en dat vrouwtje van hem erbij.

44

Met een van pijn vertrokken gezicht stapte Alberto van de motor af. De rit van de tattooshop in Ciudad Juárez naar Chihuahua had ruim vier uur geduurd en dat was langer dan zijn spieren gewend waren. Hij strekte zijn benen en wreef over zijn tintelende achterste. Toen Miguel aanbood hem naar een veilige plek te brengen, en zelfs een motor en rijbewijs voor hem te regelen, kon hij zijn geluk niet op. Maar nu hij hier stond, verder weg van zijn eigen huis dan hij ooit geweest was, stak twijfel de kop op. Wat als zijn plan mislukte? Niet aan denken, sprak hij zichzelf toe. Hij had geen keuze, thuisblijven kon niet meer. Het was immers dinsdag vandaag, de dag waarop Alvarez voor hem klaar zou staan.

De gedachte aan zijn aartsrivaal bezorgde hem kippenvel. Alvarez en hij hadden al tientallen keren met elkaar gevochten, maar vandaag zou het anders zijn. Na hun laatste gevecht was hij opgestaan en had hij Alvarez uitgedaagd voor een eerlijk gevecht van man tegen man, alleen zij tweeën, zonder hulptroepen. Dat had hem de week tijd gekocht die hij nodig had om te herstellen en om te bedenken hoe hij voorgoed kon ontsnappen aan de terreur van Alvarez, die al te lang zijn leven bepaalde. Dat herstel schoot niet hard op; de zwelling om zijn oog bleek hardnekkig en ook de stekende pijn in zijn ribben hield aan. Maar het plan was rond en het eerste deel was al geslaagd: hij had een plek gevonden waar hij voorlopig veilig was.

Het huis van Escorpiones stond in een rustige straat aan de rand van Chihuahua. Het had twee verdiepingen en een plat dak. Miguel ging hem voor en leidde hem over een krakende veranda naar de voordeur. Het viel Alberto op dat er nergens troep lag, er slingerde nog geen colablikje of chipszakje in de voortuin en ook de veranda leek keurig aangeveegd. Bij een jongerenhuis had hij zich iets anders voorgesteld en dit viel hem niet tegen. Nog voor Miguel kon aankloppen, deed een jonge gast open. Zijn blonde haar was gemillimeterd, hij droeg een leren hesje van Escorpiones en op zijn bovenarm prijkte eenzelfde tatoeage als bij Alberto. Zonder blikken of blozen keek hij van Miguel naar Alberto. Opeens kneep hij zijn ogen tot spleetjes en boog hij naar voren, om Alberto's ogen beter te kunnen bekijken. Toen hij genoeg gezien had, stapte hij weer terug.

'Je kijkt scheel,' stelde hij onomwonden vast.

Alberto knikte weifelend. 'Ze zeggen het.'

'Deed ik vroeger ook. Kun je laten opereren, scheelt een stuk.' Hij knipoogde en met een theatraal gebaar wenkte hij zijn gasten binnen. 'Mario is er niet, je zult het met mij moeten doen. Ik kan je het huis laten zien en je kamer.'

Ze volgden de jongen naar de keuken. 'Geen koffer bij je, zie ik?' Alberto keek vragend naar Miguel, die zwijgend zijn hoofd schudde. 'Een spoedgevalletje dus, geen probleem. We hebben hier altijd extra tandenborstels en boxershorts op voorraad. Blijf je lang?'

Alberto haalde zijn schouders op. 'Eh… een paar weken misschien?'

'Oké, dan laten we kleding komen.' De jongen ging naast Alberto staan en drukte zijn schouder tegen hem aan. 'Mijn maat ongeveer, wel zo makkelijk.' Hij grinnikte vrolijk en stak zijn hand uit. 'Noem mij maar Che. De meeste jongens blijven niet langer dan een paar maanden, maar ik woon hier al bijna een jaar. Samen met Mario ben ik gastheer van het huis. Koken kunnen we niet, maar verder hebben we het aardig voor elkaar. Het zal je hier best bevallen.'

Alberto schudde zijn hand en glimlachte. De positieve energie van de jonge gastheer verdreef zijn zorgen naar de achtergrond. Hij voelde zich welkom en knikte dankbaar naar Miguel. Die sloeg hem op zijn schouder en zei dat hij moest gaan. Alberto gebaarde naar Che dat hij snel terug zou komen en liep met Miguel mee naar buiten.

'Bedankt voor alles,' zei Alberto. Hij meende het oprecht.

Miguel zwaaide een been over zijn motor en draaide de sleutel om. Met een sputterend geronk kwam de machine tot leven. 'Ik hoop dat je weet waar je aan begonnen bent,' zei Miguel. De getatoeëerde tranen onder zijn ogen benadrukten zijn zorgelijke blik. 'Je kunt nu niet meer terug. Let goed op jezelf.' Even leek het of hij nog wat wilde zeggen, maar na een korte aarzeling klapte hij het vizier van zijn helm dicht en gaf hij gas. Rustig tufte hij naar het einde van de straat, waar hij de hoek omdraaide en uit het zicht verdween.

Alberto keek hem na en moest toch even slikken. Met Miguel verdween ook het laatste lijntje dat hem nog met zijn ouderlijk huis en zijn woonplaats verbond. Vanaf nu stond hij er echt alleen voor.

45

Het schemerde al toen een gil Diego stoorde in een diepe slaap. Versuft duwde hij zichzelf overeind. De klok aan de muur wees half zeven. Dat kon hij amper zien, want alle lampen in de kamer waren uit. Toen hij het bed achter het zijne bespeurde, was hij meteen klaarwakker.

'Chico!' Net als eerder die dag, toen Mariza Chico binnenreed, zwaaide hij zijn benen uit het bed. Met zijn bovenlichaam steunend op het matras, lukte het hem naar Chico te schuifelen. De jongen sliep onrustig, hij draaide met zijn hoofd en bewoog zijn lippen. Hij droomde of had een nachtmerrie; vandaar de gil, begreep Diego en zijn hart liep over. Voorzichtig aaide hij Chico over zijn hoofd, dat heet en klam was van de koorts. Zoekend keek Diego om zich heen, de dichtstbijzijnde fles water stond op het bijzettafeltje naast zijn eigen bed. Hij zette zijn tanden op elkaar en schoof voetje voor voetje terug. Zijn benen trilden, maar zolang hij op bed kon steunen, hield hij het vol. Hijgend bereikte hij het tafeltje. Hij greep de fles en wachtte een paar tellen om op adem te komen. Na een diepe hap lucht wilde hij zijn tocht vervolgen, toen de buitendeur openging en Diego van schrik de fles liet vallen. Water gutste over de vloer en de fles rolde van hem weg, tot een grote zwarte laars erop ging staan.

Koos Korevaar raapte de fles op, sloot de deur achter zich en draaide naar Diego, die ternauwernood kon blijven staan door zich aan zijn bed vast te klampen. 'Wij hebben elkaar nog niet ontmoet.' Het was een constatering, geen vraag en de grote man leek dan ook geen antwoord te verwachten.

Niet dat Diego hem dat kon geven, want die trilde nu zo hevig dat de deken losschoot van onder zijn matras en hij zijn grip verloor. Langzaam zakte hij naar beneden, totdat de zwaartekracht het won en hij op zijn achterwerk op de grond plofte. In een paar tellen was Korevaar bij hem. Met een hand onder de oksel van Diego viste hij hem van de grond en legde hij hem terug op bed. Daarna stelde hij zich voor: 'Laten we meteen maar in het Nederlands praten. Ik ben Korevaar. En jij bent Martinez, Diego Martinez, uit Nederland.'

Die woorden troffen Diego als een mokerslag. Na maanden opgesloten te zijn geweest in een vreemd land en een vijandige omgeving voelden de eerste woorden in zijn moedertaal als een warme omhelzing. Hij sloeg zijn handen voor zijn gezicht, maar kon zijn tranen niet bedwingen.

Korevaar keek toe hoe Diego huilde. Ook in zijn ogen stonden tranen, al werden die ergens anders door veroorzaakt. De begrafenis van de kleine Mimi Reyes had hem verdrietig gemaakt en niet enkel omdat hij met haar een ervaren zwemmer verloor, die zijn smokkelwaar de grens over bracht. Kleine kinderen herinnerden hem steevast aan zijn eigen ongelukkige jeugd en daarom ging hij ze zo veel mogelijk uit de weg. Af en toe sliep hij met Elena en daar waren vorig jaar totaal onverwacht een tweeling, twee meisjes, uit voortgekomen. Ze woonden met Elena en haar eerste zoon, die ze bij een ander had gekregen, in een caravan vlak bij zijn villa en daar zocht hij hen soms op. Dan bracht hij speelgoed mee en snoep, maar hij bleef nooit langer dan een half uur. Als hoofd van een van de grootste motorclubs van de wereld kon hij het zich niet veroorloven zich aan mensen te hechten. Dat gaf alleen maar ellende. Dierbaren vormden de zwakke plek die hij zijn vijanden niet gunde. Zolang hij afstand hield en geen betekenisvolle relaties opbouwde, kon niemand hem raken en bleef hij degene met de meeste macht.

'Het valt soms niet mee,' zei hij, terwijl hij kort zijn hand op Diego's schouder liet rusten.

Die snoot zijn neus in een tissue en droogde zijn wangen. 'Nee...' Nu hij eindelijk Nederlands kon praten wist hij niet wat hij als eerste vragen moest. Hij wees op Chico, die zacht murmelde in zijn slaap. 'Die jongen heeft hoge koorts, hij moet naar een dokter. Vanavond nog.' Diego keek op naar Korevaar, die zijn blik over het tweede bed liet glijden, maar verder geen vin verroerde. 'Serieus, zijn voet is ontstoken. Kijk zelf maar,' drong Diego aan. Korevaar gebaarde dat hij stil moest zijn. Diego wist niet wie hij voor zich had. Onder de indruk van Korevaars reputatie kon hij dus niet zijn, maar hij voelde desondanks dat deze man letterlijk en figuurlijk geen kleintje was. Zijn aanwezigheid vulde de kamer, hij stond als een huis en zijn stem duldde overduidelijk geen tegenspraak.

'Ik laat ernaar kijken,' zei Korevaar en daarmee was het onderwerp van tafel.

Diego knikte. Zijn sufheid was verdwenen. Het was alsof hij opeens weer aanstond, alsof het praten in zijn eigen taal iets in hem wakker maakte. Terwijl hij nadacht schoten zijn ogen heen en weer. Kennelijk was deze man in de positie dingen te regelen. 'Ik wil terug naar Nederland,' zei hij snel. 'Over een paar dagen ben ik opgeknapt en kan ik weg. Dan heb ik mijn paspoort en mijn andere spullen nodig.'

'Zo...' antwoordde Korevaar. Hij stak zijn handen in zijn zakken en zuchtte diep. 'Dan denk ik dat je iets vergeten bent.'

Diego schudde snel zijn hoofd. 'Nee, niets. Ik kwam naar Mexico voor familiebezoek, dat heb ik gedaan en nu wil ik weer terug. Mijn gezin wacht op mij.'

Korevaar klakte met zijn tong. 'Het verbaast me elke keer hoe die rotzooi iemands geheugen aantast.' Hij sloeg zijn armen over elkaar en trok een grimas. 'Luister, want ik zeg de dingen recht voor zijn raap: jij hebt iemand neergeschoten, vermoord. Mij heb je er een plezier mee gedaan, want ik had al een tijdje last van die vent, maar ik denk niet dat de Mexicaanse politie in de handjes klapt als ze hiervan hoort. De Nederlandse politie ook niet, trouwens. Denk je wel?'

Diego probeerde te slikken, maar zijn keel was plots gortdroog. Natuurlijk was hij de moord niet vergeten, de scène spookte nog vaak door zijn hoofd. Het beeld van de vallende man, met de cowboyhoed en de sporen aan zijn laarzen, zou hem waarschijnlijk de rest van zijn leven achtervolgen, maar dat betekende nog niet dat hij in Mexico moest blijven. Het zou zijn geheim zijn, een last die hij in zijn eentje moest dragen. Een straf in een Mexicaanse gevangenis had geen enkele zin. Het lijk kwam er niet door tot leven en zijn kinderen zouden het hun hele jeugd zonder hem moeten doen. En dat wilde hij per se niet. Als er iets was wat hij van zijn tijd in dit kloteland had opgestoken, was het dat hij bij zijn kinderen moest zijn. Hij had Nona en Max net zo hard nodig als zij hem.

'De politie hoeft het toch niet te weten?'

Korevaar snoof. 'Natuurlijk niet. Maar zomaar weggaan lijkt me ook wat ondankbaar. Je bent hier dik vier maanden. Denk je dat het hier aan de bomen groeit? Of dat Sinterklaas voor jou betaalt? Ik heb het niet alleen over kost en inwoning, vriend. Er gaat dagelijks voor een klein vermogen je arm in.'

Diego kreeg het warm. Dit gesprek ging een kant op die hem niet beviel. 'Ik heb geld,' probeerde hij. 'Als ik weer thuis ben, kan ik makkelijk wat storten. Hoeveel denk je dat schappelijk is?' Nerveus keek hij toe hoe Korevaar een stoel van de eettafel bijtrok, die vlak naast zijn bed zette en ging zitten. Zijn grote kale kop hing nu vlak naast hem en hij kon zijn adem ruiken.

'Jij gaat pas weg als ik je laat gaan,' zei Korevaar, vervaarlijk kalm. 'Laten we zeggen dat je een half jaar blijft om wat klusjes op te knappen. Ik zorg voor een caravan op het terrein en jij doet wat we vragen. Als dank voor het wegpoetsen van de moord die jij gepleegd hebt en als terugbetaling van je kost en inwoning. Lijkt mij niet meer dan fair.'

De ijskoude blik van Korevaar maakte Diego bang. Zes maanden langer op het park blijven was het laatste wat hij wilde, maar zeggen durfde hij dat niet. 'En krijg ik dan mijn paspoort terug?' Hij schrok zelf van zijn stem, die leek meer op die van kleine Chico dan op die van een volwassen man.

El Capitan schoof de stoel achteruit en stond op. De slappe reactie viel ook hem tegen, hij had meer tegengas verwacht van de man die in de caravan zo lang stand had gehouden.

'Wacht!' Diego voelde instinctief aan dat hij nu moest handelen. 'Ik ben het met je eens, het is niet meer dan fair dat ik nog een half jaar blijf. Maar wel op mijn voorwaarden.'

Met een mengeling van ergernis en verwondering in zijn gezicht staarde Korevaar hem aan. Het gebeurde niet vaak dat iemand zo tegen hem sprak. Langzaam liep hij terug naar het ziekenhuisbed.

'Ik heb er twee,' stelde Diego. Hij scheet bijna in zijn broek van angst, maar hield zijn gezicht in de plooi. 'Die jongen gaat zo snel mogelijk naar een dokter en er wordt geld overgemaakt naar mijn gezin in Nederland. Ze hebben al maanden niets gekregen en ik wil niet dat ze honger lijden omdat ik hier zit. Ik zal hard werken en het terugverdienen, dat beloof ik.' Na die woorden brak het zweet hem uit. Hij zette zich schrap voor een heftige reactie, maar die bleef uit. Tot zijn verbijstering zag hij een lichte glimlach op het gezicht van Korevaar verschijnen.

'Dus toch ballen,' mompelde die. Hij greep Diego's hand en schudde die kort. 'Geen probleem. Op dit park zorgen we voor elkaar. Geef Mariza je gegevens, dan maak ik het in orde.' Hij grijnsde en Diego knikte voorzichtig. Opeens boog Korevaar zich voorover en pakte hij Diego's gezicht met twee handen beet. Hij duwde krachtig en zou met de simpelste beweging zijn nek kunnen breken. Pas toen hij in Diego's ogen zag dat ook hij begreep hoe de verhoudingen lagen, liet hij los en verliet hij de kamer. Onmiddellijk kroop Diego diep weg onder de deken, misselijk van angst.

46

Niet veel later klopte Jay bij de villa aan. Hij was doodmoe van een hele dag werken en zijn kleding plakte aan zijn lijf. Liever nam hij eerst een douche, maar Matiz had gezegd dat het dringend was. De baas wilde hem spreken en die liet niet op zich wachten. Korevaar zou vast een update willen van de werkzaamheden, dacht Jay, terwijl hij het zweet van zijn voorhoofd wiste. Met Eduardo en Matiz had hij die dag acht camera's geïnstalleerd. Als ze morgenochtend de overige vier ophingen, kon hij de middag besteden aan het inrichten van de controlekamer en was er nog tijd om op en neer te rijden naar het motel. Hij had uitgedokterd hoe hij R.J.'s explosieven wilde plaatsen, bijna volledig uit het zicht. Het was alleen de vraag of hij er de gelegenheid voor zou krijgen, want de broers zwermden continu als bijen om hem heen. Hij zou moeten improviseren om ze af te schudden, als hij opschoot had hij aan een uurtje genoeg.

Mariza opende de deur en drukte streng haar wijsvinger tegen haar lippen. Ze leidde Jay door de hal en de eetkamer, waar Elena in gesprek was met een grijzige man. Ze stonden naast een tweede ziekenhuisbed, dat er eerder die ochtend nog niet was geweest. Wie er in het bed lag, kon Jay niet zien. Wel zag hij Diego, op het voeteneinde van zijn eigen bed, zo dicht mogelijk bij de nieuwe patiënt. Hij luisterde aandachtig naar wat de oude man te zeggen had en keek even op toen Jay langsliep. Hun blikken kruisten elkaar, maar geen van beiden gaf een blijk van herkenning.

Mariza ging Jay voor naar het kantoor van Korevaar, klopte op de deur en bleef wachten. Hij glimlachte naar haar, maar kreeg geen lach terug; Mariza's pokerface bleef altijd in de plooi. Haar blik herinnerde hem aan Jésus, die hij eerder die dag was tegengekomen. Zijn caravan stond vlak bij een van de palen waar Jay aan het werk was. Hij had aangeklopt en om water gevraagd. De zon stond hoog aan de hemel en brandde door zijn kleren heen. Zijn waterfles was al te lang leeg, net als die van Eduardo en Matiz, en vanaf deze locatie was het zeker tien minuten lopen naar de waterput. Toen Jésus naar buiten kwam keek hij ronduit vijandig. Hij nam de fles aan, verdween in zijn caravan en gaf hem halfvol terug. Voor hij kon vragen wat er scheelde, schoot Jésus al weer naar binnen. Op zijn zachtst gezegd vreemd, vond Jay. Jésus was geen hartelijke man, maar zo veel afstandelijkheid ging zelfs voor hem erg ver.

Tijd om er verder over na te denken was er niet. Korevaar riep hem binnen en gebood hem aan tafel plaats te nemen. Jay ging zitten en concentreerde zich op zijn ademhaling. Ook al was hij moe, tegenover El Capitan wilde hij op scherp staan. Ook dit keer bleek dat geen overbodige luxe, want Korevaar viel met de deur in huis: 'Ik hoor dat je een vrouwtje in Chihuahua hebt zitten.'

Het duurde een fractie langer dan een seconde voor Jay zich van de schok hersteld had. 'Klopt. Tara.' Het lukte hem haar naam nonchalant uit te spreken, alsof er niets aan de hand was en het onderwerp hem niet uit balans bracht. Ondertussen probeerde hij elke gedachte uit zijn hoofd te weren. Er was nu geen tijd om na te denken, hij moest op zijn intuïtie varen, niets forceren en rustig reageren.

'Waarom heb je haar niet meegebracht?' Korevaar speelde het spel mee. Ook hij sloeg een toon aan alsof het over koetjes en kalfjes ging, maar zijn vuisten lagen gebald op tafel en zijn ogen glansden onheilspellend.

'Dat wilde ze niet.' Jay haalde zijn schouders op. 'Het is nogal een vrijgevochten type, ze gaat liever haar eigen gang. Voorlopig vermaakt ze zich prima in de stad en anders meldt ze zich wel.'

Korevaar rees zijn wenkbrauwen. 'Is het je vriendin? Ik dacht dat je getrouwd was?'

Jay lachte halfslachtig. 'Mijn vrouw is ver weg... wat kan ik zeggen?' Hij zweeg even en trok toen het initiatief naar zich toe. 'Waarom de vragen?'

'Ik vond het vreemd dat ik dit van een ander moest horen.' Korevaar kuchte. 'Voor mij hoef je haar niet te verbergen.'

Jay stak bezwerend zijn handen de lucht in. 'Daar is geen sprake van. Ik zou het ook leuker vinden als ze hier zat, maar ze wil het zelf niet. Vrouwen, je weet hoe ze kunnen zijn.' Hij trok een grimas, maar zorgde ervoor niet te veel aan te zetten.

'Waarom bel je haar niet even?' Het klonk als een vraag, maar het was een concreet bevel. 'Nodig haar uit. Met het feest op komst is hier genoeg te doen, Mariza en Elena kunnen de extra handen goed gebruiken. Heb je je telefoon bij je?'

'Ik bel haar straks,' probeerde Jay. 'Ik moet nodig douchen en ik barst van...'

'Doe het nu maar,' onderbrak Korevaar hem, met een blik die geen tegenspraak duldde.

Jays hersenen kraakten. Er was iets goed mis. Korevaar zat hem te testen en hij kon er niets tegen doen. Als hij nu weigerde te bellen, maakte hij zichzelf verdacht. Hij haalde zijn telefoon tevoorschijn en drukte zonder verdere bezwaren de sneltoets voor Tara in. Onmiddellijk sprong haar voicemail aan.

'Voicemail.' Het lukte hem de opluchting uit zijn stem te weren. Bijna drukte hij het gesprek weg, maar Korevaar was hem voor.

'Spreek maar iets in.' Als een roofdier voor de aanval, hield El Capitan Jay in de gaten. Met zijn hoofd licht voorovergekanteld en een haviksblik in zijn ogen ontging hem niets in het gedrag van zijn prooi aan de overzijde van de tafel.

Jay slikte en wachtte gespannen op de piep, zich zeer bewust van het feit dat elke vergissing die hij nu zou maken, zijn leven kon kosten. Hij sloot zijn ogen en improviseerde: 'Hi, ik ben het. Ik zit aan tafel met Koos Korevaar en hij nodigt je uit hierheen te komen. Er is genoeg werk te doen, in verband met een feest donderdagavond. Het vijftigjarig bestaan, ik heb erover verteld. Dus, zien we je morgen tegen het einde van de middag? Oké. Love you.'

De spanning in zijn lichaam en de dreigende blik van Korevaar werden ondraaglijk. Zodra hij zijn bericht had ingesproken, stond Jay op. 'Prima zo, toch? Als je het niet erg vindt, ga ik nu douchen. Ik stink een uur in de wind.' Hij schoof zijn stoel aan en stapte langzaam achteruit. 'Je hoorde misschien al van de jongens dat er inmiddels acht camera's hangen? Morgenvroeg doe ik de rest en dan 's middags de controlekamer. Ruim op tijd voor het feest.'

Korevaar staarde hem zwijgend aan. 'Laat die telefoon maar hier.'

'Waarom?'

'Dat lijkt me beter.'

Jay sloeg zijn armen over elkaar en waagde een uitdagende blik. 'Vertrouw je me niet?'

Korevaar stond op en ging tegenover Jay staan. Ze keken elkaar recht in de ogen.

'Als dat zo was, stond je hier niet meer,' zei Korevaar en hij knipoogde.

Jay dwong zichzelf te blijven staan. Tien lange seconden gaf hij geen krimp. Toen gooide hij zijn telefoon op tafel en maakte hij rechtsomkeert. Hij verliet de villa en wandelde zonder een blik achterom naar zijn caravan. Daar knipte hij een lampje aan, trok hij alle gordijnen dicht en pas toen durfde hij in te storten. Trillend zakte hij op de grond, waar hij verslagen bleef zitten. Hoe het kon, begreep hij niet, maar Korevaar had hem door. Of hij alles wist of slechts een beetje, deed er in feite niet eens toe. Het spel was uit en hij moest maken dat hij wegkwam, zo snel mogelijk.

47

De muziek in de tacobar stond zo hard dat Tara het bericht niet hoorde binnenkomen. Het restaurantje zat stampvol, geen stoel bleef onbezet en zelfs aan de bar stonden mensen te eten. Er werd volop gekletst en gelachen, en al verstond Tara er geen woord van, ze genoot van de uitgelaten sfeer. De taco had ze op, het glas mescal nog niet. Bij gebrek aan ruimte stond het onder haar stoel. Omdat ze haar tafeltje had weggegeven aan een zeskoppig gezin, hield ze haar laptop op schoot en nu raasden haar vingers over de toetsen. Nadat ze het actielijstje die ochtend al in een koffietentje had afgewerkt, was ze spontaan begonnen aan haar verhaal voor de krant. Ze moest iets doen om haar zinnen te verzetten. De wetenschap dat Diego op een paar kilometer afstand zat zonder dat ze naar hem toe kon, was om gek van te worden. Toen ze zowel haar opdrachtgevers in Den Haag als Benno geïnformeerd had over de laatste stand van zaken, en ze Yvonne een beknopte mail gestuurd had met het nieuws over Diego zonder prijs te geven waar hij exact zat, tikte ze als vanzelfsprekend door. Waarom wachten tot Jay klaar was met zijn undercoverwerk? Het harde nieuws kwam later wel, er was nu al meer dan genoeg om te vertellen. Benno zou er beslist meerdere pagina's voor uit willen trekken en dus hield ze zich niet in. Ze begon met een sfeerverslag over de stad Chihuahua en de gelijknamige woestijn. Daarna zette ze in een kader de meest recente misdaadcijfers die aan Escorpiones gelinkt konden worden, op een rij en ten slotte schetste ze de situatie in Nederland, waar de club ook al meerdere jaren actief was.

De Nederlandse overheid verklaarde in 2012 de oorlog aan alle zogenoemde 1%-motorclubs. De benaming ontstond nadat er in de jaren veertig in Amerika gevechten waren uitgebroken tussen motorrijders en er geroepen werd dat motorrijders gewelddadige mensen zouden zijn. De American Motorcycle Association (AMA) verklaarde toen dat 99% van de motorrijders *law abiding citizens* waren, ofwel fatsoenlijke burgers. Een groep motorrijders die zich hierdoor niet aangesproken voelde, claimde tot de resterende 1% te behoren. De AMA vreesde imagoschade en distantieerde zich van alle 1%-motorrijders en later ook van de 1%-clubs. Vanaf dat moment werden de 1%-clubs gezien als verenigingen die zich niet aan de regels hielden. Overheden in andere landen gingen eerder tot concrete actie over, maar in Nederland duurde het tot 2012 voor een zerotolerancebeleid wordt ingevoerd. Voortaan werd elke 1%-club gemonitord en tegengewerkt.

Als motorrijder had Tara de aanpak van de overheid met interesse gevolgd. Aanvankelijk was haar sympathie uitgegaan naar de clubs en de mannen, type ruwe bolster blanke pit. Maar in de loop der jaren moest ze haar mening herzien. Te vaak werden bij invallen grote partijen drugs en wapens aangetroffen. En al werden in Nederland alleen bikers in de eigen kring geliquideerd, in andere landen zoals Mexico vielen ook onschuldige slachtoffers, burgers en zelfs kinderen, en dat was allesbehalve oké. Mannen als Koos Korevaar hoorden achter slot en grendel. Dat zou aan veel misstanden een einde maken, in ieder geval in Mexico. Ze hoopte dat ze die passage binnenkort aan haar verhaal zou kunnen toevoegen.

Met een voldaan gevoel vanbinnen, deels veroorzaakt door de twee mescal, stapte ze tegen middernacht naar buiten. Ze zat al op haar motor toen ze uit gewoonte haar telefoon checkte en zag dat ze een voicemail van Jay had ontvangen. Onmiddellijk gespannen reed ze een stukje verder, om aan het lawaai en eventuele nieuwsgierige blikken te ontsnappen. Langs de provinciale weg naar Chihuahua hield ze halt om het bericht te beluisteren. Toen ze het twee keer had beluisterd wist ze dat het fout zat. Jays stem klonk normaal, maar de twee woorden waarmee hij zijn boodschap afsloot, deden alle alarmbellen rinkelen. *Love you.* Tara hapte naar adem bij die nonchalant uitgesproken mededeling. Het was geen codetaal die ze hadden bedacht om elkaar in te seinen, maar dat was niet nodig. Jay zat bij Korevaar aan tafel en die rook onraad. Ze hadden haar gespot in Chihuahua en ontdekt dat ze bij Jay hoorde. Jay had voorspeld dat dat kon gebeuren, maar had er geen kwaad in gezien. Dat was een vergissing. Nu moest ze er zelf heen, naar het hol van de leeuw, ze had geen keuze. Als ze niet snel vrijwillig ging, kwamen ze haar halen, daar twijfelde ze niet aan. Gefrustreerd beet ze op de knokkels van haar gebalde vuist. Ze kneep haar ogen dicht en probeerde rationeel te blijven denken. 'Morgen, tegen het einde van de middag...' had Jay gezegd. Dat klonk te nadrukkelijk. Waarom niet gewoon 'morgen'? Kennelijk wilde hij niet dat ze zich te vroeg zou melden. Waarom niet? Had hij een plan? Gefrustreerd keek ze naar haar telefoon. Jay bellen zou het makkelijkst zijn, maar dat kon niet meer... grote kans dat Korevaar meeluisterde.

Ze startte opnieuw en reed de weg op. Op een groep zwerfhonden na, die luid blafte toen ze passeerde, kwam ze niemand tegen. Het rustige ronken van haar motor verjoeg de eerste paniek en na een paar kilometer had ze haar gedachten enigszins op orde. Bij een code rood moest ze de hulptroepen inschakelen, dat was de afspraak. Alleen leek die afspraak opeens niet zo'n best idee. Zodra de speciale eenheid die paraat stond het trailerpark binnenstormde, was Jay zijn leven niet zeker. De kans was groot dat

Korevaar de 'verrader' als eerste neerschoot. Dat risico mocht ze niet nemen. Jay leefde nog, zelfs al had Korevaar in de smiezen dat er iets niet klopte. Dat betekende iets. Om de een of andere reden wilde El Capitan dat zij naar het park kwam en daarvoor had hij Jay laten bellen. Als ze nu de hulptroepen inschakelde, zou ze dat park nooit op komen. Ook daarom moest ze het zelf doen. Maar er was meer: Jay was niet de enige in het park die ze graag levend terugzag, Diego zat er ook. Haar hart kromp ineen bij de gedachte aan het gevaar waarin hij, misschien onbewust, verkeerde. Ook hij moest weg bij Escorpiones en daarna zo snel mogelijk terug naar Nederland. Ze klemde haar kaken op elkaar, remde hard en nam een scherpe bocht. Het zand stoof omhoog toen ze vol gas koers zette naar het motel. Zodra ze haar spullen had opgepikt, racete ze linea recta naar Koos Korevaar. Ze stond strak van de spanning, maar bang was ze allerminst. Integendeel, ze voelde zich uitgedaagd en opgepompt, klaar om haar tegenstander alle hoeken van de ring te laten zien. De baas wilde een spelletje spelen? Dan kon hij het krijgen ook.

48

Trillend van inspanning hing Diego tegen zijn bed. Er parelden zweetdruppels op zijn voorhoofd en zijn fles water had hij tot op de laatste druppel leeggedronken. Toch gaf hij nog niet op. Als hij hier weg wilde komen, moest hij aansterken. Het was gedaan met liggen en hangen, trainen moest hij, verdomme. Zijn benen hadden marathons gelopen, dus ergens in die slappe stelten, die hem nog amper een paar meter droegen, moest wat pit te vinden zijn. Hij boog zijn knieën opnieuw en hield zijn adem in toen hij zich terug omhoogduwde. Het lukte ternauwernood en hijgend liet hij zich op bed vallen.

De ontmoeting met Koos Korevaar, eerder die avond, had iets in hem wakker gemaakt. Alsof hij niet langer een personage was in een spannende reportage voor de krant, maar juist de journalist die het verhaal schreef. Als hij hier niet nog een half jaar wilde blijven, zoals Korevaar zo dwingend had voorgesteld, werd het tijd de touwtjes zelf in handen te nemen. Die gedachtegang alleen al gaf hem moed. Hij moest aansterken en een manier vinden om hier weg te komen en daar was hij meteen mee begonnen. De bananen in de fruitschaal op tafel waren in mum van tijd verorberd en daarna begon het rekken en strekken. Een half uur hield hij het vol, toen kwam de amazone de kamer binnen. Ze wierp hem een bevreemde blik toe, terwijl ze langs hem heen naar Chico liep, die nog steeds lag te slapen. Naast zijn bed stond een kom water met wat doekjes. Een ervan doopte ze in het water, ze wrong het meeste vocht eruit en veegde er voorzichtig het verhitte voorhoofd van de jongen mee af. Die zuchtte diep, maar werd niet wakker.

'Hoe gaat het met hem?' vroeg Diego zacht, terwijl hij uitgeput ging liggen en een kussen onder zijn knieën schoof.

'Hij heeft een hersenschudding, een ontsteking in zijn voet en koorts,' zuchtte Mariza. 'Met rust moet het goed komen. En de dokter heeft een penicillinekuur gegeven voor zijn voet.' Met een blik vol medelijden aaide ze over Chico's hoofd. 'Zo jong en al zo'n zwaar leven, de arme schat.' Ze mompelde, maar Diego kon het verstaan.

'Hoe is hij hier terechtgekomen?'

Mariza staarde zwijgend voor zich uit. De harde trekken in haar gezicht leken te verzachten in het zwakke schijnsel van het lampje naast Chico's bed. Toen ze sprak, klonk in haar stem een groot verdriet door. 'Bijna een jaar geleden kwam hij binnen en meteen ging het fout. We dachten dat Chico bij Bono verbleef, het was zijn beurt om een tunnelkind op te vangen, maar Bono bleek van niets te weten. Omdat de jongen wel elke dag werkte, had niemand in de gaten dat hij die eerste weken 's nacht buiten rondzwierf.' Ze schudde haar hoofd. 'Dat hij niet doodgevroren is, mag een wonder heten. Goddank heeft de oude Dimitri hem opgenomen, wie had dat verwacht...'

Diego concentreerde zich om Mariza's gefluister te kunnen blijven verstaan. 'Dimitri?' spoorde hij haar aan.

Mariza lachte schamper. 'Die dronkaard bleek toch nog ergens goed voor. Al jaren doet hij niets meer dan drinken en sleutelen aan die lelijke roestbak van hem. El Capitan zegt dat hij zijn sporen heeft verdiend en dat hij zijn oude dag op het park mag slijten. Dus koken we voor meneer en brengen we zelfs zijn lege flessen weg. Maar denk niet dat hij dankbaar is, die gek heeft me geslagen. Toen hield ik het voor gezien, Elena ook. Nu zorgen de mannen voor hem, tot de drank hem voorgoed nekt. Dat kan niet lang meer duren.'

'Slaapt Chico bij hem in de caravan?'

Ze knikte. 'De jongen wilde het zelf. Hij zwerft nog steeds graag rond, maar hij hoeft niet meer in de kou te slapen. Tenminste, als hij niet in het hok wordt gezet...' Weer schudde ze haar hoofd. 'Het is maar goed dat die tunnels worden gemaakt...' Ze haalde haar neus op en richtte zich opnieuw op Chico, die licht bewoog in zijn slaap. Teder streek ze over zijn haren.

'Ik heb ook een zoontje, hij is pas vier geworden, net als zijn zus.' Hij zei het zonder erbij na te denken. De liefkozing van Mariza trof hem en opeens werd hij overspoeld door een golf van gemis.

'Een tweeling,' zei Mariza, 'dat is een zegening van God. Alle kinderen zijn prachtig, of ze nu hier zijn, of in de hemel.' Haar stem trilde bij die laatste woorden en een eenzame traan gleed over haar wang.

Ook Diego voelde de tranen branden. 'Ik mis ze enorm. Mariza, ik heb ze nodig en zij mij. Ik moet naar ze toe. Kun jij me daar niet bij helpen?'

Langzaam wreef Mariza de traan van haar gezicht. Ze rechtte haar rug en keerde zich naar Diego. Haar ogen spuwden vuur en van de zachte trekken om haar mond was niets meer over. 'Omdat ik weet wat missen is, vergeef ik je die vraag. Maar waag het niet hem nog een keer te stellen, want dan meld ik het.' Ze stak een priemende vinger in de lucht. 'Er is er hier maar één die mij opdrachten geeft en dat is El Capitan. Onthoud dat goed.'

Ze beende de kamer uit en liet Diego verslagen achter. Hij had een sprankje hoop gevoeld, maar lang mocht het niet duren. Toch was er iets in de woorden van de amazone wat een kleine klik in zijn hersenen had veroorzaakt. Hij sloot zijn ogen en liep het gesprekje nog eens na. De vermoeidheid sloeg toe en bijna viel hij in slaap toen hij zijn ogen opeens wijd opensperde. Hij schoot overeind en duwde zich naar zijn voeteneinde. Als hij zijn lijf strekte, kon hij het slapende hoofdje van Chico net zien. Diego twijfelde, maar besloot toch weer te gaan liggen. De jongen had rust nodig – de dokter zei het niet voor niets –, het zou niet goed zijn hem nu te wekken. Hij moest herstellen, net als Diego zelf. Eerst slapen, dan praten, morgen was vroeg genoeg. Er sluimerde een idee in zijn hoofd dat een plan zou kunnen worden. Een plan om te ontsnappen uit deze ellende, samen met Chico.

49

Even na middernacht opende Jay de deur van zijn caravan. Hij moest naar buiten, binnen werd hij stapelgek. Na een uur meditatie en een serie yogaoefeningen had hij geprobeerd in alle rust een escape te bedenken, maar dat lukte niet. Alle yoga ten spijt maakte het hem woest dat Korevaar hem doorhad, terwijl hij geen idee had hoe dat kon. Had hij steken laten vallen? Waar dan? En wat wist Korevaar precies? Dat er iets niet klopte in zijn verhaal, over een gezin in Thailand bijvoorbeeld? Dan viel er misschien nog wat te redden. Wist hij dat Jay al jaren in Nederland woonde? Maar waarom had Korevaar hem dan in het Engels aangesproken, in plaats van in zijn eigen moedertaal? Of wist hij dat Jay een geheim agent was? Dan was alles voorbij. Zodra Tara het terrein op reed, was het afgelopen, voor haar en voor hemzelf. Een kogel had het snelste effect, maar Korevaar kennende zou dat hem te min zijn; hij was op dit vlak uitermate creatief. Bovendien kreeg de baas tijdens het wachten op Tara voldoende gelegenheid na te denken over de manieren waarop hij het leven van de verrader en zijn vriendin kon beëindigen. Hoe Jay ook zijn best deed deze gedachte te weren, hij slaagde er niet in. Steeds weer flitsten nieuwe scenario's van zijn naderende dood voor zijn ogen. Tot hij het niet meer uithield en de deur opengooide. Een frisse windvlaag deed hem huiveren, maar wiste ook de onheilspellende beelden uit zijn hoofd en dat was precies wat hij nodig had.

Zonder concrete bestemming voor ogen liep hij het smalle

pad voor zijn deur af. Een paar meter na de laatste caravan stopte het asfalt abrupt en begon de schijnbaar eindeloze zandbak die het park omringde. Overdag bood de zonovergoten woestijn een waanzinnig uitzicht en leek het trailerpark haast buitenaards, een plek in een ander sterrenstelsel. In het donker van de nacht overheerste een leegte met het merkwaardige vermogen elke negatieve emotie te versterken. Wie zich alleen voelde, werd eenzamer; wie verdrietig was, depressief. 's Nachts schuwden de meeste bewoners de woestijn dan ook. Zodra de zon onderging was er doorgaans geen bewoner meer lang buiten. Ze bestegen hun motoren en reden naar een kroeg in de stad, of ze verkozen de beslotenheid van hun caravans. Jay was geen uitzondering, de keren dat hij op dit uur buiten rond had gelopen, waren op één hand te tellen.

De temperatuur lag nu tegen het vriespunt en deed de huid van zijn blote armen tintelen. Hij was vergeten zijn jack aan te trekken, maar had geen zin het te gaan halen. Niet terug naar binnen, waar de angst hem in de greep kreeg. Echt bang was hij zelden, maar nu scheelde het niet veel. Het enige wat nog enigszins in zijn voordeel telde, was de tijd. Het was een spontane ingeving geweest Tara in zijn voicemail te vragen pas aan het einde van de middag te verschijnen. Dat gaf hem in ieder geval de tijd om na te denken, al had hem dat tot nu toe weinig opgeleverd.

Hij haalde diep adem en liet zijn hoofd achter in zijn nek vallen. De haast duizelingwekkende schoonheid van de sterrenhemel ontging hem, zijn blik viel op de hightech camera die hij niet eens zo lang geleden tegen de houten paal had gemonteerd. Het ding was op afstand te bedienen. Vanuit de controlekamer zou hij hem kunnen draaien, richten en inzoomen tot op het kleinste detail. Tezamen zouden de twaalf camera's het gehele trailerpark bestrijken; alles wat zich buiten de caravans, de villa en de bijgebouwen afspeelde, zou gefilmd worden. Alle leveranciers en gasten van het feest werden hierover bij de ingang geïnformeerd. Het afschrikeffect dat hiervan uitging, was bij Korevaar in de smaak gevallen. Mocht iemand al iets van plan zijn, dan zou hij dat bij het zien van de camera's wel uit zijn hoofd laten. Was hij zo dom om toch door te zetten, dan kon later eenvoudig achterhaald worden wie de prijs moest betalen.

In gedachten liep Jay een stukje terug over het pad, waarna hij links afsloeg, in de richting van het douchegebouw. De aanblik van de camera had hem op een idee gebracht dat misschien van pas kon komen. Pas op een paar meter van de douches zag hij Javier staan, een van leden van de club van vijf. Hij stond wijdbeens, met een hand in zijn achterzak en in de andere een sigaret. Bijna automatisch wilde Jay hem groeten, maar iets in de blik van Javier hield hem tegen. Jay vertraagde zijn pas en hield voldoende afstand om de stiletto uit zijn laars te kunnen trekken, mocht het zover komen. In het schijnsel van het peertje boven zijn hoofd keek Javier Jay ronduit vijandig aan. Zijn uitdrukking was vergelijkbaar met die van Jésus, dacht Jay en ineens begreep hij het. Als blikken konden doden, was hij er al geweest. Korevaar moest zijn vertrouwelingen hebben ingelicht over zijn verdenkingen jegens hem. En hij had ze zonder twijfel geïnstrueerd van hem af te blijven, anders liep hij hier niet meer. Hij voelde hoe zijn keel op slag kurkdroog werd. Zonder iets te zeggen liep hij verder, voor het douchegebouw langs, terug zijn straat in. Het was niet nodig achterom te kijken om te weten dat Javier hem volgde, het rinkelende geluid van de ijzeren kettingen aan diens broek verraadde zijn positie bij elke stap. Ogenschijnlijk rustig maar in opperste concentratie vervolgde Jay zijn route. Hoewel de meeste bewoners op één oor lagen, hadden sommige een buitenlamp laten branden. Het verbaasde hem niet toen hij onder een van die lampen, niet ver van zijn eigen stek, een collega van Javier zag staan. Ook Cruz bleef zwijgen toen Jay naderde, maar zodra die gepasseerd was, spoog hij hem vol tegen zijn achterhoofd. Jay voelde hoe de klodder spuug langs zijn nek zijn shirt in droop. Onverstoorbaar legde hij de laatste meters naar zijn voordeur af, waar hij zich ijzig kalm omdraaide en met zijn armen over elkaar bleef staan. Met opgeheven hoofd staarde hij naar Javier en Cruz, die zich zichtbaar stonden te verbijten. Jay wilde per se laten zien dat hij zich niet bang liet maken, maar wist ook dat de twee niet veel nodig hadden om hem ter plekke te lynchen. Het bevel van Korevaar was het enige wat hem nu bescherming bood. Daarom verbrak hij zijn pose al na een paar seconden en ging hij naar binnen, waar hij met gespitste oren en zijn mes in de aanslag bleef staan, tot de mannen het voor gezien hielden en het rinkelen van Javiers kettingen volledig was weggestorven.

Pas na een kwartier durfde Jay iets te ontspannen. Hij legde zijn mes op tafel, droogde zijn hoofd en nek, trok een flesje water en een halve pizza uit de koelkast en ging in het donker op de bank zitten. Zo zou hij wachten tot het licht werd. Ze hadden hem door en zouden hem niet meer laten gaan, maar voorlopig deden ze hem niets en daar moest hij van profiteren. Bij de eerste zonnestralen ging hij aan de slag, alsof er niets aan de hand was. Hij was ingehuurd voor de beveiliging van het feest en daar ging hij gewoon mee door. Als de camera's hun werk deden, zou hij ze in zijn voordeel kunnen gebruiken, meer wapens had hij niet. Met zijn vuisten en een enkel mes ging hij het hier niet redden, hij moest vertrouwen op zijn intuïtie en improvisatievermogen en op dat laatste werd nu al een beroep gedaan. De woensdag was nog maar net begonnen en zijn plan om op donderdagavond tijdens het feest toe te slaan, als alle gasten bijeen waren, moest hij laten varen. Als hij een kans wilde maken om ongeschonden weg te komen, kon hij zo lang niet wachten. Zodra hij een mogelijkheid zag, moest hij toeslaan; nu kwam het erop aan. Hij draaide het flesje open en dronk het leeg.

50

Haar eigen spullen liet Tara achter in het motel. De zakken in haar leren jack boden enkel ruimte aan telefoon, paspoort en portemonnee. In haar rugzak stak een vurenhouten kistje en de zadeltas aan de Harley was volledig gevuld met dynamiet. Tijdens hun rit naar Chihuahua had Jay haar ingelicht over zijn back-ups, die hij liever buiten de boekjes hield, zonder te verklappen waaruit ze precies bestonden. Ze had gegild toen ze de tas openritste en de inhoud zich in volle glorie aan haar openbaarde. Een expert was ze niet, maar dat deze metalen staven explosief waren, liet zich raden. Het houten kistje riep meer vragen op. Voorzichtig had ze het aan één kant opengewrikt. Toen ze zag dat er een fles in zat, duwde ze de kist weer dicht en de nagels terug het hout in. Waarom Jay zo veel moeite had gedaan voor een fles drank, begreep ze niet, maar kennelijk was het belangrijk, dus ook de fles moest mee. De Glock vond ze naast de bijbel in een van de nachtkastjes. Ze droeg hem in Jays holster onder haar trui. Het tuigje was te ruim voor haar tengere lijf, waardoor het wapen bij elke beweging tegen haar ribbenkast tikte, maar dat was de minste van haar zorgen. Van het vooruitzicht om met een Glock en een tas vol buskruit het park binnen te rijden, werd ze veel nerveuzer, maar de spullen achterlaten was ook geen optie. Ze zou zien hoever ze ermee kwam. Korevaar zelf had haar uitgenodigd en daarmee hield ze een troef in handen. Geen bewaker zou haar weigeren als de baas naar haar gevraagd had. Als het moest, liet ze de spullen ergens voor de ingang achter.

Ongeduldig klapte ze haar laptop open. Ze wilde nog één ding doen, voor ze wegreed. Jay had gelijk: in dit verhaal waren backups geen overbodige luxe. Daarom startte ze het e-mailprogramma dat ze alleen onder het pseudoniem 'Bobby MacGee' gebruikte. Als ze er niet in zou slagen Jay en Diego het park uit te helpen, vooralsnog een realistisch scenario, had ze een laatste redmiddel nodig. Dan moesten de hulptroepen komen, met alle risico's van dien. Met haar eigen telefoon kon ze alarm slaan, maar mocht dat niet lukken, om redenen waarbij ze liever niet te lang stilstond, was er iemand nodig die dat voor haar deed. Het bericht aan BigMomma was kort: *Als ik me exact twaalf uur na verzending van dit bericht niet bij je meld, mail je 'Code Rood' naar onderstaand adres.*

Ze vulde het adres in, sloot af, schakelde de laptop uit en schoof hem onder het bed. Of die er lang zou liggen, viel te betwijfelen, maar dat kon haar nu niets schelen. Ze trok de rugzak over haar schouders en liep na een laatste blik door de kamer naar buiten.

Een zoemend geluid meldde dat er een bericht binnenkwam. Haastig griste ze de telefoon uit haar binnenzak. Het was Yvonne:

> *Tara, ik zie net dat er vanuit Mexico een bedrag naar me is overgemaakt, vier keer het maandbedrag dat ik met Diego had afgesproken. Het is een spoedbetaling zonder afzender, alleen een nummer, maar dit moet van hem zijn, toch? We zijn heel blij! Heb geprobeerd hem te bellen, maar zijn telefoonnummer is nog steeds buiten gebruik. Weet jij al meer? Kun je anders via het rekeningnummer iets achterhalen? Laat alsjeblieft wat horen, veel dank.*

Dat moest wachten, dacht Tara, terwijl ze voorzichtig op haar motor plaatsnam. Gezien de lading die ze vervoerde leek het verstandig geen ongecontroleerde bewegingen te maken. Ze startte, knipte haar lichten aan en draaide de weg op. Natuurlijk was Yvonne blij met het geld en niet alleen omdat ze dat hard kon gebruiken. Voor het eerst in maanden gaf Diego weer een teken van leven. Als hij het bedrag zelf niet had overgemaakt, moest hij er toch opdracht toe gegeven hebben. Of kwam het van iemand anders, die de schijn wilde ophouden? Iemand als Koos Korevaar? Tara dacht er het hare van. Yvonne wist nog niet waar Diego verstopt zat en dat was maar goed ook. Ze was de wanhoop nabij, er zou niet veel nodig zijn om haar over het randje te duwen.

De gedachte aan Diego toverde een glimlach op Tara's lippen. Ze reed nu naar hem toe en met een beetje geluk zou ze binnen een paar uur eindelijk weer bij hem zijn. Hoe zou hij reageren? Hij had er geen idee van dat zij ook in Mexico was… zou hij blij zijn haar te zien? Had hij zichzelf teruggevonden en was hij er klaar voor mee naar huis te gaan? Haar hart klopte in haar keel. Er was zo veel dat ze aan hem wilde vragen... Ze trok de gashendel verder open en klemde haar knieën tegen de tank. Het was nog steeds niet druk op de weg. Vier uur stevig doorrijden moest genoeg zijn om haar naar het hart van de woestijn te brengen, waar niemand minder dan El Capitan op haar wachtte.

51

Hyperventileren had Alberto Maria Costa nooit gedaan, maar dit leek een geschikt moment om ermee te beginnen. Hij trok zijn knieën dicht tegen zich aan en boog zijn hoofd zo ver hij kon. Het schokken van de wagen maakte het lastig om zich op zijn ademhaling te concentreren. Als een balletje schoot hij bij elke kuil of hobbel in de weg omhoog. De jongens waren zijn vragen beu en hadden hem al na een half uur rijden naar de laadbak van de pick-uptruck verbannen. Zelf zaten ze binnen: Mario reed en Che verzorgde de catering. De kachel en een thermosfles vol hete chocola hield hen warm en de radio blokkeerde het gejammer van Alberto achter hen. Alberto kon er niets aan doen, hij was nog nooit zo bang geweest. De angst was voelbaar in elke vezel van zijn lichaam en geen slok chocomel, sigaret, of geruststellend woord maakte het beter. Keer op keer speelden de gebeurtenissen van die nacht door zijn hoofd. Hij wist inmiddels dat het niet echt was geweest maar een schijnvertoning, een illusie, en toch kon hij het niet loslaten, daarvoor had het te veel indruk gemaakt. Dit ging hij zijn leven lang niet meer vergeten.

De eerste dag in zijn nieuwe huis, een tijdelijke plek voor jongens die zich bij Escorpiones hadden aangesloten, verliep aanvankelijk niet slecht. Che leidde hem rond, eerst door het huis, toen door de wijk, en na een honkbalwedstrijd op tv liepen ze samen naar een Taco Bell voor een avondmaal. Toen ze terugkeerden was Mario gearriveerd, de derde huisgenoot, die in alles de tegenpool van Che bleek te zijn. Hij was klein, had donkere krullen en een doorlopende wenkbrauw en hij sprak zo min mogelijk. Naast een spraakwaterval als Che vond Alberto dat laatste niet zo erg, maar wat hem wel stoorde was de norse blik van de kleine Mexicaan. Blijkbaar kon Mario de komst van een nieuwe huisgenoot maar matig waarderen en hij deed geen moeite dat te verhullen. Che probeerde de stemming met een grap en een knipoog weer op peil te krijgen, maar relaxed werd het niet meer.

Toen Alberto zich klaarmaakte voor zijn eerste nacht in zijn nieuwe bed, rende Che zonder kloppen zijn kamer binnen. 'Ga mee, we hebben een klus!' riep hij enthousiast en voor Alberto iets kon vragen, greep Che hem bij de arm en trok hij hem met zich mee de trap af. 'Je hebt geluk, want dit gebeurt niet vaak. Sommigen zitten hier een maand zonder ook maar één klus en jij mag op je eerste dag al mee.' Che lachte en Alberto lachte mee, want Che's enthousiasme werkte aanstekelijk. Met zijn drieën reden ze de stad in, waar Mario de pick-uptruck parkeerde naast de ingang van een smalle steeg. Nog steeds wist Alberto niet wat de bedoeling was; de jongens zeiden dat hij dat vanzelf wel zou zien en dat hij gewoon moest doen wat zij ook deden, dan was het goed. Mario leidde hen de steeg door en dook aan het einde ervan een nog smaller straatje in. Hij moest hier vaker zijn geweest, bedacht Alberto, want het was pikdonker en zelf zag hij geen hand voor ogen. Hij volgde Che op de voet en gleed met zijn handen langs de muren aan weerszijden om te voorkomen dat hij ergens tegenaan botste. Plots zag hij Mario een huis binnengaan, door de geopende deur stroomde een flauw licht het straatje in. Hij volgde hem en Che het huis in, een trap op en een kamer binnen, waar bij het licht van een paar kaarsen drie mannen stonden te praten. Een van hen droeg een cowboyhoed en had sporen aan zijn laarzen, de andere twee waren gekleed in een meer standaard bikertenue. Alle drie knikten ze naar Mario, waarna ze verdergingen met hun gesprek. Dicht bij Che probeerde Alberto een beeld te krijgen van de ruimte. Het kaarslicht verlichtte slechts een deel van de kamer en daarin kon hij geen meubilair ontdekken. Geen tafel, stoel of bed, niets. Ook bij het wijd openstaande venster, waardoor een schemerig maanlicht viel, leek de ruimte leeg. Net toen hij Che nogmaals wilde vragen wat er van hem verwacht werd, klonk er gestommel op de trap. Meteen sprong iedereen in positie: de cowboy voor het raam, de twee mannen bij de deur en de jongens tegen de muur aan de overzijde. Niemand sprak nog en het was of er een kilte door de kamer joeg. Alberto's nekharen stonden overeind en nerveus schaarde hij zich achter Che, die ook gespannen was; Alberto zag dat hij zijn onderlip bijna stukbeet.

In de deuropening verschenen twee mannen. De een leek moeite te hebben overeind te blijven en werd door de ander, een biker met een indrukwekkende bierbuik, ondersteund. De biker leidde zijn maat de kamer in en stelde hem een paar meter voor de cowboy op. Alberto moest zijn ogen samenknijpen om te zien wat er gebeurde. De biker stopte iets in de hand van de dronkaard en als vanuit het niets ging er een luid geschreeuw op. Alberto schrok zo dat hij tegen de muur achter zich klapte. Hij sloeg zijn handen tegen zijn oren en bleef ineengedoken staan tot hem langzaam begon te dagen waar hij getuige van was.

'Schiet hem neer, die vuile rat!' 'Hij verdient het niet te leven!' 'Schiet en we zijn verlost!' 'Jij moet het doen, jij moet hem vermoorden!' Dwingende stemmen klonken door elkaar heen. De dronkaard leek niet te begrijpen waarin hij beland was, het lukte hem amper stil te blijven staan. Vertraagd dwaalde zijn blik van de bierbuik naast hem, via de cowboy voor het raam, naar de revolver in zijn hand. Opeens trok iemand zijn arm omhoog en was het wapen in zijn hand op de borst van de cowboy gericht. Vol afgrijzen keek Alberto toe. Hij zag hoe de cowboy iets door zijn knieën boog, alsof hij zich schrap zette voor het schot. Onbewust stak Alberto zijn armen uit. 'Niet schieten...' Hij zei het aarzelend, en toen nog eens, nauwelijks luider: 'Niet schieten!' Alleen Che, die vlak naast hem stond, hoorde het. Met een waarschuwende blik in zijn ogen schudde hij zijn hoofd naar Alberto. Daarna zette hij extra aan, alsof hij de woorden van de nieuwkomer ongedaan moest maken. 'Doe het nu!' schreeuwde hij uit volle borst. 'Schiet hem neer!' En ineens was daar de knal, oorverdovend hard. Alberto zakte door zijn knieën en zag hoe de cowboy achteruittuimelde en ruggelings door het openstaande raam viel. De schutter liet de revolver vallen en liep naar voren. Als de anderen hem niet net op tijd hadden tegengehouden, zou hij zelf ook door de opening gestort zijn. Ze trokken hem terug en zetten hem op de grond, waar hij met beide handen naar zijn hoofd greep. Uit zijn keel ontsnapte een dierlijke kreet, als van een wolf in een val. Dat afschuwelijke geluid hoorde Alberto ruim twee uur later, achter in de pick-uptruck, nog steeds.

Ze moesten het hem drie keer vertellen, voor hij het begreep. Che, en zelfs Mario, deden hun best hem duidelijk te maken dat de moord een schijnmoord was, een van de geheime inwijdingsrituelen van Escorpiones. De cowboy was een stuntman die zich geregeld door dat raam liet vallen. Mannen die bij Escorpiones wilden horen, moesten bewijzen dat ze ballen hadden en dit was een van de tests die daarvoor werden ingezet. Soms werden de jongens uit het huis erbij gevraagd, om te wennen aan de clubcultuur en te leren van de ouderen. Niet in staat iets uit te brengen had Alberto geluisterd. Hij was in shock en wilde niets liever dan heel hard wegrennen, maar dat ging niet. Alsof Mario gedachten kon lezen, had hij Alberto iets in zijn oor gefluisterd. 'Hier blijven, anders rijd ik je achterna en vergeet ik te remmen.' Dus klom hij de truck in en probeerde hij zich koest te houden, wat hem nog geen vijf minuten lukte. De noodkreet van de man die nu dacht dat hij een moord op zijn geweten had, was gekmakend. Meestal lieten ze iemand een vol etmaal in de waan, had Che verteld, daarna volgde de uitleg met een pot bier. Gelachen dat er dan werd! Che scheen het een grote grap te vinden, maar dit keer sloeg zijn spirit niet op Alberto over. Hij bleef maar vragen stellen, totdat Mario het zat was en hem bruusk achter in de laadbak zette. De rit naar het hoofdkwartier in de woestijn zou nog een paar uur duren en die moest hij doorbrengen tussen de autobanden en jerrycans benzine; tot op het bot verkleumd, bang en eenzamer dan ooit.

52

Volgens Tara's berekeningen had ze nog een minuut of veertig te gaan tot haar eindbestemming, toen ze een paar honderd meter verderop een tankstation zag opdoemen. Met iets minder dan een halve tank benzine was bijvullen niet per se nodig, maar ze tikte toch haar richtingaanwijzer aan. Het diepste duister was al verdreven en het zou niet lang meer duren voor de zon opkwam. De spanning in haar lijf had het afgelopen uur een paar keer tot kramp in haar handen geleid en dat kon op de motor levensgevaarlijk zijn. Ze zou een stukje lopen en een flesje water kopen, besloot ze, al racete ze net zo lief in één ruk door.

Ze nam de afslag en passeerde twee stilstaande vrachtwagens. Op nog een pick-uptruck na, die vlak voor de ingang van de felverlichte winkel geparkeerd stond, lag het tankstation er verlaten bij. Meestal parkeerde ze aan het einde van een parkeerplaats, zo ver mogelijk van het verkooppunt verwijderd, omdat dat haar de gelegenheid gaf tijdens de korte wandeling een sigaret op te steken, maar gezien de lading in haar zadeltas leek dat dit keer niet verstandig. Vlak achter de truck, in het volle licht van de winkel, kwam ze tot stilstand. Ze klapte de standaard uit, trok haar helm af en schrok zich lam van twee verwilderde ogen die haar van nog geen twee meter afstand aanstaarden. In de laadbak zat een jongen van een jaar of achttien, half weggedoken achter twee dikke rubberbanden. Hij had zijn armen om zijn bovenlichaam geslagen en beefde als een rietje.

Gealarmeerd sloeg Tara haar ogen neer. Ze trok de rugzak van haar rug en zette hem op haar zadel. Van achter haar lokken gluurde ze ongemerkt de winkel in. Achter in de shop zaten twee jongens aan een tafeltje te eten en over de toonbank hing een stevige vrouw. Aan haar houding te zien stond ze te lezen. Verder was er niemand. Tara verschoof haar rugzak en richtte haar blik voorzichtig op de jongen. Hij was doodsbang, wist ze, zijn ogen stonden wijd open en hij zag lijkbleek. Zonder haar houding te veranderen, sprak ze hem aan.

'What's wrong?'

Meer dan een zachte kreun leek de jongen niet uit te kunnen brengen. Hij begon onrustig te wiegen met zijn lijf en streek met zijn tong langs zijn lippen.

Tara probeerde het nog een keer. *'It's okay,'* zei ze zacht, *'do you need help?'*

'Yes.' Het antwoord kwam direct.

Een snelle inspectie door het venster leerde dat de mensen in de winkel haar nog niet hadden gespot. 'Snel,' siste ze, 'vertel me wat er is, voordat ze terugkomen. Misschien kan ik iemand voor je bellen. Hoe heet je?'

'Alberto Maria Costa,' zei de jongen, 'en mijn Engels... is niet zo goed.'

'Ik spreek geen Spaans,' drong Tara aan, 'probeer het. Waarom zit je daar?'

'Ze nemen me mee... Ik... heb een moord gezien. Hij bleek in scène gezet, maar dat maakt het niet minder vreselijk. Het was een grote vergissing hierheen te komen, ik kan dit helemaal niet, ik pas niet bij Escorpiones. Maar als ik wegga, rijden ze over me heen, dat zei Mario... Ik dacht dat Che best oké was, maar misschien klopt dat niet, alles is hier anders dan het lijkt... ik moet hier weg...' In zijn haast alles te vertellen aan de onbekende vrouw die hem haar hulp aanbood, struikelde hij in gebrekkig Engels over zijn woorden.

Tara luisterde aandachtig en hield ondertussen de winkel in de gaten. Het stemmetje in haar hoofd dat zei dat ze hier geen tijd voor had, negeerde ze. 'Niet zo snel,' onderbrak ze hem. 'Wat zei je over Escorpiones? Ben je lid?'

'Ja, sinds kort. Ik heb de clubtatoeage al gekregen en nu zijn we op weg naar het kamp. Er is een feest en we moeten meehelpen het podium op te bouwen. Maar ik wil het niet… ik wil naar huis.' Hij wreef driftig in zijn ogen.

'Rustig maar,' zei Tara, terwijl haar hersenen op volle toeren draaiden. Veel tijd om na te denken was er echter niet, want uit haar ooghoeken zag ze in de winkel iets bewegen. Ze keek op. Een van de jongens, niet veel groter dan zijzelf en met grimmige blik, stevende doelbewust op de uitgang af. Zijn vriend stond bij de toonbank af te rekenen. Snel posteerde ze zich naast haar motor. 'Stil!' siste ze naar Alberto. 'Ik help je.'

De deur knalde open en binnen een seconde stond Mario pal voor Tara's neus. Ondanks zijn geringe lengte was hij in staat zich met zijn blik en attitude een intimiderende houding aan te meten. Maar als hij dacht dat Tara daarvoor terug zou deinzen, had hij het mis. Ze bleef kaarsrecht staan en keek hem onverschrokken in zijn ogen. Enigszins van zijn stuk gebracht drentelde Mario achterwaarts. Hij blikte over zijn schouder naar Alberto en keek toen weer terug naar Tara en haar motor.

'*Qué pasa*?' vroeg, hij, meer om zichzelf een houding te geven dan dat hij er echt benieuwd naar was.

'Ik vroeg deze jongen waar jullie naartoe gaan,' zei Tara. 'Mijn motor doet moeilijk, ik ben bang dat hij het gaat begeven, dus ik kan wel een lift gebruiken. Je vriend vertelde dat jullie naar het hoofdkwartier van Escorpiones rijden. Daar moet ik ook naartoe.'

Mario fronste een wenkbrauw in onbegrip en wachtte ongeduldig op Che, die met een pakje sigaretten de winkel uit kwam en zich nieuwsgierig bij hen voegde. Mario ratelde wat in het Spaans tegen Che, die Tara in het Engels vroeg haar woorden te herhalen. Dat deed ze. Mario grijnsde achterdochtig, stelde een vraag en gebaarde ongeduldig dat Che weer als tolk op moest treden.

'Waarom ga jij naar de club? Er komen bijna geen vrouwen en zeker niet zulke mooie als jij.' Che toverde een ontwapenende glimlach op zijn lippen, maar Tara reageerde niet. Ze haalde haar telefoon tevoorschijn, drukte een serie toetsen in en hield het apparaat naar voren gestoken. Stoïcijns luisterden ze naar Jays ingesproken bericht, terwijl ze haar ogen in die van Mario boorde. Zodra het bericht ten einde kwam, sprak ze hem toe.

'Je hoort het, Koos Korevaar, El Capitan zelf, vraagt me te komen, dus je kunt me beter meenemen. Of wil je dat hij te weten komt dat jij me niet geholpen hebt? Daar zal hij niet blij mee zijn.'

Che was amper klaar met vertalen, of Mario gaf zich gewonnen. Hij wees op de laadbak, snauwde een commando in het Spaans en beende gehaast terug naar zijn plek achter het stuur. Che stak zijn arm uit om Tara in de bak te helpen, maar dat ging haar te snel. Ze sprong op de trekhaak, keek naar de inhoud van de laadbak en griste een rafelige jutezak tussen twee autobanden uit.

'Ik heb nog wat spullen, die laad ik hierin over.' Ze knikte naar Che en schonk hem een gulle lach. 'Bedankt voor je hulp, fijn dat je kon vertalen.' Che knipoogde en wilde de zak van haar overnemen, maar die trok ze terug. 'Dat lukt wel, bedankt. Ga gerust al binnen zitten, daar is het een stuk warmer.' Zonder een antwoord af te wachten, liep ze met de zak naar de motor waar ze de zadeltas opende. Ze rommelde wat en wachtte tot ze het portier achter Che hoorde dichtslaan. Daarna stapelde ze de staven dynamiet zo snel ze kon in de zak. Of het wijs was haar motor achter te laten, wist ze niet, maar in de truck met de jongens maakte ze een kans het park binnen te komen, zonder dat Korevaar dat direct wist. Het was haar veel waard het park met eigen ogen te aanschouwen. Misschien kon ze Jay vinden, en Diego… Ze merkte dat haar handen trilden toen ze de zak naar de laadbak bracht.

'Pak aan,' zei ze tegen Alberto, die haar al die tijd angstig had gadegeslagen. Hij stond op en tilde de jutezak de laadbak in. Daarna trok hij Tara met haar rugzak naar boven. Ze duwde zich tussen twee autobanden en een jerrycan benzine in en stak haar duim op naar Alberto. Die deed hetzelfde, maar van harte ging het niet. Hij kromp ineen toen Mario de truck startte en wegreed.

Tara keek achterom naar de Harley die Jay haar gaf en waarop ze met zo veel plezier gereden had. De eerste zonnestralen van die dag weerspiegelden in de tank.

53

In de villa van Koos Korevaar ontwaakte de kleine Chico uit een diepe slaap. Hij knipperde met zijn ogen en duwde zichzelf overeind in bed. Deze kamer kende hij niet en toch wist hij waar hij lag. Op het hele park was maar één gebouw uit baksteen opgetrokken en dat was het huis van de baas; alle caravans, de schuurtjes, de garage en het douchegebouw waren van hout of plastic. Verbaasd keek hij om zich heen en toen zag hij het tweede bed, tegen zijn voeteneinde. Er lag iemand in te slapen, maar wie het was, kon hij niet zien. Voorzichtig ging hij weer liggen, de beweging had hem moe gemaakt. Zijn hoofd deed geen pijn meer, maar het voelde raar, alsof het was volgepropt met watten. Onder de dekens bewoog hij zijn voeten, dat ging redelijk, al zat er om de rechtervoet een verband. Kort flitste de herinnering aan de laatste zwemtocht door zijn hoofd en voelde hij een fractie van de doodsangst die hem in de tunnel in de greep had gehad. Hij rilde en kneep zijn ogen dicht. Niet meer aan denken, dat was voorbij. Het zou fijn zijn Alejandro weer te zien. Misschien kwam hij vandaag langs.

Na vijf minuten sloeg de verveling toe. Hij was wakker en wilde uit bed, hij had honger. Op de eettafel stond een schaal met een ananas, wat papaja's en twee appels. Een van die appels lustte hij wel. Langzaam schoof hij de deken van zich af en liet hij zich op zijn buik het bed uit glijden. Zolang hij op zijn linkervoet steunde, ging het prima. Hinkelend kwam hij tot midden in de kamer, waar hij duizelig werd en zijn rechtervoet moest bijtrekken om zijn evenwicht niet te verliezen. Dat was te veel, met een gil viel hij op de grond. Op slag zat Diego rechtop in bed. Verschrikt staarde hij naar de jongen op de vloer en binnen een paar tellen knielde hij naast hem neer.

'Wat doe je? Ben je gevallen?' fluisterde hij ongerust.

'Diego!' Bij het zien van het vertrouwde gezicht vergat Chico zijn pijn. Hij spreidde zijn armen en sloeg ze enthousiast om Diego's hals.

Diego drukte de jongen tegen zich aan en moest zich verbijten om niet in huilen uit te barsten. Zijn verlangen naar Nona en Max was nooit heviger geweest. Met moeite duwde hij Chico van zich af en door zijn verdriet heen forceerde hij een glimlach. 'Hé amigo, hoe gaat het met jou?'

'Goed! Ik heb honger en wilde die appel pakken, maar ik viel.'

Diego gebaarde dat hij moest wachten, stond op en pikte de appel van de schaal. Daarna hielp hij Chico overeind en leidde hij hem terug naar bed, waar de jongen meteen op het fruit aanviel. Diego ging bij hem zitten en krabde nerveus aan zijn armen. Met de jeuk liet zijn brein weten dat het hoog tijd was voor het volgende shot. Hij wist het, maar probeerde het gevoel weg te duwen door op Chico te focussen.

'Ik moet je wat vertellen,' begon hij, 'maar dat doe ik alleen als je het aan niemand doorvertelt. Kun je dat beloven?'

Chico nam een grote hap van de appel en humde instemmend.

'Weet je nog dat ik twee kinderen heb? Nona en Max, een paar jaar jonger dan jij. Ik mis ze heel erg en wil naar ze toe, dus ik ga proberen hier weg te komen, zonder dat iemand het ziet. En ik dacht, misschien ga jij met me mee? Dit is geen goede plek voor kinderen, snap je?'

Verder praten was onmogelijk. De jongen was gestopt met eten en keek hem met glanzende ogen aan. De dankbaarheid in zijn blik was zo overweldigend dat Diego het te kwaad kreeg; een brok in zijn keel legde hem het zwijgen op.

'Mag ik echt bij jou wonen?' vroeg Chico met een hoger stemmetje dan normaal.

Diego slikte en keek hem serieus aan. 'Ik kan je niets beloven, want ik weet niet of dat lukt. Ik woon in een ander land, ver weg van hier, zie je, en er zijn veel papieren voor nodig, maar als jij het ook wil, gaan we ervoor. Stap voor stap. Eerst moeten we weg uit dit huis.'

Chico's lach reikte van oor tot oor en bijna viel hij Diego opnieuw om de hals toen Mariza de kamer binnenstormde. Ze droeg een korte ochtendjas en haar lange zwarte haren vielen los over haar schouders.

'Laat die jongen met rust!' Streng stuurde ze Diego naar zijn eigen bed, waarna ze zorgelijk een hand op Chico's voorhoofd plaatste. Ze schikte zijn kussen en griste de halve appel uit zijn handen. 'Je krijgt zo iets anders, jongen,' zei ze zacht. 'Ik denk dat de koorts gezakt is, maar vanmiddag komt de dokter, die kijkt je nog een keer na.' Ze dook onder zijn bed en haalde een flesje water tevoorschijn. 'Drink een paar slokken, niet te veel. Over een half uurtje kom ik terug met een ontbijt en je medicijnen. Daar knap je nog meer van op.'

Met die woorden wilde ze de kamer verlaten, maar Diego liet haar niet gaan. Hij kuchte nadrukkelijk en zette zijn nagels in de deken om niet aan zijn armen te krabben. 'Ik denk dat het ook tijd is voor...' zei hij, zonder zijn zin af te maken. Hoezeer hij ook verlangde naar een injectie, ergens voelde het toch gênant erom te vragen.

Mariza haalde haar neus naar hem op en mompelde een vloek, die Diego niet verstond. 'Eerst de jongen, jij komt straks. En waag het niet nog een keer bij hem op bed te gaan zitten. Dat is niet goed voor zijn voet.' Ze trok de badjas strakker om haar ranke lijf en snelde de kamer uit.

Onmiddellijk schoot Chico overeind. 'Wat is je plan?' fluisterde hij.

Even werd de opgetogen blik van de jongen Diego te veel en dit keer niet vanuit emotionele overwegingen. Hij stond in tweestrijd. Ergens wist hij dat er geen beter moment voorbij ging komen. In de vroege ochtend, voordat het leven voor de meeste bewoners op gang kwam, moest hij zijn kans grijpen. Wie kon voorspellen wat er vandaag gebeurde en waar hij morgen was? En Chico? Waarom zou de jongen vandaag niet naar een andere plek worden gebracht? Hij kon er niet op rekenen dat er nog een moment kwam waarop hij alleen met hem was en ze samen de deur uit konden lopen. Tegelijkertijd wachtte hem hier een shot heroïne en moest hij maar zien waar hij iets kon scoren als hij de villa verliet. De jeuk stak niet voor niets de kop op. Nu ging het nog, maar over een paar uur zou hij er gek van worden. En wat moest hij dan?

'Diego?' Chico's vragende stemmetje trok hem over de streep. Resoluut duwde hij zich zijn bed af en knielde hij naast Chico neer.

'Denk jij dat de oude Dimitri ons binnenlaat?' vroeg hij op gedempte toon. 'En weet je zijn caravan te vinden?'

Chico zette grote ogen op en knikte enthousiast.

'Dan gaan we nu.' Diego stak zijn hand naar Chico uit en die greep hem met twee kleine handen stevig beet.

54

Met een ferme zwaai gooide Jay de deur van zijn caravan open. Als iemand hem stond op te wachten, wist hij het liever meteen. Hij nam de tijd om zijn omgeving te scannen, maar zag niemand staan. De meeste gordijnen van de trailers in zijn straatje waren nog gesloten. De zon was net op en liet haar kracht al voelen. Het zou heet worden op deze allesbeslissende dag, dacht Jay. Hij had niet geslapen, maar voelde zich klaarwakker en al zijn zintuigen stonden op scherp. Met zijn hoofd naar de hemel zoog hij zijn longen vol zuurstof en als in een luchtspiegeling dreef daar ineens, tussen de zich terugtrekkende wolken, zijn vader in beeld. Inspecteur Christopher Jennings, als altijd in uniform, lachte zijn zoon vriendelijk toe. 'Sorry, pap,' prevelde hij met dichtgeknepen keel van verdriet. Na al die jaren speet het hem nog steeds enorm dat hij zijn vader diep teleurgesteld had. Dat hij, als zestienjarige zoon van een alom gewaardeerd politiefunctionaris gepakt was voor drugshandel, op niet één, maar twee middelbare scholen, rustte als een loden last op zijn schouders. Christopher was boos geweest, maar had zijn zoon nooit veroordeeld. Hij gaf Jay steeds een nieuwe kans en vertrouwde op een goede toekomst. Daar stak Escorpiones een stokje voor. Christopher werd neergeschoten en zou nooit zien hoe Jay de drugsscene verliet en in de voetsporen van zijn vader trad door ook agent te worden. Nooit kreeg Jay de kans zijn excuses aan te bieden voor het puberale wangedrag waarmee hij zijn vader zo veel verdriet had gedaan. Hij was te laat. Zelfs een bezoek aan een graf was niet mogelijk want Christophers verbrande resten werden lange tijd als bewijsmateriaal in bewaring gehouden op het politiebureau. Pas na acht maanden kreeg Jay een kleine urn, waarmee hij zich aanvankelijk geen raad wist. Uiteindelijk begroef hij het potje in de tuin van het internaat waar hij verbleef. De daders van de moord werden nooit gepakt, maar Jay zwoer wraak. Eens zou hij Escorpiones dezelfde pijn bezorgen als de voortijdige dood van zijn vader bij hem had veroorzaakt.

Jay knipperde zijn tranen weg en zag dat de luchtspiegeling van zijn vader was verdwenen. Eens was nu, wist hij. Vandaag zou hij wraak nemen voor het leven dat zijn vader en hem was ontnomen. Hier had hij zijn leven op ingericht, hier had hij jaren naartoe gewerkt en nu was het eindelijk zover. Het voelde even onwerkelijk als confronterend. Als het nu misging, zou hij sterven of de rest van zijn leven met de mislukking moeten leven. Hij snoof nog een keer, sloot de deur en zette koers naar de villa.

Nog voor hij zijn straat uit was, hoorde hij aan het gerinkel van kettingen dat hij gevolgd werd. Hij keek om en zag dat Javier en Cruz zo'n vijftig meter achter hem liepen. Vermoedelijk hadden ze de deur van zijn wagen de hele nacht in de gaten gehouden om er zeker van te zijn dat hij er niet vandoor ging. Zuchtend zette hij de pas erin en ondertussen hield hij zijn omgeving nauwlettend in de gaten. Bij een kruispunt van paden keek hij links en rechts en ineens stopte hij abrupt. Halverwege het zandpad rechts van hem stond de deur van de aftandse caravan van Dimitri open. Jay had nooit veel met hem te maken gehad, Dimitri was een van de weinige senioren op het park en was erg op zichzelf. De oude man hield zich vast aan de deur en duwde een klein jochie naar binnen. Vervolgens hielp een derde persoon, een magere vent op blote voeten, de oude man het opstapje op. Jay herkende hem meteen: dit was Diego en kennelijk was die niet langer van plan in zijn ziekenhuisbed te blijven liggen. Vlak voordat Diego ook de caravan in verdween, wierp hij een blik opzij en zag hij Jay naar hem kijken. Hij verstijfde van schrik. Ook Jay had een paar tellen nodig om te schakelen. In een bevroren moment staarden de twee mannen elkaar aan. Jay was de eerste die de situatie overzag en tot actie overging. Bruusk draaide hij zich om en stevende met grote passen op zijn achtervolgers af, die nog maar een paar meter van het kruispunt verwijderd waren. Javier en Cruz hielden onmiddellijk halt en namen een vechtpositie aan.

'Waarom volgen jullie mij, verdomme?' riep Jay, zijn irritatie was niet eens gespeeld. 'Ik doe het werk waarvoor Korevaar me gevraagd heeft. Hebben jullie daar problemen mee? Zeg het dan gewoon!'

Vlak voor de mannen bleef hij staan. Hij maakte zich zo breed mogelijk en trok een vervaarlijke grimas. Het was pure bluf, maar in deze wereld van machismo dwongen een groot zelfvertrouwen en uiterlijk vertoon respect af.

Javier hief zijn vuisten en was klaar voor een flinke matpartij, maar Cruz hield hem tegen. Hij duwde zijn maat achteruit en ging voor hem staan. Uit zijn ogen vloeide niets dan kille minachting. Toen hij sprak leek het of de temperatuur een paar graden zakte. 'Jij bent al dood, je woorden hebben geen betekenis meer. Zeg wat je wilt, maar wij horen je niet.' Hij wees de weg op. 'Loop door en wij blijven je volgen, tot het bittere einde.'

De woorden bezorgden Jay een klomp in zijn maag, maar hij liet niets merken. Hij wachtte nog een paar seconden om Diego de gelegenheid te geven volledig uit het zicht te verdwijnen en draaide zich om. Met dezelfde vaart als even eerder stak hij het kruispunt over. Uit zijn ooghoeken zag hij dat de deuren van alle caravans aan het pad gesloten waren.

55

In het ruime washok van de villa stonden dozen vol schermen, een bedieningspaneel en bijbehorende elektronica opgestapeld tegen de muur. Twee strijkplanken lagen ingeklapt op de wasmachine en droger. De onschuldige geur van wasverzachter vulde de ruimte, alsof er niets aan de hand was, maar Jay wist beter. Terwijl hij begon met het openscheuren van de dozen, draaiden zijn hersenen op volle toeren. Korevaar wist nog niet dat hij zijn plannen had gewijzigd: het inrichten van de controlekamer kreeg voorrang boven het plaatsen van de laatste camera's. Zodra de baas zijn gezicht liet zien, zou hij hem van de noodzaak daartoe overtuigen. Gelukkig was El Capitan allesbehalve een techneut en moest hij voor dit soort zaken vertrouwen op experts zoals Jay. Het was belangrijk de boel zo snel mogelijk aan te sluiten, zodat hij de reeds geïnstalleerde camera's uit kon lezen. De vier resterende camera's, aan de achterkant van het park, deden er niet meer toe, al zou hij dat niet tegen Korevaar zeggen. Die wilde de beveiliging op orde hebben voor het feest van morgenavond en daar zou hij voor zorgen, punt. Dat ze beiden wisten dat er meer speelde, bleef vooralsnog onuitgesproken en dat kocht hem tijd. Als het hem lukte de apparatuur aan de gang te krijgen, maakte hij nog kans. En anders… hij wilde er niet aan denken. Ruw scheurde hij een doos aan stukken.

Na een half uur was hij flink op dreef. Stukken karton lagen opgestapeld in een hoek en op de grond tegenover de wasmachine toonden twee monitoren al beelden van het park. Op een scherm pronkte de villa met de bijgebouwen en op het tweede was de ingang van het park te zien. Matiz zat te knikkebollen in het portiershuisje naast het hek, dat slechts de voorzijde en een deel van de flanken van het trailerpark begrensde. Meer was niet nodig, omdat auto's en motoren het park enkel via de geasfalteerde toegangsweg konden bereiken. De vele hectaren omliggende woestijngrond boden voldoende bescherming om verder hekwerk achterwege te laten. Geconcentreerd koppelde Jay het bedieningspaneel aan de twee schermen toen Mariza in paniek de kamer binnenstormde.

'Heb jij Chico gezien?' fluisterde ze met een wanhopige blik in haar ogen. Zodra ze de stapel karton in het vizier kreeg, sprong ze erop af en duwde ze de stukgescheurde dozen uit elkaar. Jay trok zijn wenkbrauwen op.

'Wie? Chico? Wie is dat?'

'Chico, de jongen!' bitste Mariza geërgerd. 'Hij is ziek, ik moet voor hem zorgen, maar nu is hij weg. Verdwenen! En die verrekte junk ook. Als ik die te pakken krijg...' Ze gromde en gooide het laatste stuk karton van de stapel tegen de muur.

'Ik ben hier alleen en heb niemand gezien,' zei Jay, om er met gespeelde irritatie aan toe te voegen: 'En bedankt voor de rotzooi, je weet dat Korevaar daar niet van houdt. Zoek maar ergens anders, voordat je hier nog meer schade aanricht.'

Mariza hoorde hem niet eens. Mismoedig schudde ze haar hoofd naar haar zus, die in de deuropening verscheen en haar vragend aankeek. 'Hier ook niet.' Ze fluisterde nog steeds. 'Als de baas dit hoort, kan ik het schudden. Kom...' ze trok Elena aan haar schouder mee, 'we moeten naar buiten, in de villa zijn ze niet, maar ver kunnen ze nooit komen.'

Jay keek hen na. Hij vroeg zich af hoe lang het zou duren voor Diego en de jongen ontdekt zouden worden. Mariza had gelijk; het park kwamen ze ongezien niet af, dus waar wilden ze zich verstoppen? Op de monitor zag hij hoe de vrouwen de villa verlieten en de naastgelegen schuur van de Ortega-broers binnengingen. Voorzichtig draaide hij aan een knop op het bedieningspaneel en tot zijn plezier zoomde het beeld in, tot de klink van de schuurdeur haarscherp in beeld was. Een beweging op de andere monitor trok zijn aandacht. Vanaf de hoofdweg reed een auto naar de toegangspoort. Snel stelde hij ook het beeld van deze monitor scherp en richtte hij de camera op de pick-uptruck die halt hield voor het hek. Hij zag hoe Matiz wakker schrok en als een haas zijn post verliet. De bestuurder, een jongeman met donkere krullen, draaide zijn raampje naar beneden en schudde Matiz de hand. Ook de jongen in de passagiersstoel begroette Matiz alsof het een oude vriend was. Jay zoomde uit en liet de camera over de laadbak van de truck glijden. Toen de auto aan kwam rijden meende hij daar een beweging te hebben gezien. Hij knikte onbewust toen hij een derde jongen zag zitten, ineengedoken tussen de lading en... Opeens sloeg zijn hart een slag over. Hij boog zich voorover tot zijn neus het scherm bijna raakte en beet hard in zijn onderlip. Tegenover de jongen zat nog iemand, met de rug naar de camera toe. Door de zwarte capuchon was de kleine gedaante bijna onzichtbaar geweest, maar de rugzak kwam hem verrassend bekend voor. Tara had er net zo een... Hij kreeg het plots bloedheet. Kon het waar zijn? Was dit Tara en had ze zijn back-ups meegenomen? Zenuwachtig probeerde hij de gedaante beter in beeld te krijgen, maar zolang de rug naar de camera gedraaid bleef, kon hij niet zien wie het was. Hij hield zijn adem in toen Matiz een klap op de motorkap gaf en terugliep naar zijn huisje. Het hek gleed open, de truck reed het park op en verdween uit beeld. Jay kon wel schreeuwen van frustratie, maar deed het niet. Hij dacht een paar minuten na. Als zijn vermoeden klopte en Tara binnen was, moest hij haar spreken, hoe riskant dat ook mocht zijn. Hij zakte door zijn knieën en draaide het beeld van de twee schermen op zwart. Daarna haalde hij een paar keer diep adem en liep hij op zijn dooie gemak de kamer uit.

56

Tara kon haar geluk niet op toen de truck het openstaande hek binnenreed. Ze had gegokt en gewonnen, tenminste voor nu. Van onder haar capuchon spiedde ze om zich heen. Tussen rijen caravans liepen een aantal bikers, sommigen met nat haar en een handdoek om hun nek, anderen al volledig aangekleed in zwart tenue. Allemaal keken ze naar de truck en staken ze hun hand op naar Mario en Che, die hier blijkbaar vaker kwamen. Alberto volgde haar blik met angstige ogen, maar hield zijn mond. Hij was vast moe van het praten, vermoedde ze, de jongen had in steenkolenengels zo'n beetje zijn hele levensverhaal over haar heen gegooid. Vanaf het eerste moment dat hij gepest werd, tot aan zijn besluit het heft in eigen handen te nemen en op te staan tegen zijn voornaamste belager Alvarez. Van dat laatste had hij nu spijt als haren op zijn hoofd.

Aansluiting bij Escorpiones leek het antwoord op Alberto's problemen, maar had die juist vele malen erger gemaakt. Het inwijdingsritueel waaraan hij afgelopen nacht had deelgenomen had hem de stuipen op het lijf gejaagd. Gedetailleerd beschreef hij hoe een dronken man zodanig werd opgehitst dat hij een andere man neerschoot. 'Als in je ergste nachtmerrie,' had hij gesnikt, 'maar dan echt.' Dat het 'slachtoffer' een stuntman bleek te zijn die een spel speelde, deed aan Alberto's angst niets af. Hij wilde er niets mee te maken hebben, hij gruwde van mensen die lachten om een schijnmoord. 'Ik kan dit niet, ik ben geen crimineel,' had hij gestameld. 'Ik heb een vreselijke fout gemaakt, ik hoor hier niet thuis, maar ik kan ook niet terug. Als Alvarez me ziet, schopt hij me dood. En Escorpiones zal me niet laten gaan. Wat moet ik doen? Ik kan geen kant op.'

Een schrijnende geschiedenis, vond Tara, en ze was vastbesloten Alberto te helpen, maar hij moest achter aansluiten in de rij. Diego en Jay kwamen eerst, al had ze geen idee hoe ze een reddingspoging aan moest pakken. Ze wist niet eens hoe ze hier zelf heelhuids uit kwam. Alleen het bericht aan BigMomma stelde haar enigszins gerust. Als het haar en de mannen niet lukte het park te verlaten, zou BigMomma de hulptroepen inschakelen. Een noodoplossing en verre van ideaal, maar misschien de enige escape. Tot die tijd moest ze zich zien te redden. Stap voor stap, hield ze zichzelf voor, haar eerste doel was binnenkomen en daarin was ze geslaagd. Nu stap twee: ongezien de auto verlaten. Ze keek op naar Alberto en schonk hem een glimlach.

'Hou je nog even taai, oké?' zei ze.

De jongen was meteen gealarmeerd. 'Hoezo? Ga je weg? Waarheen dan? Je zou me toch helpen?'

Tara knikte geruststellend. 'Ik help je, dat beloof ik, maar daarvoor moet je me mijn gang laten gaan. Voordat de auto dadelijk stopt, spring ik eruit en verstop ik me. Jij doet net alsof je slaapt. Als ze je vragen waar ik ben, zeg je dat je dat niet weet. Oké? Dat is niet moeilijk, toch?'

Alberto kneep zijn ogen stijf dicht en even dacht Tara dat hij het opnieuw niet drooghield, maar het lukte hem in controle te blijven. 'Goed,' zei hij.

'Goed,' herhaalde Tara. 'Gedraag je onopvallend, ga met de jongens mee en doe gewoon wat ze je vragen. Ik kom zo snel mogelijk, maar ik kan niet voorspellen hoe lang het duurt.' Ze keek op toen de auto vaart minderde en een overkapte ruimte binnenreed, waar voor miljoenen dollars aan Harley-Davidsons stond gestald. Ze sprong op haar hurken en trok haar rugzak recht. 'Snel,' siste ze, 'doe je ogen dicht, je slaapt.'

En terwijl Alberto onderuitzakte en zijn ogen sloot, sloop Tara naar de achterkant van de laadbak. De truck reed stapvoets en het zou niet lang duren voor Mario een parkeerplaats had gevonden. Langzaam trok ze zichzelf op de achterklep. Onder de overkapping was het donkerder dan buiten, maar als Mario in zijn achteruitkijkspiegel keek, was ze er onherroepelijk bij. Met haar ogen op de grond gericht liet ze zich vallen. Ze landde op haar benen en onderarmen en kroop zo snel ze kon tussen twee motoren in. Nog geen vijf meter verder bracht Mario de truck tot stilstand. Voorzichtig tijgerde Tara een stuk vooruit, waar ze in de schaduw van een motor met zijspan doodstil bleef liggen. Ze hoorde twee portieren open- en dichtgaan en wachtte in spanning af.

'Hé, waar is dat grietje?' De stem van Che klonk zowaar geamuseerd. 'Alberto, jij ouwe ladykiller, wat heb je met dat wijfie gedaan?'

Na een stilte klonk een luide kreun en Alberto begon te jammeren. 'Wat doen jullie? Ik weet niets, ik word net wakker.'

Een vloek. Gehaaste voetstappen. 'Waar is ze?' In tegenstelling tot Che vond Mario de verdwijning van Tara duidelijk geen goeie grap. 'Ik was er al bang voor, een vrouw erbij geeft altijd rotzooi. We hadden haar nooit moeten meenemen.'

'We konden haar ook niet laten staan, want ze moest bij Korevaar zijn,' viel Che hem in de rede. 'Misschien is ze al naar de villa. Waarom zou ze verder met ons meerijden? Joh, wees blij. Zo hebben wij er toch geen last meer van?'

Voorzichtig richtte Tara zich iets op. Door de wielen van de motoren tussen haar en de jongens in, kon ze deels het gezicht van Mario onderscheiden. Hij dacht na. 'We hebben Alberto en haar gemeld bij Matiz aan de poort,' zei hij toen op gedempte toon. 'Hij weet dat de jongen bij ons blijft en dat zij bij El Capitan moet zijn. Matiz zal haar komst doorgeven aan de villa en daar stopt onze betrokkenheid. Niemand heeft ons gevraagd haar aan het handje naar de baas te brengen. Ik heb niks met haar te maken.' Hij stak een waarschuwende vinger op naar Che. 'Ik wil hier geen gezeik mee, dus kop dicht. Begrepen?'

Che hief zijn handen in onschuld. 'Hé, ik weet van niets.'

Daarna richtte Mario zich tot Alberto, die nog in de laadbak zat. 'Jij houdt ook je bek, hoor je?'

Alberto knikte zwijgend en Mario leek gerustgesteld. 'Wat zit je daar dan nog?' riep hij ongeduldig. 'Kom eruit. We zijn hier om te werken en als we geluk hebben, krijgen we eerst nog iets te eten.'

De drie jongens verlieten de stalling. Tara kwam voorzichtig overeind en zakte onmiddellijk terug. Nog geen vier meter voor haar werd een motor gestart. De betonnen vloer trilde tegen haar wang en een flinke rookwolk benam haar de adem. Ze sloeg haar hand voor haar mond om niet te hoesten en kneep haar ogen dicht tot de biker weggereden was. Tranen prikten in haar ogen en even zag ze helemaal niets. De schrik sloeg haar om het hart toen ze opnieuw voetstappen hoorde. Ze kwamen doelgericht dichterbij en stopten bij de motor met zijspan. Toen hoorde ze een zachte stem.

'Blijf liggen. Ik ben het.'

57

In zijn trillende handen gutste de koffie over de rand van de mok voordat Dimitri hem op tafel kon zetten. Koffiezetten was iets wat hij sowieso niet dagelijks deed, liever begon de oude man zijn dag met een glas mescal, maar zijn gast had om iets warms zonder alcohol gevraagd en dat kon hij krijgen. Argwanend nam Dimitri de man op die naast Chico op de bank zat en kleine slokjes uit de mok slurpte. Hij zag er slecht uit: het shirt zwabberde om zijn uitgemergelde lijf, zijn wangen waren ingevallen en de kringen onder zijn ogen kleurden bijna zo zwart als de koffie. Bovendien zaten zijn armen onder de krassen en krabde hij zich voortdurend, dat wees op een stevige verslaving. Dimitri was niet gek: hoewel hij zelf de drank niet kon laten staan, was hij van drugs altijd ver weggebleven. Drank haalde voor hem de scherpe randjes van het leven en dat was meestal aangenaam, drugs brachten alleen maar ellende. Hij had er te veel vrienden aan verloren, ofwel omdat ze hun lijf ermee volspoten, ofwel omdat ze erin handelden en de concurrentie in de weg zaten.

Diego heette hij, en Dimitri had hem nog nooit op het park gezien. Tot voor kort zou hij er niet eens over nagedacht hebben een vreemdeling binnen te laten, maar de komst van Chico had hem veranderd. De lach van de jongen, zijn kwetterende stemmetje en zijn stralende ogen maakten de oude man milder dan hij in jaren geweest was. De afgelopen dagen had hij zichzelf er regelmatig op betrapt dat hij naar de kleine Chico uitkeek en dat hij hem miste.

Toen hij hoorde dat de jongen opgesloten zat, was hij woedend geworden en bijna had hij bij de villa aangeklopt. Bijna, maar hij deed het niet. Tegen een besluit van Korevaar ging je niet in, zelfs niet als het een kleine jongen betrof die gestraft werd voor iets waaraan hij geen schuld had. Wat extra glazen mescal hadden hem toen tot rust gebracht. Dimitri keek naar de jongen op zijn bank en voelde zich warm worden vanbinnen. Uit een kastje boven de kraan plukte hij een chocoladereep, die hij zogenaamd achteloos voor Chico op tafel gooide. 'Eten, jongen, je ziet zo wit als een spook,' gromde hij.

Chico slaakte een kreet van blijdschap en viel op de reep aan. Pas na twee grote happen, blikte hij blozend opzij en bood hij Diego een stuk aan, maar die schudde zijn hoofd.

Traag liet Dimitri zich op de stoel tegenover zijn gasten zakken. Hij vouwde zijn handen, met kalknagels vol rouwranden, op tafel, en vroeg eindelijk wat hij al wilde weten sinds er op zijn deur geklopt werd.

'Vertel, wat brengt jullie hier?'

Enthousiast veerde Chico op, maar Diego hief zijn hand. 'Laat mij maar,' zei hij, terwijl hij wat rechter ging zitten. Met zijn vingers stevig om zijn mok geklemd, om te voorkomen dat hij ging krabben, keek hij de oude man recht aan.

'Ik wil door de tunnels naar Amerika en ik neem de jongen mee.' Tijd om eromheen te draaien had hij niet: het zou niet lang duren voor hun verdwijning ontdekt werd en er alarm geslagen zou worden. Daarbij begon zijn verslaving hem parten te spelen. Sinds hij in de villa bivakkeerde had hij rond deze tijd zijn dagelijkse shot al gehad. Het kostte hem de nodige inspanning zijn gedachten bij elkaar te houden en helder te communiceren.

'Ik hoorde dat u een auto naast de caravan hebt staan. Daarmee wil ik het terrein af, maar ik kan niet zelf achter het stuur. U zult moeten rijden.' Met een grote slok koffie besloot hij zijn korte betoog. De cafeïne hielp hem helder te blijven en steels blikte hij naar de thermoskan op de kleine koelkast.

Dimitri volgde zijn blik. 'Koffie kun je krijgen, maar de jongen niet.' De toon van de oude man liet niets te raden over. Zijn lichaam mocht versleten zijn, met zijn denkvermogen was niets mis. Hij zou wel gek zijn het beste wat hem de laatste jaren was overkomen zomaar te laten vertrekken. Die vreemdeling mocht zijn koffie opdrinken en dan kon hij opkrassen, maar wel zonder Chico, want die bleef bij hem.

'Dit park is geen plek voor kinderen, dat moet u met me eens zijn,' probeerde Diego, die met uitgestrekte arm net bij de thermoskan kon. Hij vulde de mok bij en blies in de dampende koffie. 'Het werk dat hij moet doen, drugs smokkelen door watertunnels, is levensgevaarlijk. Er is pas nog een kind doodgegaan. Wie kan zeggen wanneer het volgende slachtoffer valt? Als ik Chico meeneem, krijgt hij gegarandeerd een betere toekomst.'

Dimitri wist dat zijn gast gelijk had, maar wilde het niet horen. Met een wild gebaar wuifde hij zijn woorden weg. 'Stop! Mij kun je niet overhalen, al geef je er geld bij.' Hij hoestte lang en hard en spoog in een oude zakdoek die rood zag van het opgegeven bloed. Toen hij hijgend en met betraande ogen bijkwam, legde Chico zijn hand op de arm van de oude man.

'Ik weet wel dat je wilt dat ik bij jou blijf,' zei hij ernstig, 'maar ik ga zo graag met Diego mee. Hij zegt dat ik bij hem mag wonen en bij zijn kinderen. In een echt huis, Dimitri. Ik mag er slapen en krijg eten en hoef niet eens te werken. En je moet niet bang zijn, want als ik groot ben, kom ik je opzoeken. Dan neem ik chocola voor jou mee.' Met zijn hoofd wat schuin en zijn mondhoeken bruin van de chocola observeerde hij de oude man. 'Vind je het dan goed, Dimitri? Wil je ons helpen?'

Dimitri keek van Chico naar Diego en vloekte hartgrondig. Hij stond op en schoof zijn stoel naar achteren. Hij moest zich vasthouden aan de tafel om niet om te vallen, zo trilde hij. Uit een kast greep hij een halfvolle fles mescal, maar voordat hij die opentrok, bedacht hij zich. Hij draaide zich om, klapte de deur open en stapte naar buiten, zijn gasten in verwarring achterlatend.

58

Ook Koos Korevaar was die ochtend vroeg opgestaan. Na een rusteloze nacht vol dromen, waarin hij als achtjarig jochie het tragische afscheid van zijn moeder keer op keer herbeleefde, was hij bij de eerste zonnestralen onder een ijskoude douche gestapt. Pas toen de harde stralen aanvoelden als spijkers op zijn huid, draaide hij de kraan dicht en droogde hij zich af. Nu stond hij in spijkerbroek en zwart clubshirt bij het aquarium te wachten op zijn ontbijt. Roerloos volgde hij een koppel kardinaalbaarzen, dat met korte felle bewegingen door de waterbak zigzagde. De doorgaans zo rustige dieren gedroegen zich anders dan normaal, alsof ze voorvoelden dat er iets te gebeuren stond, dacht Korevaar. En ze hadden gelijk: de kalme ochtend was slechts schone schijn, een zeepbel die op het punt stond te worden doorgeprikt. Het vijftigjarig jubileum had een hoogtepunt moeten zijn, een mijlpaal in zijn carrière, een reden om trots en blij te zijn, maar dat was hij allerminst. El Capitan voelde zich down, eenzaam en vooral verraden en dat had hij allemaal te danken aan één persoon: Jay Jennings. Alleen al de gedachte aan die naam gaf hem een misselijk gevoel in zijn maag. Hij kon er een tablet tegen innemen, maar dat deed hij niet. Hij wilde misselijk zijn, kotsmisselijk. Al zijn pijn en verdriet zou hij straks inzetten, om een einde te maken aan het leven van die klootzak. Want dat Jay Jennings snel zou sterven, stond als een paal boven water. Dat Korevaar het zelf zou doen, ook. Alleen over de manier waarop wilde hij nog nadenken. De dood moest pijnlijk zijn en langzaam intreden. Lijden moest hij, als boete voor zijn ultieme verraad en voor het schaamteloos bederven van het feest van de eeuw.

Voor velen zou het dat nog steeds worden, de gasten op het feest zouden er weinig tot niets van merken, maar voor Korevaar zelf hoefde het niet meer. Liever zette hij een vette streep door dat verdomde feest, maar dat ging niet. Dat mocht niet. De buitenwereld zou weten dat Escorpiones de grootste en de machtigste was. Dat hij daar deze dagen zelf niet van kon genieten, ging niemand wat aan. Hij droeg zijn last in stilte, zoals hij dat al jaren deed. Niemand begreep hoe zwaar het was aan de top te staan van zo'n grote organisatie, die elk uur van de dag onder een vergrootglas lag. Niemand wist hoeveel moeite en geld het kostte politie en justitie op zijn hand te houden. Zijn vertrouwelingen stonden hem bij, maar de beslissingen nam hij alleen. Zonder zijn leiding was Escorpiones nooit uitgegroeid tot het succesnummer van nu, dat bijna dagelijks met grote koppen op de internationale nieuwssites verscheen. Zonder hem was het een middelgroot clubje gebleven, waarover af en toe een klein berichtje achter in de krant stond.

Groots en meeslepend moest het leven zijn, voor minder deed Korevaar het niet. Jay wist dat, daar kenden ze elkaar goed genoeg voor. Ze waren geen jeugdvrienden, maar de afgelopen jaren was er toch een band opgebouwd. Tenminste, daarvan was Korevaar lange tijd overtuigd geweest. Hij wilde te graag, en dat kon hij zichzelf verwijten. Een echte vriend, anders dan zijn club van vijf, die weliswaar bestond uit mannen die hij kon vertrouwen, tot op bepaalde hoogte, maar waarvan niemand gelijkwaardig aan hem was. Als honden keken ze naar hem op en gaf hij een commando, dan volgden ze dat klakkeloos op. Nuttig en bruikbaar bij het runnen van zijn organisatie, dat zeker, maar zo zouteloos en oninteressant. Jay was intelligent en had een eigen mening die hij durfde te verkondigen, zelfs al ging hij daarmee tegen Korevaar in. Dat getuigde van zelfvertrouwen en lef – twee bewonderenswaardige eigenschappen.

Een plotse uithaal van zijn vuist tegen het glas van het aquarium deed zijn knokkels bloeden. Verschrikt schoten de vissen alle kanten op. Korevaar trok zijn vuist naar zijn mond en likte het bloed van zijn vingers. Met ogen vol vuur staarde hij voor zich uit. Er ging meer bloed vloeien. In gedachten zag hij Jay, met vleeshaken door zijn huid, opgehangen aan het plafond van de kelder. Zijn vlees en spieren zouden scheuren, de pijn zou ondraaglijk zijn. En als dat niet genoeg was, kreeg een vuurtje onder zijn voeten hem wel klein. Het zou niet lang duren voor Jennings zou smeken om een kogel, maar die kreeg hij niet. Niet voordat Koos eigenhandig de tong waarmee hij was verraden, had uitgerukt.

59

Met ingehouden adem en haar hart in haar keel drukte Tara zich tegen de grond. Als ze haar hoofd opzijdraaide, zag ze net de neuzen van twee zwarte motorlaarzen, een halve meter voor het achterwiel van het zijspan waarnaast ze zich verstopt had. Ze was zich lens geschrokken van de naderende voetstappen en de stem die opeens zo dichtbij klonk, maar de schrik verdween op slag toen ze die stem herkende. Hoe wist Jay dat ze hier was? Omdat ze niet kon zien of er meer mannen in de buurt waren, durfde ze het niet te vragen. Gespannen bleef ze liggen, haar blik op de laarzen gericht en haar oren gespitst.

Jay had de villa verlaten, zodra hij de pick-uptruck uit beeld zag rijden. Kennelijk had Eduardo Ortega de taak gekregen hem in de gaten te houden, want die dook op zodra Jay langs de schuur liep. Achter elkaar passeerden ze de drie jongens die Jay op zijn scherm had gezien en gingen ze de stalling binnen. Jay nam het middelste pad, terwijl Eduardo bij zijn eigen motor, bij de ingang, stilhield. Met een doek begon hij de tank van zijn motor op te wrijven. Jay wandelde verder en scande vanuit zijn ooghoeken de ruimte op mogelijke verstopplekken. De stalling was overzichtelijk ingedeeld: elke motor had een eigen vak met nummer en aan het einde van elke rij, er waren er vier, waren drie vakken ingeruimd voor auto's. Behalve de truck van de jongens stonden er de pick-ups van de Ortega-broers, die de wagens nodig hadden voor het vervoer van materialen, de Range Rover-monstertruck, speelgoed van Korevaar, en een paar oude roestbakken. Ongeveer de helft van alle parkeerplekken was leeg, schatte hij. De meeste bikers waren al naar de stad vertrokken. Veel mogelijkheid om je verdekt op te stellen was er niet en het duurde dan ook niet lang voor hij wist waar de vierde persoon uit de truck, van wie hij vurig hoopte dat het Tara was, zijn moest. Toen hij een glimp van haar rode haren opving, zuchtte hij opgelucht. Een snelle blik over zijn schouder leerde dat Eduardo niet dichterbij gekomen was. Hij trok zijn pols voor zijn gezicht en deed alsof hij zijn horloge verstelde.

'Twee rijen verder staan twee opslagcontainers,' zei hij, tussen zijn tanden door. 'Daarachter kan niemand je zien. Haal het kistje uit je rugzak en stop het in een container.'

Tara speurde over de vloer tussen de motoren door. Ze zag de containers die Jay bedoelde, maar maakte nog geen aanstalten op te staan. Er waren te veel vragen.

'Waar is Diego?' fluisterde ze.

Jay prutste wat aan zijn horloge en keek net op tijd over zijn schouder om te zien dat Eduardo in aantocht was. Rap draaide hij zich om en liep de man tegemoet. 'Mijn horloge staat stil,' riep hij, 'weet jij hoe laat het is?'

Als een haas sprong Tara op haar hurken. Ze zag hoe Jay zijn horloge aan Eduardo liet zien, en rende voorovergebogen naar de volgende rij. Naast een besmeurde crossmotor, een van de weinige buitenbeentjes in het Harley-walhalla, pauzeerde ze voor een snelle check. Jay hield de man nog steeds bezig, en dus waagde ze een tweede spurt. Ze stak het pad over, dook in de schaduw tussen de containers en liet de tas van haar rug zakken. Voorzichtig trok ze het houten kistje eruit. Ze ging staan en zag dat het deksel van een van de containers openstond. De bak zat vol met rubber banden. Snel duwde ze het kistje in een van de bovenste banden, waarna ze zich terugtrok in de schaduw. Jay had gelijk, hier zou niemand haar zien. Nerveus gluurde ze naar Jay, die zijn gesprekje had beeindigd en opnieuw door de ruimte liep. De andere man was nergens te bekennen.

Jay beende op de containers af, alsof hij daar al die tijd al naartoe had gewild en duwde het deksel van de linkerbak verder open. Hij trok de band met het kistje naar zich toe en plaatste er een tweede band bovenop. 'Heb je mijn tas ook meegenomen?' fluisterde hij, zonder zijn blik van de banden af te halen.

'De explosieven zitten in de jutezak, achter in die groene pickup,' antwoordde Tara, die begreep waar hij op doelde. 'Waar is Diego?' vroeg ze nog een keer, terwijl ze overeind kwam om Jay aan te kijken.

Even kruisten hun blikken elkaar en flitste er iets door Jays ogen. Hij schaamt zich, dacht Tara bevreemd. Alsof het zijn schuld was dat Korevaar hem doorhad.

'Het komt goed,' fluisterde ze. 'Maar zeg me nu waar Diego is, ik moet hem vinden.'

Jay trok het deksel van de container dicht en zag over zijn schouder dat Eduardo terug was en hem argwanend gadesloeg. 'In de caravan met de oude jeep, na de villa het derde pad rechts.' Hij hees de banden tegen zijn borst en liep weg.

'Ik ga terug naar de villa, Eduardo,' riep hij, 'ga je mee of heb je misschien iets beters te doen?' Chagrijnig liet Eduardo hem passeren, om na een paar tellen de achtervolging opnieuw in te zetten. Dat Tara hen vanuit haar schuilplek gadesloeg, merkte hij niet.

60

Net toen Tara op het punt stond haar schuilplek achter de containers te verlaten, trilde haar telefoon. Gespannen trok ze het ding uit haar broekzak; er was een bericht van BigMomma:

*** *Het mailadres waar de Code Rood straks eventueel naartoe moet, leidt via een omweg naar Jay Jennings. Dacht dat je dit zou willen weten. (Gratis) Liefs, B.****

Ongelovig staarde Tara naar haar scherm. Het mailadres naar de hulptroepen bestond niet? Maar dat had Jay haar zelf gegeven? Er zou een team van zijn collega's klaarstaan om hun te hulp te schieten, als het echt niet anders kon. Klopte dat dan niet? Was er geen team en stonden ze er echt helemaal alleen voor? Ze slikte en herinnerde zich de blik van Jay van een paar minuten geleden. Ze had het goed gezien, het was schaamte geweest, maar niet omdat Korevaar hem doorzag. Hij schaamde zich, omdat hij tegen haar gelogen had. Er was geen eliteteam, er stond helemaal niemand paraat. Trillend zakte ze tegen de container omlaag tot haar billen de grond raakten. Dacht hij dat ze anders niet was meegegaan? Had hij haar daarom een valse geruststelling op de mouw gespeld? Ze voelde zich even boos als verbijsterd. Wat zou er nog meer niet kloppen in zijn verhaal? Dat Escorpiones verantwoordelijk was voor de dood van zijn vader had hij haar zelf niet verteld, kennelijk lag het te gevoelig en dat kon ze begrijpen. Maar dat hij opzettelijk loog over de levensgevaarlijke operatie, waarvoor hij haar nota bene persoonlijk als secondant had uitgezocht en waarvoor hij zijn oude vriend Benno had ingeschakeld, niet. Ze beet op haar lip. Zou Benno hiervan weten? Nee, dat was onmogelijk, die zou haar nooit zonder hulplijn aan zo veel risico blootstellen. Natuurlijk was het haar eigen keuze geweest om mee te gaan en had niemand haar gedwongen, maar haar vertrouwen in Jay werd hierdoor flink beschadigd en dat voelde knap waardeloos.

Ze stond weer op en spiekte voorzichtig over de rand van de container heen. Behalve zijzelf was er niemand in de stalling. Ze ademde een paar keer diep in en uit. Jay was haar beslist een uitleg schuldig, maar dat moest wachten. Er was iets wat op dit moment veel belangrijker was: als ze ervan uitging dat Jay verder niet gelogen had – en wat kon ze anders? – wist ze eindelijk waar Diego zat. Na maanden en maanden verwijderd te zijn geweest van haar partner in crime, was hij dichterbij dan ooit. Een opgewonden spanning woelde door haar buik. Ze trok de lege rugzak om haar schouders, zette zich af en sprintte diep voorovergebogen naar de afzichtelijke monstertruck aan het begin van de stalling. Hijgend verschool ze zich onder de truck, die zo hoog op zijn reusachtige wielen stond dat ze er gehurkt onder paste. Van achter het voorwiel had ze vrij zicht op de villa van Korevaar. Ondanks diens afschrikwekkende reputatie kon Tara de angst redelijk onderdrukken. De adrenaline van het vooruitzicht Diego weer te zien, gaf haar vleugels en overstemde alle andere emoties.

Net toen ze zich opmaakte voor een nieuwe sprint, denderden er opeens twee vrachtwagens en een bestelbusje het terrein op. Wolken zand en stof stoven omhoog en Tara moest haar gezicht met twee handen afschermen. Piepend remden de voertuigen af. Te hoog voor de stalling, parkeerden de vrachtwagens ernaast, en ook het busje, dat best in de stalling paste, verkoos een plekje in de openlucht. Tussen de spleetjes van haar vingers door zag Tara een groep mannen en vrouwen uitstappen. Ze telde minstens zeven mannen en twee vrouwen, die, zichtbaar op elkaar ingespeeld, in rap tempo de wagens begonnen te lossen. Koffers, dozen, kabels op katrollen, lampen en houten stellages werden naast de wagens uitgestald. Leveranciers, gokte Tara, voor het feest. Uit de schuur naast de villa liepen twee mannen op de groep af. Ze schudden een paar handen, sprongen in de voorste vrachtwagen en begonnen mee uit te laden. Ook uit het park schoten wat bikers tevoorschijn, die hun handen uit de mouwen staken. Tara zag haar kans schoon. Zolang ze de aandacht niet trok, zou niemand op haar letten, sprak ze zichzelf toe. Ze streek haar rode lokken onder haar capuchon en stapte onder de truck vandaan. Met haar handen in haar zakken en haar hoofd licht afgewend passeerde ze de vrachtwagens, zonder dat iemand haar aansprak. Met ingehouden adem volgde ze het pad, dat voor de villa langs het trailerpark in liep. De derde straat rechts, had Jay gezegd, en die zag ze in de verte liggen. Nog tweehonderd meter, schatte ze en het kostte al haar zelfbeheersing om niet te gaan rennen. Toen er niet eens zo ver voor haar een langharige man met grote passen de hoofdweg overstak, bleef ze stokstijf staan. Ze duwde haar nagels in het vlees van haar gebalde vuisten. Hij hoefde maar een blik opzij te werpen en ze was betrapt. Ze wachtte tot de man dreigend op haar af zou komen en bereidde zich al voor op een confrontatie, maar dat bleek onnodig. Hij keek niet op of om en was binnen een paar tellen uit het zicht verdwenen. Langzaam liep ze verder, spiedend naar elke beweging. Tweehonderd meter had nog nooit zo ver geleken en haar keel voelde kurkdroog aan toen ze eindelijk het kruispunt bereikte en het asfalt verruilde voor een zandpad. Aan weerszijden stonden zo'n twintig caravans opgesteld, de ene nog aftandser dan de andere, maar er was er maar één met een oude jeep voor de deur. Daar moest ze zijn.

61

Haar hart ging als een razende tekeer toen ze op de deur van de caravan klopte. Ze had zo vaak gedroomd over het weerzien met Diego, ze had tientallen scenario's verzonnen, op evenzoveel mogelijke locaties. Nooit was het zoals nu, op dit trailerpark in een woestijn in Mexico, voor deze vervallen caravan, terwijl ze ieder moment gesnapt kon worden door de leden van de gevaarlijkste motorbende ter wereld. Ze wilde het niet weten, had alleen maar oog voor de deur. Dat die openging en de ogen van een kind haar verbaasd aankeken, zag ze wel, maar het kwam niet binnen. Het was alsof ze in de zoveelste droom verkeerde, in plaats van in de werkelijkheid.

'Diego?' hoorde ze zichzelf vragen. De jongen knikte lachend en duwde de deur verder open. Ze stapte naar binnen, trok de capuchon van haar hoofd en zag hem. Zijn haar was langer, op zijn ingevallen wangen stond een vlassig baardje en hij oogde magerder dan ooit, maar hij was het. En hij keek haar aan. Een ongecontroleerd geluid ontsnapte aan haar keel en in een paar passen was ze bij hem. Ze zakte naast hem op de bank en sloeg haar armen om zijn verzwakte lijf. Ze klemde zich tegen hem aan, kuste zijn hoofd en haren en zei dingen die ze zelf niet eens verstond.

Diego wist niet wat hem overkwam. Zijn prangende behoefte aan een shot vertraagde zijn reactievermogen en het duurde even voor hij goed en wel besefte dat het Tara was die hem omhelsde. Na al die kille, eenzame maanden brak zijn hart open en vulde zijn lichaam zich met warmte. Hij hield haar vast en huilde. 'Tara,' zei hij, steeds opnieuw, als om zichzelf ervan te overtuigen dat ze echt was, geen waanbeeld. Tara was hier, eindelijk kwam er een einde aan de ellende en de eenzaamheid. Hij kon zijn geluk niet op. Het duurde minuten voor hij langzaam iets bedaarde en voorzichtig schoof hij een stukje opzij. Tara's armen gleden langs de zijne omlaag en ze greep zijn handen vast. Diego lachte door zijn tranen heen en ving haar blik. Zo open en kwetsbaar liet ze zich zelden zien. Van haar zo kenmerkende masker, waarmee ze de wereld stoïcijns en een tikje spottend aanschouwde, was niets meer over. 'Kom je me halen?' vroeg hij met krakende stem.

Ze lachte stralend en knikte, nog niet in staat iets te zeggen. Met haar handen wreef ze over zijn armen.

Het voelde goed, maar Diego kon de liefkozing niet verdragen. Voorzichtig trok hij zijn armen terug. Hij schoof nog wat verder opzij en droogde zijn gezicht met de onderkant van zijn shirt. 'Het gaat niet goed met mij, Tara,' zei hij weifelend. Hij keek naar haar op en zag opnieuw de blik in haar ogen. Een mengeling van schaamte en angst maakte zich van hem meester. Ook de jeuk, die een paar minuten volledig weg was geweest, sloeg in volle hevigheid toe. Hij kon niet anders dan zich krabben en hij walgde van zichzelf. Met een ruk keerde hij zich van haar af.

'Ik ben niet meer wie ik was, Tara, dat kun je beter maar meteen weten. Ik ben... ik heb... ik heb iemand vermoord.' Hij kreeg het bijna zijn strot niet uit, maar het moest gezegd worden – al te lang drukte de moord als een loden last op zijn schouders. De kleine Chico had hij er niet mee willen belasten, maar tegen Tara hield hij zich niet in. Hij hoorde hoe haar adem stokte en sloot zijn ogen om de uitdrukking op haar gezicht niet te hoeven zien.

'Het was een val, want ik zat onder de drugs... ze hebben me erin geluisd, maar dat neemt niet weg dat ik geschoten heb. Ik heb de trekker overgehaald en een man gedood... Ze hebben me geholpen, de politie weet van niets. In het begin leek dat de beste oplossing, maar ik trek dit niet, Tara, ik kan zo niet leven... ik kots van mezelf en hoe... hoe... moet ik dit mijn kinderen...' Hij barstte weer in tranen uit. Met een van pijn vertrokken gezicht sloeg hij voorover, met zijn hoofd op tafel, volkomen radeloos.

Tara greep hem bij zijn schouders en sprak sussende woordjes. Het was afschuwelijk Diego zo te zien en ze liep over van medelijden. Tegelijk hadden zijn woorden over de moord iets in haar losgemaakt. Leek dit verhaal niet verdacht veel op dat van Alberto? Die had weliswaar niet zelf geschoten, maar was toch getuige geweest van een moord, een schijnmoord op een stuntman? Hardhandig trok ze Diego naar achter en legde beide handen tegen zijn wangen.

'Heb jij het lijk gezien?' vroeg ze op ferme toon.

Door zijn tranen keek Diego haar verward aan. Hij leek niet te begrijpen wat ze zei.

Tara boorde haar blik in de zijne en dwong hem naar haar te luisteren. 'Heb jij die vent zien sterven? Nee toch? Viel hij door een open raam? Diego! Zeg me, viel hij door een open raam?'

Het duurde een paar tellen voor haar woorden beklijfden. Toen zette Diego grote ogen op. 'Hoe weet jij dat?' Hij fluisterde meer dan dat hij sprak, maar Tara wist dat ze beethad.

'Luister, ik heb een jongen ontmoet die bijna hetzelfde heeft meegemaakt. Schijnmoorden zijn een inwijdingsritueel dat ze gebruiken om nieuwe leden klem te zetten. Die man die jij door het raam zag vallen, is een stuntman, die doet dit voor zijn beroep. Jij denkt dat je een misdaad hebt begaan, raakt in paniek en vormt zo een makkelijke prooi. Die mannen, je zogenaamde nieuwe vrienden, helpen je, bieden je onderdak. Ze voorkomen dat je de bak in draait en vervolgens sta jij de rest van je leven bij hen in de schuld.

Zo is het gegaan, toch? Daarom ben je al zo lang weg?'

Diego schudde zijn hoofd in ongeloof. In gedachten zag hij de cowboy door het open raam vallen. Hij stortte naar beneden van de zoveelste verdieping van een huis. Het lijk had hij inderdaad nooit gezien. Pas de volgende dag hoorde hij dat het lichaam al was verborgen en dat hij zich daar vooral niet druk om moest maken. Het was nog geen seconde in hem opgekomen dat de man niet dood was. Een immens gevoel van opluchting kondigde zich aan, maar hij durfde er nog niet aan toe te geven.

'Niet dood... dus, ik ben geen moordenaar?' vroeg hij. Zijn stem deed haast kinderlijk aan.

Pas toen Tara beslist haar hoofd schudde, durfde hij het te geloven. Hij liet zich achterover tegen de leuning van de bank vallen en bolde zijn wangen. Langzaam liet hij deze nieuwe werkelijkheid indalen. Hij was geen moordenaar, zijn kinderen hadden geen moordenaar als vader, hij kon ze recht in hun lieve snoetjes aankijken en hoefde zich nergens voor te schamen. Nou ja... Hij strekte zijn armen voor zich uit en keek naar de deken van rode bultjes en korstjes op zijn huid. Zonder Tara aan te kijken sprak hij zijn gedachten uit.

'Geen moordenaar. Ik ben geen moordenaar. Dat is het beste nieuws dat ik in maanden heb gehoord. Ik kan niet zeggen hoe dat voelt, Tara, dank je wel. Maar... er is meer... ik ben verslaafd aan drugs. Ik ben er niet zelf mee begonnen, ze hebben het ingespoten. Ik lag maanden opgesloten in een caravan, daarom kon ik niet weg, Tara. En ik schaamde me zo verschrikkelijk... voor... Nona en Max.'

Tara keek om zich heen en zag Chico met een bedremmeld gezichtje naar hen kijken. Door alle emoties was ze vergeten dat de jongen ook in de caravan zat. Ze knipoogde naar hem en hij glimlachte flauwtjes terug, maar zijn ogen stonden angstig. Het was duidelijk dat hij niet begreep wat er gebeurde.

'Oké, kom op,' zei Tara, opnieuw stevig. 'Stop met huilen en neem een slok koffie. Die jongen hier wordt bang van al die tranen.' Ze schonk het laatste restje uit de thermoskan in de mok op tafel en schoof hem naar Diego. Die rechtte zijn rug en deed wat Tara hem vroeg. Daarna stak hij een licht trillende duim op naar Chico, die het gebaar enthousiast herhaalde.

'Dit is Chico,' zei Diego. 'Hij hield me al die maanden op de been. En nu wil ik hem meenemen naar huis.' Hij greep Tara's handen en in zijn waterige ogen glom opeens een sprankje vastberadenheid. 'Er is zo veel gebeurd en er zijn zo veel vragen. Hoe heb je me in hemelsnaam gevonden... maar er is geen tijd meer. We moeten hier weg, het is te gevaarlijk. Chico en ik zijn net ontsnapt uit de villa en nu vluchten we verder door de Rio Grande naar El Paso, Amerika. We nemen de jeep en rijden naar de tunnels. De jongen weet de weg. Tara... ik ben zo blij dat je er bent, maar ze zijn me waarschijnlijk al aan het zoeken. Zeg me dat je met ons meegaat.' Hij keek haar smekend aan. 'Je blijft toch wel bij ons?'

62

Voor Tara antwoord kon geven, zwaaide de deur open en klom de oude Dimitri de caravan weer in. Hij trok de deur dicht, stommelde naar zijn bed en liet zich vallen. Uit de fles in zijn rechterhand klotste een golfje mescal. Tara, Diego en Chico zagen hoe de man zich draaide en zijn benen optrok, zodat hij op zijn zij lag en hen in de gaten kon houden.

Hij vloekte hartgrondig. 'Ik hoef mijn kont maar te keren, of er zit weer een vreemde in mijn huis. Wie ben jij?' Hij wees naar Tara.

'Dit is een vriendin,' antwoordde Diego, die wist dat Tara geen Spaans verstond. 'Zij moet ook mee naar de tunnels. Zij, Chico en ik.'

Dimitri vloekte opnieuw. 'Levensgevaarlijk,' mompelde hij, 'die tunnels, ze hadden ze allang dicht moeten gooien, maar nee... geld, geld, alles draait om geld...' Hij nam een slok uit de fles en hoestte langdurig. Uit een broekzak viste hij een zakdoek, die hij krampachtig tegen zijn mond drukte.

Chico stond op en liep naar hem toe. Zacht klopte hij de oude man op zijn rug. 'Gaat het, Dimitri?' vroeg hij bezorgd.

De man richtte zich op, nam nog een slok en leek zijn ademhaling weer onder controle te krijgen. Weemoedig keek hij naar het ventje voor hem. 'Weet je het zeker, jongen?' vroeg hij. 'Je bent niet fit, je voet is nog niet hersteld. Het is veel te gevaarlijk om door de tunnels te zwemmen. En waarom? Je hebt hier toch een thuis, bij mij?'

'Ik weet het zeker,' knikte Chico ernstig. 'En ik kom je opzoeken, dat zweer ik.' Hij spuugde in zijn hand en stak hem uit naar Dimitri.

De oude man zuchtte en sloot zijn hand om die van Chico heen. 'Dan help ik je.' Hij duwde zichzelf overeind en richtte zich tot Diego. 'Pak de deken van mijn bed. Jullie verstoppen je achter de voorbank in mijn wagen, onder de deken. Ik stapel er mijn visgerei op en met wat geluk komen we zonder problemen door de poort.'

'Dat is geweldig, bedankt,' zei Diego.

Dimitri gromde. 'Ik doe het voor de jongen, met jou heb ik niks te maken.' Hij greep Chico bij zijn arm en duwde hem zacht voor zich uit, naar buiten.

Diego stond op om de deken van het bed te pakken, maar moest zich vasthouden om niet om te vallen. Het duizelde voor zijn ogen en voor een paar tellen werd alles zwart. Net op tijd kon Tara hem tegenhouden.

'Hé, kijk je uit,' zei ze ongerust. Ze zag het zweet op zijn voorhoofd staan en voelde hoe hij trilde. 'Wat geven ze je?' vroeg ze.

'Meestal heroïne,' stamelde Diego, met zijn ogen knipperend om het duister te verdrijven. Dat hij zich de laatste keren zelf van het spul had bediend, zei hij liever niet. 'Ik houd het nog wel even uit. In El Paso probeer ik iets te vinden, maar eerst die grens over, dit rotland uit.'

Tara dacht er het hare van, maar ging de discussie nu niet aan. Hoe eerder Diego die troep uit zijn lijf kreeg, hoe beter. In plaats van op zoek naar een volgend shot, kon hij in El Paso beter naar een ziekenhuis of een afkickkliniek. Ze keek toe hoe Diego een deken en een laken van het bed griste en onder zijn arm propte.

Bij de deur keek hij naar haar om. 'Je gaat toch wel mee?'

Ze wilde niets liever. Nu ze Diego eindelijk gevonden had, liet ze hem het liefste nooit meer alleen. Maar ze stond in tweestrijd,

Jay had haar nodig. Hij had tegen haar gelogen en dat was een rotstreek, maar moest ze hem daarom aan zijn lot overlaten? Nu Korevaar hem doorhad, was hij zijn leven niet zeker. En dan was Alberto er ook nog. Die had zichzelf in deze positie gemanoeuvreerd door zich bij Escorpiones aan te sluiten, maar kon ze dat een jongen van zeventien die uit pure wanhoop had gehandeld, kwalijk nemen? Met een bedrukte blik keek ze Diego aan.

Hij trok haar naar zich toe en omhelsde haar. 'Ga mee, Tara, dan komt alles goed.'

Met haar hoofd tegen zijn schouder bleef ze staan. Zo dicht bij hem voelde ze zich intens gelukkig. 'We zien elkaar in El Paso.' Waren dat haar woorden? Zei ze dit echt? Haar hart protesteerde hevig, maar haar hoofd won de strijd. Ze maakte zich los uit zijn armen en pakte een foto uit haar broekzak. Het was de foto van Nona en Max, die ze van Yvonne had gekregen voor het moment waarop ze Diego terug zou vinden.

'Jij moet naar je kinderen,' zei ze schor, 'maar ik heb hier nog werk te doen. Gaan jij en Chico met de jeep mee. Ik zoek je in El Paso, echt.' Ze probeerde haar tranen weg te slikken, maar dat lukte niet helemaal. Driftig wreef ze in haar ogen.

Diego drukte de foto tegen zijn gezicht en haalde een paar keer diep adem. Resoluut stak hij de foto in zijn achterzak. Hij kuste Tara op haar voorhoofd, draaide zich om en opende de deur op een kiertje. Toen de kust veilig bleek, stapte hij naar buiten.

Door de deuropening zag Tara hoe Diego naast Chico in de ruimte tussen de voor- en achterbank van de wagen kroop. Dimitri bedekte de twee met de deken, het laken en een oud visnet. Daarop stapelde hij een grote viskoffer, een schepnet, twee hengels en wat emmers aas en binnen een paar tellen was er van de verstekelingen niets meer te zien. Hijgend van inspanning kroop de oude man achter het stuur. Hij draaide de sleutel in het slot, trapte het gaspedaal in en na een paar keer proberen kwam de motor sputterend tot leven. Tara keek hoe de jeep langzaam het zandpad af reed, de hoofdweg op draaide en verdween. Ze had zich zelden zo alleen gevoeld.

63

Ondertussen werkte Alberto zich in de schuur van de Ortega-broers in het zweet. Na een karig ontbijt van restjes van de maaltijd van de vorige avond, had Eduardo hem, Mario en Che een waslijst aan klusjes gegeven die nog dezelfde dag geklaard moesten worden. Naar het hoofdpodium voor de band hoefden ze niet om te kijken, dat werd elders in het park al door de roadies opgezet, maar er moesten ook vijf kleinere podiums komen, waarop de slangenbezweerders en danseressen hun shows konden opvoeren. Stapels pallets stonden klaar om versleept te worden naar een open plek achter het park, waar op de avond van het feest een vreugdevuur zou branden. Ze moesten een schutting bouwen voor de extra chemische toiletten, die later die dag bezorgd zouden worden en naast een blanco houten plaat, bedoeld als begroeting voor boven de poort, lag op een briefje de tekst al klaar:

FOREVER ESCORPIONES – 50 YEARS – ESCORPIONES PARA SIEMPRE
WELCOME! BIENVENIDO! WILKOMMEN! WELKOM!

Alberto zaagde planken op maat voor de schutting en probeerde niet te laten merken hoe nerveus hij was. Hij had zich zo opgesteld dat hij door de open deuren kon zien wat er zich buiten afspeelde. De vrachtwagens waren uitgeladen en leveranciers liepen af en aan met materialen. Er waren ook vrouwen bij, maar Tara was nergens te bekennen. Ze zou hem helpen, had ze gezegd, en hij had haar geloofd. Maar wat kon ze doen in haar eentje? Hij zuchtte en voelde het zweet in straaltjes langs zijn rug lopen. Het was halverwege de ochtend en nu al bloedheet. Bij een waterkoeler vulde hij een beker, die hij in één keer achteroversloeg.

'Hé, schiet eens op met die planken!' klonk de stem van Eduardo door de schuur. 'Als die schutting niet afkomt, gaan jullie zelf voor de plees staan met een doek tussen jullie in, als levende schutting!' Er klonk luid gelach van Elvis en Jésus, die Eduardo hielpen een bar te bouwen, maar Mario en Che wierpen Alberto giftige blikken toe. Zij verheugden zich enorm op het feest; dat zij als jonge leden welkom waren op een event met de hoogste leiders van de club was uitzonderlijk. Van die status zouden ze de rest van hun leven kunnen profiteren: het feest van de eeuw, en zij waren erbij! Dat vooruitzicht lieten ze zich niet door de neus boren en al helemaal niet door zo'n slappeling die na zijn eerste nachtelijke opdracht al jammerde dat hij het niet aankon.

Alberto deed er het zwijgen toe. Hij pakte zijn zaag weer op en greep een plank. Op dat moment stormde Bono de schuur binnen. Hij scande de ruimte, beende op Mario af en greep hem in zijn kraag.

'Waar is ze? Waar is dat wijf?' riep hij. Met een ruk sleurde hij Mario tegen de vloer, trok een pistool tevoorschijn en zette het op Mario's voorhoofd.

Mario gilde het uit en in no time stonden Eduardo, Elvis en Jésus om hen heen. 'Wat doe je?' 'Wat is er aan de hand?' 'Welk wijf?'

'Bekken dicht!' brulde Bono, terwijl hij met zijn knie op de borst van Mario ging zitten. 'Matiz zegt dat jullie met z'n vieren binnenkwamen, drie jongens en een grietje. En nu is die griet opeens verdwenen. Hoe kan dat? Waar is ze? Vertel op!'

'Ik weet het niet!' gilde Mario met hoge stem. 'Ik ken haar niet eens!' Hij probeerde overeind te komen, maar dat liet Bono niet toe. Hij duwde zijn knie in de borst van Mario, die in paniek naar Alberto wees.

'Hij weet het!' riep Mario. 'Hij zat bij haar achterin, ik heb ze zien praten.'

Geschokt liet Alberto de zaag uit zijn handen vallen. Hij stapte achteruit en schudde hevig met zijn hoofd. 'Ik ken haar net zomin als jullie, dat weet je best. Ze vroeg bij het tankstation of ze met ons mee mocht rijden, omdat ze motorpech had en ze moest ook hier zijn. Ze had een afspraak met El Capitan.'

'Ja, en waar is ze nu dan?' brulde Bono.

Alberto haalde zijn schouders op. Hij zag lijkbleek en zijn slechte rechteroog schoot zenuwachtig heen en weer.

Bono vloekte, riep naar Jésus dat die met hem mee moest gaan en samen renden de mannen de schuur uit. Bij de ingang botsten ze bijna tegen Elena en Mariza op, die al net zo'n gespannen indruk maakten. Ze wisselden een paar woorden, die in de schuur niet verstaanbaar waren. Alberto hield zijn adem in en blikte steels opzij. Een paar meter achter hem stond een raam op een kier. Misschien zou hij het net halen, maar wat dan? Voor hij bij de poort was, had hij minstens twintig kogels in zijn lijf. Een volgende uitbarsting van Bono joeg hem de stuipen op het lijf en meteen liet hij zijn plan varen.

'Wat?!' Bijna schuimbekkend van woede kwam Bono terug de schuur in. De vrouwen en Jésus volgden hem naar Eduardo en Elvis, die hen niet-begrijpend aankeken. 'Die Hollander, de logé van de baas, is ook pleite en hij heeft een tunnelkind meegenomen, Chico. Vanmorgen waren ze nog in de villa, maar nu zijn ze weg. Ver kunnen ze natuurlijk niet zijn. Ze houden zich schuil, ergens op het park. El Capitan weet het nog niet, maar als we ze binnen een uur niet hebben, en dan bedoel ik ook dat wijf, moeten we hem inlichten. En dat wil niemand.' Met een grimmige blik keek hij de kring rond. De mannen en vrouwen begrepen precies waar hij op doelde. Van dit nieuws wilde geen van hen de boodschapper zijn. Hoe Korevaar zou reageren, was onvoorspelbaar, maar dat iemand het moest ontgelden en dat er bloed zou vloeien, stond als een paal boven water.

Trillend van angst zag Alberto hoe de mannen en vrouwen de schuur verlieten om het park binnenstebuiten te keren. Zouden ze Tara vinden? Wat zou er dan met haar gebeuren? En wat betekende dat voor hem? Kwam hij hier ooit weg? Te laat had hij door dat Mario met gebalde vuisten op hem afkwam. Hij hief zijn handen nog in verweer, maar kon de vuistslag tegen zijn kaak niet afwenden. Het kraakte in zijn hoofd en een gloeiende pijn verspreidde zich door de rechterzijde van zijn gezicht. Met een gemene trap tegen zijn knie maakte Mario het af. Kermend van de pijn viel Alberto neer, zijn hoofd op nog geen centimeter van de zaag, waarvan de tanden voor zijn ogen dansten. Vlak naast zijn oor klonk de stem van Mario: 'Verrader. Ik had toch gezegd dat je je bek moest houden.'

64

De ontsnapping van Diego en Chico door de poort liep op rolletjes. Matiz had andere dingen aan zijn hoofd dan het controleren van de jeep van de oude zuiplap Dimitri, die in vroeger jaren weliswaar gevreesd werd door de winkeliers bij wie hij wekelijks beschermingsgelden inde, maar die tegenwoordig tot niet meer in staat bleek dan het tanken van grote hoeveelheden alcohol. Dat zijn laatste vistripje naar de rivier zeker twee jaar geleden was, alarmeerde Matiz allerminst. Die concentreerde zich liever op de berichten in zijn telefoon, waarmee zijn broer en de andere mannen elkaar op de hoogte hielden van hun zoektocht naar de drie verdwenen personen. De villa en de opslagkeet, de schuur en de eerste straat caravans waren al doorzocht en nog steeds was er geen spoor van Chico en de Hollander, of van het grietje dat bij Korevaar moest zijn.

Toen Dimitri na een paar kilometer rijden riep dat de kust veilig was, duwde Diego de deken en het visgerei opzij, zodat hij en Chico wat rechter konden gaan zitten. Chico piepte met zijn hoofd onder de deken vandaan en Diego schrok. De jongen zag lijkbleek en het leek of hij moeite had zijn ogen open te houden.

'Wat is er?' vroeg hij. 'Gaat het niet goed?'

Chico stak zijn duim op en glimlachte zwakjes, maar van harte ging het niet. Bezorgd legde Diego een hand op het hoofd van Chico, dat verdacht warm aanvoelde. Diego vloekte binnensmonds. In de caravan van Dimitri had hij niets gemerkt. Eerst had hij al zijn aandacht en energie nodig gehad om Dimitri over te halen hen te helpen en daarna dook Tara ineens op. De jongen was er steeds bij geweest, maar niemand had op hem gelet.

'Heb je een fles water?' riep Diego naar Dimitri. Die lachte schamper en schudde zijn hoofd.

'Bij de rivier kun je drinken,' riep hij terug. 'Nog een dik uur.'

Die inschatting klopte, een uur en een kwartier later stopte Dimitri de wagen. Het woestijnlandschap had plaatsgemaakt voor een omgeving met bomen en struiken en hoewel ze de Rio Grande nog niet konden zien, verraadde het ruisen van het water al wel zijn nabijheid. De jeep stond in de bocht van een smal zandpad, waarlangs een waterstroompje kabbelde, een van de vele vertakkingen van de grote rivier. Verse bandensporen maakten duidelijk dat het pad die dag al eerder was gebruikt. Dimitri wees erop en werd zichtbaar nerveus. Zo snel als hij kon duwde hij de bagage verder opzij, zodat de verstekelingen konden uitstappen. Chico hield zichzelf dapper overeind, maar Diego zag dat hij het moeilijk had. Hij griste een emmer van de achterbank, wreef de half vastgekoekte smurrie eruit en dompelde hem een paar keer onder in het stroompje. Hij gaf Chico te drinken en nam zelf ook wat slokken. Daarna trok hij de deken uit de wagen, maakte een punt nat en drukte die tegen Chico's voorhoofd. De jongen hield zich vast aan een portier en sloot zijn ogen.

'Die kan niet zwemmen.' Dimitri had zich stilgehouden, maar kon het kennelijk niet langer aanzien. 'Als je die jongen nu de tunnels in laat gaan, jaag je hem zijn dood in,' gromde hij tegen Diego. 'Ik ben te oud om te vechten, anders zou ik je een hengst geven. Zie je dan niet dat dit gekkenwerk is?'

Diego knielde voor Chico neer en krabde aan zijn armen. Hij voelde zich vreselijk; de jeuk was haast niet te harden, zijn lichaam trilde en het kostte hem moeite helder te blijven denken.

Toch besefte hij dat de oude man gelijk had – Chico nu vragen te zwemmen, stond gelijk aan moord. Toen hij op weg naar de rivier Chico's bleke koppie zag, had hij, met spijt in zijn hart, zijn besluit al genomen: de jongen bleef hier. Diego had bewust gewacht het te vertellen, omdat hij er niet zeker van kon zijn of de oude man alleen voor hem nog verder zou rijden.

'Dimitri heeft gelijk, Chico,' zei hij, terwijl hij zijn handen op de schouders van de jongen legde. 'Ik had je heel graag meegenomen, maar het kan nu niet. Je moet eerst beter worden.'

Chico beet hard op zijn lip en begon te huilen. 'Maar ik mocht toch bij jou wonen?' snikte hij. 'Ik kan best zwemmen, ik heb het al zo vaak gedaan.'

'Nee,' zei Diego beslist, 'je bent te ziek om te zwemmen, het is te gevaarlijk, het spijt me.' Hij drukte een kus op het hoofd van Chico, stond langzaam op en richtte zich tot de oude man.

'Je hebt gelijk, dit gaat nu niet. Maar ik blijf erbij dat het park geen goede plek is voor kinderen. Ik heb familie in Mérida... daar is het beter en veiliger voor hem. Als het me lukt thuis te komen, kan ik...' Diego aarzelde en worstelde met zijn geweten. Het voelde zo verkeerd om het jochie achter te laten, maar hij had geen keus.

Dimitri rochelde en spoog een klodder slijm op de grond. 'Mijn jongste zus, de enige die ik nog heb, woont hier in de stad,' mompelde hij met hoorbare tegenzin. 'Ik zal ernaartoe rijden, maar als ze hem niet wil, neem ik hem mee terug. Bij mij heeft hij het lang niet slecht, al weten alleen God en de duivel hoe lang ik er nog zijn mag.'

Diego greep zijn hand in dankbaarheid, maar die schudde Dimitri ruw van zich af. Hij klom de jeep in en zei Chico dat hij ook moest instappen. De jongen gehoorzaamde en vlijde zich huilend tussen de spullen op de achterbank, verstoppen was niet langer nodig.

'Het komt goed, Chico, jij bent een winnaar!' Diego forceerde een lach en streek de tranen van Chico's wangen. 'Je moet nu eerst beter worden, dat is belangrijk. Dimitri zoekt een goede plek voor jou...' Hij slikte een paar keer, maar de brok in zijn keel maakte verder praten onmogelijk. Met een laatste aai over de bol van de jongen nam hij afscheid.

Van achter het stuur wees Dimitri op een nauwelijks zichtbaar paadje, dat aan de overkant van het stroompje het bos in kronkelde. 'Volg dat pad. Na tien minuten zie je de ingang naar de tunnels tussen twee rotsblokken in.' Daar moest Diego het mee doen. De oude man startte de wagen, keerde en reed weg.

65

Toen Jay op het scherm in de controlekamer de jeep door de poort zag rijden, verdween zijn laatste sprankje hoop op een goede afloop. Hoewel het er alle schijn van had dat Dimitri de enige inzittende was, liet het zich raden wie er onder de nonchalant uitgestalde bagage achter in de auto verstopt zaten. Nu Tara Diego gevonden had en met hem het park verliet, bleef Jay alleen achter en was het slechts een kwestie van tijd voor Korevaar hem zijn verraad betaald zou zetten.

Hij sloot de deur, trok zijn laarzen uit en ging in lotushouding op de vloer zitten. De snoeiharde metalmuziek, die de roadies vanaf het feestpodium draaiden om de apparatuur van de band te testen, wist hij buiten te bannen en het duurde niet lang of zijn vertraagde ademhaling bracht hem in een diepe concentratie. De dreigende paniek, die zich even eerder bij hem had aangekondigd, trok langzaam weg. In gedachten dreven de gezichten van zijn vrouw en zoons voorbij. Voor hen had hij deze opdracht aangenomen, de laatste voordat hij stopte met undercoverwerk. Met het geld dat deze klus opleverde, verzekerde hij hen alle vier van een in financieel opzicht zorgeloze toekomst. Dat was steeds zijn verhaal geweest, en zijn gezin begreep en accepteerde het, maar het was slechts de halve waarheid. Natuurlijk was het geld fijn, maar de ware motivatie voor het aannemen van deze levensgevaarlijke job lag in zijn verleden en dat wist alleen hij. Zelfs Carina had hij nooit verteld dat leden van Escorpiones zijn vader hadden vermoord.

Praten over zijn verleden deed hem te veel pijn; dat wist ze en daarom keken ze zelden achterom. Carina beschikte over een sterke intuïtie en had niet veel woorden nodig om te begrijpen dat het plotse verlies van zijn vader een grote invloed op Jays leven had, als puber, maar ook op latere leeftijd nog. Diverse psychologen, medicijnen, yoga en meditatie hadden zijn pijn en verdriet nooit volledig weggenomen. Dat de moordenaars van zijn vader niet gevonden en bestraft waren, druiste zo zwaar in tegen zijn gevoel voor rechtvaardigheid, dat hij het nooit had kunnen loslaten. Toen zijn divisie jaren geleden het verzoek kreeg in Escorpiones te infiltreren, was hij dan ook de eerste die zich meldde. De kans om het recht te doen gelden, kon hij niet voorbij laten gaan. Hij zette zijn tanden in het dossier en keek reikhalzend uit naar elke ontmoeting met Koos Korevaar.

Hij was goed, Korevaar geloofde hem en liet hem langzaam dichterbij komen. Het kostte Jay onnoemelijk veel kracht en een haast totale zelfbeheersing om te wachten tot de tijd rijp was, tot het moment aanbrak waarop niet alleen Korevaar, maar heel Escorpiones de genadeklap kon worden toegebracht. De aankondiging van het vijftigjarig jubileum van de club veroorzaakte een schokgolf door de burelen van de internationale inlichtingendiensten. Op de grotere, grensoverschrijdende dossiers wisten de ministers van Justitie en Buitenlandse Zaken elkaar vaker te vinden en doorgaans verliep de samenwerking tamelijk voorspoedig, maar dat ging in dit geval niet op. Hoewel Nederland de operatie van meet af aan had geleid, drongen de diensten van Duitsland en de Verenigde Staten zich op. Opeens bleek onduidelijk door wie het sluitstuk van de operatie gefinancierd moest worden, wie het laatste woord had en wie er, na een succesvolle afloop, met de eer mocht strijken. Om dat laatste ging het vooral, wist Jay, al durfde niemand dat hardop te zeggen. De onduidelijkheden over en weer liepen uit op een ordinaire ruzie, die leidde tot een onverwacht besluit: nog geen anderhalve week voor het moment suprême, het jubileumfeest, trok Nederland de stekker eruit.

Nog geen jaar eerder had hij in Den Haag aan tafel gezeten met de ministers van Justitie en Buitenlandse Zaken, die hem stijf van de stress de opdracht verstrekten en een gigantische bonus in het vooruitzicht stelden. En opeens ging het hele circus niet door. Het was onvoorstelbaar. Jay zou de woorden van zijn baas nooit vergeten: 'Zie het als uitstel, niet als afstel. Je werk is niet voor niets geweest, maar het jubileum blijkt helaas toch niet het juiste moment om toe te slaan. We houden ons een tijdje koest om achter de schermen de plooien glad te strijken. Misschien komt er over een tijd een nieuwe kans voorbij.'

Hij geloofde zijn oren niet en dacht dat hij gek werd. Al wist hij dat het niet honderd procent spoorde met de werkelijkheid, toch voelde het alsof hij sinds de dood van zijn vader had toegeleefd naar dit moment. Zijn opleiding, zijn loopbaan, zijn verhuizing naar Nederland, alles stond in dienst van dat ene grote doel: het einde van Escorpiones. Hoeveel jaren had hij al niet aan Korevaar besteed? Hoeveel risico's had hij niet genomen? Hoe vaak had hij zijn leven al op het spel gezet? En dan nu dit? Er trok een waas voor zijn ogen en hij verloor zichzelf. Wat er precies gebeurde, wist hij nog steeds niet, maar toen hij bij zinnen kwam, was zijn baas nergens te bekennen en verzocht diens secretaresse hem op ijzige toon het pand onmiddellijk te verlaten. Nog dezelfde dag kreeg hij de e-mail met de mededeling dat hij wegens wangedrag voor onbepaalde tijd op non-actief was gesteld. Hij deletete het bericht en belde Benno. De volgende dag ontmoette hij Tara en weer een dag later vloog hij met haar naar Mexico. Niets kon hem ervan weerhouden zijn doel te bereiken.

Opeens klapte de deur van het washok open en schoot Jay in

een ruk achteruit tegen de muur. Niemand minder dan Koos Korevaar zelf stond in de deuropening. Verraderlijk kalm staarde hij Jay aan. Woorden waren overbodig, Jay begreep hoe laat het was. Het was nu of nooit. Hij stond op en liep op zijn sokken naar de wasmachine, waarop hij het houten kistje had geplaatst. 'Drinken we er nog een? Deze heb ik voor je meegebracht, een cadeautje voor het jubileum.'

Korevaar zweeg. Met een enkele handbeweging beval hij Jay met hem mee te komen. Achter elkaar liepen ze door de gang naar het kantoor. El Capitan opende de deur en liet Jay voorgaan. Die stapte naar binnen en werd op slag ijskoud toen hij zag wie er in de kamer was. Dit kon niet waar zijn; had hij haar niet net op het scherm het park zien verlaten? Niet-begrijpend drukte hij het kistje dichter tegen zich aan en uiterst behoedzaam bewoog hij zich naar de ovale vergadertafel midden in de ruimte.

Op een stoel aan de lange zijde zat Tara, haar gezicht vertrokken van angst. Uit haar gesprongen wenkbrauw trok een spoortje bloed naar beneden. Met trillende kin en verwijde pupillen staarde ze recht in de loop van het pistool dat Bono aan de overzijde van de tafel op haar gericht hield.

66

Met een brok in zijn keel en een knoop in zijn maag baande Diego zich een weg door het struikgewas. Het brak zijn hart Chico te moeten achterlaten, maar het verlangen naar Nona en Max hield hem op de been. Hij zou het goedmaken met Chico, beloofde hij zichzelf. Hoe, wist hij nog niet, maar als hij dit overleefde zou hij iets verzinnen om zijn schuld in te lossen. Hij had zo veel aan het ventje te danken en niet alleen vanwege het extra water dat hij stiekem naar de caravan had gebracht waarin Diego werd vastgehouden. Chico's gezelschap had hem de moed gegeven om de ontberingen te doorstaan en om hoop te houden op een toekomst. Bovendien was het zonder Chico nooit gelukt te ontsnappen. En als dank liet hij dat lieve joch nu in de steek. Uit pure frustratie ramde hij zijn vuist tegen een boomstam. Een felle pijn schoot door zijn arm omhoog naar zijn schouder en hij moest op zijn tanden bijten om het niet uit te schreeuwen, maar het hielp: hij kon het verdriet opzijzetten en focuste zich op het pad.

De eerste honderd meter kon hij redelijk zien waar hij liep, maar naarmate hij verder kwam, overwoekerden de struiken het kronkelende paadje zodanig dat het bijna niet meer zichtbaar was. Voet voor voet schuifelde hij voort, bang om van het pad te raken en in de rimboe te verdwalen. Want wat moest hij dan? Hij was een wrak, zijn lijf protesteerde tegen elke stap en hunkerde naar een nieuwe dosis heroïne. De huid van zijn rechterarm had hij al kapotgekrabd en het zou niet lang duren voor zijn andere arm bloedde, want de jeuk had het gekmakende punt bereikt waarop hij zich niet meer kon beheersen en moest krabben, al wist hij dat dat niet hielp. Ook zijn benen moesten het ontgelden. Het laken van zijn bed had de jeuk daar enigszins geremd, maar hier in de openlucht prikten ze als nooit tevoren. Een broek zou helpen, net als schoenen, maar hij moest het doen met zijn boxershort en het T-shirt, die hij droeg nadat hij uit de caravan bevrijd was en in de villa wakker was geworden. Vermoedelijk had Mariza ze bij hem aangetrokken.

Waren er al tien minuten voorbij? Hij had geen idee. Rotsen zag hij niet, alleen maar heel veel struiken. Wel klonk het ruisen van de rivier steeds harder en dat bewees dat hij de goede kant op liep en dat de rotsen niet ver weg konden zijn, mits hij het pad nog volgde. Hij zakte op zijn knieën en duwde het groen met zijn armen opzij. Tussen de rijen struiken, aan weerszijden van zijn gehavende voeten, bespeurde hij een streepje zand, niet meer dan één voet breed. Kon dit het pad nog zijn? Kruipend zocht hij verder. Zijn hoofd tolde en steeds vaker moest hij zijn ogen dichtknijpen om de waas die zijn blik vertroebelde, te laten verdwijnen. Opeens knalde hij tegen iets hards aan. Hij kromp van schrik ineen en wreef met zijn hand over zijn hoofd. Dat hij de rots niet gezien had, was niet gek, een hechte klimop bedekte hem bijna volledig. Diego duwde zich omhoog en betastte de rots. Achter de takken en bladeren ging een hele wand van steen schuil. Met gespreide armen streek hij over de muur tot hij een kier voelde, waarin hij zijn hand kon steken. Terwijl hij naar beneden bewoog voelde hij het gat groter worden. Zijn hart sloeg over: dit moest de ingang zijn. Plots gehaast trok hij de takken klimop opzij, die als een overhangend gordijn een opening tussen twee rotsen verhulden. Hij bukte zich en ging naar binnen. Achter hem sloot het groene gordijn het gat af, waardoor het meteen pikdonker werd.

In de jeep had Chico hem verteld hoe de tunnels eruitzagen. Het was de eerste keer dat de jongen er tegen hem over sprak. In zijn verhalen over zijn werk bij de rivier had Chico de tunnels steeds verzwegen. Misschien omdat hem verboden was erover te vertellen, of misschien voelde hij aan dat Diego zijn gevaarlijke werkomstandigheden niet op prijs zou stellen. De eerste tunnel zou beginnen in een ondergrondse grot. In gedachten hoorde hij de jongen praten: 'Je gaat gewoon het water in en dan voel je vanzelf dat je naar beneden loopt. Het water komt steeds hoger. Als het tot aan je kin komt, neem je een grote hap lucht en ga je zwemmen. Blijf in het midden van de tunnel om niet tegen de uitstekende punten te botsen. Al snel voel je dat het water groter en sterker wordt, dan ben je onder in de rivier. Je moet precies rechtdoor zwemmen om bij de ingang van de tweede tunnel uit te komen. Er zit een beugel waaraan je je kunt optrekken. In die tweede tunnel hoef je eigenlijk niks te doen, het water duwt je daar naar boven.'

Het klonk eenvoudig, maar Diego keek er niet naar uit. Voor hardlopen had hij wel talent, al zou je dat nu niet zeggen, maar een zwemmer was hij nooit geweest. Bovendien was er recent aan de tunnels gewerkt en wist ook Chico niet wat er veranderd was. Hij zou het moeten ervaren, er zat niets anders op. Teruggaan was geen optie en hier blijven evenmin, hij moest verder. Als hij het haalde, begon een nieuwe fase van zijn leven en mocht hij in zijn handen knijpen voor de tweede kans.

Met zijn armen gestrekt voor zich uit schuifelde hij voorwaarts. Hij voelde dat de gang geleidelijk naar beneden liep en vermoedde dat hij ondergronds was, toen het geluid van zijn geschuifel ineens anders klonk. Er was een echo. Hij tastte boven zich, merkte dat het plafond verdwenen was en ging rechtop staan. Nog steeds zag hij geen hand voor ogen, maar het stelde hem gerust dat de omgeving leek te kloppen met Chico's omschrijving. Dit moest de grot zijn die toegang gaf tot de eerste tunnel. 'Je gaat gewoon het water in,' herhaalde hij de instructie en precies op dat moment hoorde hij een zacht geklots van kleine golfjes, niet ver van hem vandaan. Het geluid maakte hem bang. Ineens voelde hij dat hij niet alleen was en brak het koude zweet hem uit. Een reusachtige slang dook op uit het water en deed hem gillen van angst. Met priemende gele ogen, opengesperde kaken en een enorme gespleten tong gleed het monster op hem af. Diego sloeg en trapte naar het beest, ervan overtuigd dat het hem met huid en haar zou verslinden, en viel met een smak op de grond. In blinde paniek kroop hij van het water vandaan, maar de slang was sneller en trok zijn gigantische kaken verder open. Diego dook weg en botste opnieuw met zijn hoofd tegen de stenen. Het regende lichtflitsen. Hij kon niet verder, rolde zich op en hoopte vurig dat hij snel zou sterven.

67

Korevaar nam het pistool van Bono over en wachtte tot die de kamer had verlaten. Zodra de deur dichtviel nam hij het woord.

'Zo,' sprak hij in het Nederlands, 'gezellig met drie kaaskoppen onder elkaar. Dat praat toch een stuk makkelijker, vinden jullie ook niet?' Hij richtte het pistool op Jay en gebaarde dat hij naast Tara plaats moest nemen. Zelf nam hij de stoel tegenover hen en legde het pistool voor zich op tafel.

'Die droeg je vrouwtje onder haar trui,' zei hij tegen Jay. 'Moet je bekend voorkomen, het is jouw Glock. Wordt vaker gebruikt door de flikken, mooi ding.'

Van de ergste schrik bekomen wierp Jay een steelse blik op Tara. Dat ze was gebleven en niet in de jeep was gestapt, vervulde hem zowel met dankbaarheid als met een enorm schuldgevoel. Zonder zijn bovenlichaam te bewegen, verplaatste hij zijn been tot zijn knie die van Tara raakte. Meteen voelde hij haar reactie en hij hoopte dat ze hem begreep. Ze was niet alleen, dit deden ze samen.

'Je hebt een wijfie met lef,' vervolgde Korevaar, 'ze dacht op eigen houtje het park te kunnen bezichtigen, maar dat is hier niet gebruikelijk. Bezoekers melden zich netjes aan de poort en worden in de villa ontvangen. Dat liep even anders, zoals je ziet. Spijtig van dat knappe toetje.'

Hij pauzeerde en even was het stil aan tafel, op de klanken van de metalmuziek na, die van buiten door de muren naar binnen drongen. Korevaar had zijn handen gevouwen op tafel en hield zijn gasten gevangen in een priemende blik. 'Ik snap het wel,' zei hij, als uit het niets, 'sommigen denken dat ik gek ben, maar ik begrijp meer van de menselijke psyche dan de meeste zielenknijpers. Hoe dat kan? Simpel: praktijkervaring. Ik ben een gewilde prooi, al jaren wordt er op mij gejaagd. Mensen gunnen me het succes niet, of de rijkdom, of de macht, allemaal één pot nat. Dat ik daar mijn leven lang voor gewerkt heb en dat het me letterlijk bloed, zweet en tranen heeft gekost, wil niemand zien. Niemand. Ik sta er alleen voor. *It's lonely at the top*, zeggen ze, en dat klopt als een zweer die op springen staat.'

Jay zette het kistje voor zich op tafel en vouwde zijn handen net als Koos. Korevaar richtte zich tot hem: 'Een paar keer in mijn leven ben ik zwak geweest en ging ik op zoek naar vriendschap. Tenslotte ben ik ook maar een mens, een kuddedier, niet gemaakt om alleen te zijn. Steeds kreeg ik het deksel op mijn neus. Je zult me niet geloven als ik zeg dat ik elke keer maanden nodig had om daaroverheen te komen. Ik ben een grote vent en ik kan tegen een stootje, maar diep vanbinnen...' hij klopte op zijn borst, 'diep vanbinnen zit een klein hartje. Heel klein.' Heel even sloeg hij zijn ogen neer en toen hij weer opkeek, sprak er zo veel pure haat uit dat Jay terugdeinsde in zijn stoel.

Die zocht naarstig een moment om in te breken. Hij moest het gesprek een andere richting in sturen, voor Korevaar bedacht dat het genoeg was en naar de Glock greep.

'Jij was de laatste, dat kan ik je wel vertellen.' Het sarcasme in Koos' stem, waarmee hij zijn monoloog begon, was verdwenen. 'Ik heb mijn les geleerd, mensen zijn niet te vertrouwen, al lijkt het soms anders. Iedereen gaat voor z'n eigen hachie, zijn eigen geluk. Alleen de grootste egoïsten halen hun einde zonder verdriet of teleurstellingen. Liefde en vriendschap zijn onzin, fabeltjes om kinderen mee zoet te houden. Je reinste rotstreek, als je het mij vraagt, want erachter komen doen ze toch wel en dan is het janken.'

Nu, dacht Jay. 'Toch vind ik het oprecht een prestatie dat je deze club zo groot hebt gemaakt,' zei hij. Hij slaagde erin de emotie uit zijn stem te weren en zijn tekst op neutrale toon uit te spreken. 'Dat is niemand anders gelukt. Escorpiones is een van de grootste en wereldwijd in het meeste aantal landen actief. Dat zijn de feiten en die kan niemand ontkennen.'

Hij zag dat Korevaar luisterde en voelde dat hij door moest gaan. 'Er is geen krant of nieuwssite die niet gemeld heeft dat jullie deze week vijftig jaar bestaan. Het is groot nieuws en het is logisch dat je dat wilt vieren.' Hij tikte met zijn vinger op het houten kistje. 'Ik begrijp het als je het niet wilt aannemen, maar ik heb uit Nederland een cadeau voor je meegebracht. De beste fles jonge klare die er te vinden is, van een ondergrondse stoker, omdat het alcoholpercentage door het dak gaat, maar dat mag voor de ware liefhebber geen belemmering zijn.'

Langzaam en zonder onverwachte bewegingen schoof hij het kistje over tafel naar Korevaar, die bij wijze van waarschuwing zijn hand op de Glock legde. Toen Jay weer achterover in zijn stoel zakte, trok Korevaar het kistje met het pistool naar zich toe. Hij bestudeerde het wantrouwig en schoof het met een handbeweging terug naar Jay.

'Maak open,' commandeerde hij.

Zonder veel moeite trok Jay het plankje, dat Tara eerder al had losgewrikt, van het kistje af. Hij toonde de inhoud aan Korevaar, haalde de fles eruit en zette hem op tafel. Op de plaats waar normaliter een etiket zat, vormde een minutieus geblazen uitstulping in het glas een afbeelding van twee schorpioenen met de staarten naar elkaar gericht: het logo van Escorpiones. Korevaar zag het en sloeg zijn ogen neer, maar Jay zou zweren dat hij hem heel even had zien glunderen. Zodra de man weer opkeek was van enige emotie echter niets meer te zien. Korevaar greep de Glock en schoof zijn stoel naar achteren. Naast zich hoorde Jay Tara naar adem happen en in een reflex reikte hij opzij en vouwde hij zijn hand om de hare. Samen zagen ze de baas naar het dressoir lopen om met drie glazen terug te komen. Hij plaatste ze op tafel en nam weer plaats.

'Mijn moeder heeft me netjes opgevoed,' zei hij, met opgetrokken wenkbrauwen boven twee grote ogen, waaruit zowel verwachting als wantrouwen sprak. 'Dat is een fraaie fles, waarvoor mijn dank. We zullen samen drinken en proosten op het leven en het afscheid daarvan.' Hij knikte naar Jay. 'Je mag hem zelf langzaam openmaken en drie glazen vullen. Het zijn geen jeneverglazen, maar we doen het ermee. Ik raad je overigens niet aan creatief te worden met die fles, want dan gaat er een kogel door dat knappe koppie naast je.' Hij richtte zijn pistool op Tara en legde zijn vinger om de trekker.

Tara kreunde en klemde haar kaken op elkaar. Haar hart klopte zo snel dat het pijn deed. Jay kneep zachtjes in haar hand en duwde onder tafel zijn been dichter tegen haar knie. Daarna liet hij haar hand los en reikte hij voorzichtig naar de fles. Terwijl hij de stop eruit trok en drie glazen vulde met de kleurloze sterkedrank, trok al het speeksel uit zijn mond weg. Een verkeerde beweging en Tara was dood, daar twijfelde hij geen seconde aan. Hij zette de fles neer en schoof een van de glazen naar de overzijde van de tafel. Meteen schudde Korevaar zijn hoofd.

'Aan jou de eer,' zei hij spottend. Omdat zijn arm met het pistool licht begon te trillen, steunde hij met zijn elleboog op tafel. Het glas voor hem raakte hij niet aan.

Jay wist dat hij zijn gedachten uit moest schakelen, om te voorkomen dat zijn verstand hem tegenhield. Hij trok een glas naar zich toe en met zijn ogen strak op die van Korevaar gericht, sloeg hij de inhoud in één keer achterover. 'Niet verkeerd.' Hoe hij erin slaagde, wist hij niet, maar zijn stem klonk bijna nonchalant, alsof ze met zijn drieën op een terras zaten te genieten van een borrel.

Korevaar leek gerustgesteld. Hij trok zijn glas tot onder zijn neus en rook er nieuwsgierig aan. Daarna hief hij het omhoog. 'Kom op,' zei hij tegen Tara, 'het zal het laatste zijn wat je binnenkrijgt, daar kun je beter van genieten.'

Hij wachtte tot ook Tara haar glas in een bevende hand hield. Op het moment dat Korevaar zijn glas naar zijn lippen bracht en Tara zijn voorbeeld volgde, trapte Jay zonder zijn bovenlichaam te bewegen, met zijn hiel op Tara's laars. Ze schrok, kiepte haar glas om en zag hoe de drank in haar schoot terechtkwam.

Jay had geen oog voor haar. Zijn blik was ingezoomd op de vochtige lippen van de man tegenover hem, die nog niet wist wat hem te wachten stond. Net als Jay had ook Korevaar zijn glas in één teug achterovergeslagen. De lippen smakten, keurden en toonden een milde glimlach. 'Sterk, maar niet overdreven en met een interessante nasmaak.' Hij greep de fles om Tara's glas opnieuw te vullen, maar stokte zijn beweging in de lucht om bevreemd naar Jay te kijken.

Jays schouders schokten steeds heviger, er sprongen tranen uit zijn ogen en uit zijn mond klonk een hees gehinnik. Tara legde haar hand op zijn arm, maar hij leek het niet te merken. De tranen stroomden over zijn wangen en het hinniken ging over in een bulderende lach.

Korevaar werd er zichtbaar zenuwachtig van en sprong op. Hij richtte het pistool nu op Jay en liep om de tafel naar hem toe, waar hij de Glock tegen zijn hoofd zette. Jay stak automatisch zijn handen in de lucht en bedaarde langzaam.

'Weet je welke dag het vandaag is, Korevaar?' Jay spoog de woorden bijna uit, alsof hij zijn stem niet langer onder controle had. 'Ik zal het zeggen, want veel tijd is er niet meer! Het is je sterfdag, je laatste uur heeft geslagen, dit was het, Koos, luister maar: *the fat lady is singing and she is singing loud!*'

Zowel Korevaar als Tara keek naar Jay alsof hij gek geworden was. Bij Tara kwam het besef het eerst en in paniek draaide ze zich naar Jay. 'Wat zat erin? Jij hebt het ook op, Jay! Zeg dan, wat zat erin?' Met twee handen greep ze zijn arm beet, wat haar een onbeholpen duw van Korevaar opleverde, waardoor ze op de grond belandde. Ze gilde, Jay schreeuwde en Korevaar brulde boven iedereen uit. Opeens klapte de deur open en stormden Bono en Cruz met getrokken pistolen de kamer in. In de chaos klonk een schot en op slag zakte Jay naar de grond. In de witte sok aan zijn linkervoet zat nu een donker gat, dat rap groter leek te worden. Hij staarde er wezenloos naar en duwde zichzelf met zijn rechterbeen naar achteren, zodat hij met zijn rug tegen de muur kon leunen. Tara knielde naast hem neer en drukte haar handen op de voet om het bloeden te stelpen. Tot haar ontzetting had het weinig effect, het bloed sijpelde tussen haar vingers door over haar handen.

Korevaar schreeuwde tegen zijn mannen dat ze zich koest moesten houden. 'Niks doen totdat ik het zeg,' bulderde hij met een rode kop van woede. Hij vloekte hartgrondig, maar toen gebeurde er iets vreemds. Alsof hij plots spijt had van de vloek, slikte hij de laatste woorden van de reeks in. De rode kleur van zijn wangen verdween als sneeuw voor de zon, zijn knieën knikten en hij kon zich amper staande houden. Vlak voordat hij ging zitten op de dichtstbijzijnde stoel, leek het of zijn benen het helemaal begaven.

'Raaskal niet, Jennings, de volgende gaat door je kop. Ik had andere plannen met je, maar als het hier moet gebeuren, heb ik er vrede mee.' Het kostte hem moeite zijn zin af te maken en hijgend hapte hij naar adem. Bono en Cruz keken van de een naar de ander en wisten zonder commando's duidelijk niet wat ze moesten doen.

Bedremmeld bleven ze naast Korevaar staan, die steun zocht bij de tafel.

'Ik praat geen onzin,' zei Jay, die het zweet, dat er even eerder nog niet geweest was, van zijn voorhoofd wiste. 'Behalve een te hoog alcoholpercentage bevat de jenever die je net gedronken hebt, een zwaar gif. Je ruikt het niet en je proeft het nauwelijks, maar het is dodelijk. Eén glas is genoeg. Binnen een paar minuten is het gebeurd, tenzij je vooraf een pil met antistoffen inneemt, zoals ik heb gedaan.'

Emotieloos keek hij op naar Korevaar, die met een lijkbleek gezicht in zijn stoel hing en zich aan de leuning vasthield om er niet vanaf te glijden. 'De rechtvaardigheid wint vandaag. Misschien ben je het allang vergeten, maar ik niet. Jij hebt mijn leven getekend. Jouw opdracht om mijn vader en zijn collega's om te leggen, heeft mijn levensloop bepaald. De daders zijn nooit terechtgesteld, tot nu toe, Koos. In deze rechtbank en in aanwezigheid van drie getuigen veroordeel ik je tot de doodstraf, omdat het recht moet zegevieren. Het is jammer dat je het vijftigjarig bestaan van je club net niet haalt, maar die prijs moet je betalen. We vieren het wel zonder jou.'

Met een expressie van totaal ongeloof op zijn gezicht had El Capitan geluisterd. Toen Jay was uitgesproken, gleed de Glock uit Korevaars hand. Als een speer dook Bono erop af. Hij griste het wapen van de grond en stak het in zijn broekriem. Daarna greep hij Korevaar beet, die niet langer overeind kon blijven en hijgend van zijn stoel zakte. Zijn logge lijf was te zwaar om op te trekken en vloekend zakte Bono naast hem neer. Toen Korevaar begon te schuimbekken, snauwde Bono een bevel naar zijn collega en haastte Cruz zich de kamer uit. In de consternatie zag Bono niet dat Tara was opgestaan. Achter zijn rug boog ze zich over de tafel om de fles te grijpen. Toen haar vingers zich om het glas sloten, aarzelde ze geen moment. Ze tilde de fles boven haar hoofd en sloeg hem met kracht op het achterhoofd van Bono kapot. Die zakte geluidloos voorover, boven op het nu schokkende lichaam van zijn baas. Ze viste de Glock uit zijn broekriem, gaf die aan Jay en hielp hem overeind. Hij sloeg een arm om Tara's schouders en hinkte naast haar naar de openstaande deur. Er was niemand in de gang.

68

Het meisje danste weer. Dit keer niet boven op een grafheuvel, maar op een stuk grasland naast een rivier. Ze droeg de zwarte jurk met kanten ruches en er scheen maanlicht op haar rode lokken. Met gesloten ogen bewoog ze op het ritme van de muziek. De vorige keer dat hij haar zag, had hij haar niet herkend. Nu was het meteen duidelijk. Tara straalde een enorme kracht uit, ze wist wat ze wilde en deed dat, ongeacht wat anderen daarvan vonden. Opeens draaide ze zich naar hem toe en strekte ze haar armen uit. Ze wenkte hem zonder woorden, maar het was alsof hij haar stem in zijn hart hoorde klinken.

Nat van het zweet opende Diego zijn ogen. Het was nog steeds pikdonker in de grot, maar in zijn hoofd scheen een helder licht. Het visioen van Tara had dat van de monsterlijke slang verdreven en hij wist wat hem te doen stond: hij moest de Rio Grande door om vrij te zijn, bij de mensen van wie hij hield. Zo eenvoudig lag het en als hij ook maar een knip voor de neus waard was, stond hij nu op om die klus te klaren. Faalde hij, dan was het hem kennelijk niet gegund, maar hij moest het proberen. Dat was hij verschuldigd aan de mensen die hij zo veel verdriet had gedaan.

Zijn botsing met de rotswand had hem een bult op zijn hoofd opgeleverd, maar dat weerhield hem er niet van te gaan staan. Met zijn ogen gesloten concentreerde hij zich op het geluid van het klotsende water, niet ver van hem vandaan. Na een paar passen voelde hij zijn voeten nat worden. Meteen trok er een kou door zijn lijf die zijn zintuigen verder op scherp zette. Hij liep door en tastte met zijn armen zijwaarts tot hij de wanden voelde en wist dat hij de grot verliet en in de tunnel stond die hem naar de rivier zou leiden. Al snel moest hij bukken om zijn hoofd niet te stoten. Chico vertelde dat hij doorliep tot het water aan zijn kin stond, maar de jongen had er geen rekening mee gehouden dat Diego een stuk groter was. De doorgang werd smaller en Diego waadde op zijn knieën verder, tot hij niet meer dan een handlengte boven zich het stenen plafond voelde. Vanaf hier zakte de tunnel schuin het water in en was er geen ruimte meer om adem te halen. Er zat niets anders op, hij kon alleen onder water verder. Angst voor kleine ruimtes had hij nooit gehad, maar ineens begreep hij niet meer hoe dat mogelijk was. Hij dacht aan Chico, die dagelijks door deze tunnels zwom, en aan Tara, die hem wenkte naar de overkant van de rivier. Hij ademde een paar keer diep in en uit, nam een grote hap lucht en liet zich onder water zakken.

De eerste meters durfde hij amper te bewegen, bang dat hij zijn voeten tegen de rotsen kapot zou trappen. Zodra hij zijn slagen iets groter maakte, bleek die vrees terecht, want meteen schampten zijn handen en voeten langs de rotswand. De beperkte ruimte maakte het onmogelijk kracht te zetten. Daarbij bleek zijn longinhoud nog maar een fractie van die van vroeger, want al na zeven slagen drong de behoefte aan zuurstof zich aan hem op. Negentien slagen tot de tweede tunnel, had Chico gezegd, dat haalde hij nooit. En telde de jongen dan vanaf het begin, of pas vanaf het moment dat hij de rivier in zwom? Diego wist het niet meer en dat maakte hem bloednerveus. Hij moest lucht hebben, dit ging zo niet. De paniek sloeg in volle hevigheid toe en hij trapte zichzelf naar boven, waar hij met zijn schouders de uitgang van de tunnel raakte en een stuk huid van zijn bovenrug schraapte. Een helse pijn vlamde door zijn lichaam. Hij trapte wild met zijn benen en zag boven zich een vaag schijnsel in het donker opdoemen. Met wijd open ogen gericht op het licht, blies hij uit alle macht de lucht uit zijn longen. Juist toen hij het laatste restje had uitgeperst en hij zijn mond moest openen voor nieuwe zuurstof, schoot hij boven het wateroppervlak van de rivier uit.

Panisch zoog hij zijn longen vol. Zijn oren gonsden en zijn ogen puilden uit. Hij wilde zich aan iets vastgrijpen om op adem te komen, maar er was niets dan water om hem heen. De golven klotsten over zijn hoofd en hij verslikte zich in het water dat hij binnenkreeg. Proestend bleef hij spartelen, tot een fel wit licht hem opschrikte. Voor het eerst keek hij verder dan de golven die hem omringden. Op slechts een paar meter afstand zag hij de oever van de rivier. Hij zwom erheen en greep zich vast aan de struiken, die deels op het land en deels in het water wortelden. De houvast bood troost en kalmeerde hem, tot er opnieuw een fel wit licht over hem heen gleed. Hij dook weg en volgde het schijnsel met zijn ogen. Het licht leek zich heen en weer te bewegen over de rivier en Diego begreep dat het een zoeklicht was, dat vluchtelingen, zoals hijzelf, ervan moest weerhouden de grens tussen Mexico en de Verenigde Staten over te steken. Hoeveel zouden het hier al geprobeerd hebben? En hoeveel waren er tijdens hun vlucht gepakt en opgesloten, om de rest van hun leven weg te rotten in een overvolle gevangenis?

Hij weerde de gedachte uit zijn hoofd, wachtte tot het licht hem bereikte en begon te tellen. Het duurde exact zesentwintig seconden voor het licht hem opnieuw bescheen. Na een hap lucht dook hij onder en begon hij te zwemmen. Net onder de oppervlakte was de stroming een stuk sterker dan op de bodem van de rivier, maar toch zwom hij tien keer liever hier, in de directe nabijheid van de openlucht, dan dat hij dieper naar beneden dook. Na twaalf tellen, had hij lucht nodig. Hij kwam boven, telde door en dook weer onder, vlak voordat het licht bij hem was. Zo haalde hij de overkant, doodmoe, maar dolblij dat meer dan de helft van deze helse tocht erop zat.

Het laatste stuk was niet moeilijk volgens Chico. In de tweede tunnel stuwde het water je vanzelf naar boven en hoefde je zelf bijna niets te doen. Dat wilde Diego best geloven, maar dan moest hij wel de ingang van de tunnel zien te vinden en die bevond zich meters onder hem. Hij had geprobeerd in een rechte lijn naar de overkant te zwemmen, maar het was niet ondenkbaar dat hij door de stroming was afgedreven. Er zou een ijzeren beugel zijn, waaraan hij zich de tunnel in kon trekken. Als hij die vond, moest het lukken. En dan hoefde het niet lang meer te duren voor hij ergens een shot kon scoren, zei een stemmetje in zijn hoofd. Tara danste voor zijn ogen en nu hield ze een foto vast. Nona en Max lachten naar hem en de tranen sprongen in zijn ogen. Zonder verder na te denken dook hij onder en zwom naar de bodem, waarna hij met zijn handen de rivieroever aftastte. Naarstig zocht hij naar een opening en een ijzeren beugel, maar wat hij ook probeerde, hij voelde niets dan modder, waterplanten en slijmerige wortels.

Hij zwom naar boven, gunde zichzelf een paar tellen om op adem te komen en ging weer terug. Bij zijn vierde poging, raakte zijn voet iets hards en maakte zijn hart een sprongetje. Duizelig van uitputting trok hij zich aan de beugel de tunnel in en liet hij zich door de kracht van het water voortstuwen. Het moment dat hij bovenkwam in de grot voelde als een geboorte. Hevig ontdaan en naar adem snakkend tijgerde hij het water uit. Zijn hele lijf deed pijn en de mist in zijn hoofd was dichter dan ooit, maar hij had het gered. Hij was in El Paso en vanaf nu zou alles anders worden.

69

Pas in de woonkamer troffen Jay en Tara de eerste tegenliggers. Cruz had Eduardo erbij gehaald en samen renden de mannen in de richting van het kantoor om Korevaar te hulp te schieten, toen ze Jay en Tara in het oog kregen. Jay duwde Tara ruw opzij, richtte zijn pistool en schoot twee keer op Cruz, die midden in de kamer neerviel en bleef liggen. Van achter de eettafel, waar Tara zich verschool, zag ze dat Eduardo de gang in dook en uit het zicht verdween. Ze sprong tevoorschijn, rende naar de voordeur om te zien of de route naar de stalling vrij was, maar zag tot haar schrik Mariza en Elena op haar afsnellen. Meteen gooide ze de deur dicht. De vrouwen gilden verontwaardigd en bonkten woest met hun vuisten op de deur. Toen ze omkeek zag ze Jay de gang in hinken.

'Waar ga je naartoe?' riep ze. 'We moeten naar buiten, naar je motor!' Maar Jay leek haar niet te horen. Ze volgde hem de gang in naar een kleine kamer, waar Jay op de grond achter twee schermen kroop. Gespannen tuurde hij naar het rechterscherm, waarop de villa zichtbaar was. De andere monitor toonde de ingang van het park. Jay draaide aan een paar knoppen om uit te zoomen, stak toen zijn hand in zijn broekzak en overhandigde Tara een sleutel.

Ze begreep het niet en keek hem vragend aan.

'Van mijn motor,' zei Jay, en tot Tara's afschuw klonk zijn stem al even kwetsbaar als die van Korevaar een paar minuten geleden had gedaan. Gealarmeerd zakte ze naast hem neer. 'Wat doe je? We gaan toch samen naar je motor? Kom, schiet op.'

Jay schudde zijn hoofd en greep haar hand. 'Ik ga dood, Tara, er is geen tijd meer.'

'Nee!' riep ze, om daarna meteen haar hand voor haar mond te slaan. Fluisterend sprak ze verder: 'Je had toch een pil genomen? Dat zei je net, met antistoffen?'

'Was het maar zo...' Hij glimlachte triest. 'Zo'n pil is er niet, Tara. Het was alles of niets. Mijn conditie is beter dan die van Korevaar, daarom ben ik nog niet bezweken, maar het zal niet lang meer duren. Het spijt me dat ik je hierin betrokken heb. Jij moet gaan, er was net niemand bij de poort. De muziek buiten heeft de schoten overstemd, dat geeft je hopelijk genoeg tijd om te ontsnappen, voordat de hel hier echt losbreekt. Pak mijn motor, geef plankgas en stop niet voordat je de grens over bent.'

Met open mond staarde Tara naar de grote man met zijn lichtgrijze ogen. Zijn anders zo ondoorgrondelijke gezicht leek zich voor het eerst sinds hun kennismaking te openen. Zijn trekken verzachtten en in zijn lichtgrijze ogen glom zowel berusting als verdriet.

'Je geeft het toch niet op?' Met een verbeten trek om haar mond gaf ze een ruk aan zijn arm. 'Je hebt je doel bereikt: Korevaar is dood, of in ieder geval bijna, je hebt de moord op je vader gewroken. Dat wilde je toch?' De gelaten houding van Jay maakte haar kwaad. 'En nu rennen we samen naar jouw motor en rijden we samen weg, naar het ziekenhuis in de stad waar ze je maag leegpompen. Je laat me nu verdomme niet alleen!' Een tweede ruk aan zijn arm had effect. Jay stond op en hield zich staande tegen de muur.

'Ik denk niet dat ik dat red... vijf minuten zou ik hebben...' zijn stem klonk zwak, maar het lukte hem te blijven staan en zijn arm om Tara's schouders heen te slaan. Samen liepen ze opnieuw de gang in.

'Houd je mond nu, spaar je krachten,' fluisterde Tara. Ze was nog niet uitgesproken of er klonken schoten. Zelf had ze niet gehoord dat Eduardo achter hen was opgedoken, maar Jays getrainde gehoor had de sluipende voetstappen wel opgevangen. In een reflex had hij zich omgedraaid en gevuurd. Nu lag hij voor Eduardo op de grond, die kermend de bloedende wond in zijn schouder probeerde dicht te duwen. De val had Jay verder uitgeput. De sok om zijn rechtervoet kleurde inmiddels volledig rood en er droop bloed op de vloer. Hijgend draaide hij zich op zijn zij, toen trok hij zijn knieën onder zijn lichaam en vanuit die positie duwde hij zich overeind. Hij wees naar Eduardo's pistool, dat tijdens diens val door de gang was geschoven. Tara raapte het op. Zwijgend sloeg ze een arm om Jays middel en samen ploegden ze, langs het levensloze lichaam van Cruz in de woonkamer naar de voordeur. Vaart maken ging niet meer.

Zonder verdere ontmoetingen slaagden ze erin naar buiten te lopen. Achter zich hoorde ze de vrouwen gillen. Mariza en Elena moesten via een van de ramen aan de zij- of achterkant de villa binnen zijn gekomen, want meer buitendeuren dan de voordeur waren er niet, en waarschijnlijk hadden ze de grote baas gevonden. Het zou niet lang duren voor ze groot alarm sloegen. Tara probeerde haar passen te vergroten om sneller vooruit te komen, maar Jays gewicht drukte zo zwaar op haar schouders, dat ze al haar krachten nodig had om zelfs maar te kunnen blijven staan. De stalling en de vrijheid lonkten, maar leken tegelijkertijd onoverkomelijk ver weg.

Stap voor stap naderden ze de schuur. Door de deuropening zag Tara twee jongemannen aan het werk, met de rug naar haar toe. Plots zakten de twee door hun knieën en tilden ze een schutting van een stellage. Ze draaiden zich naar de deur en kwamen tot Tara's afgrijzen recht op haar af. In paniek trok ze Jay vooruit. Die kreunde en liet zijn arm van haar schouders glijden. Hij tolde op zijn benen en stortte neer.

Mario en Che bleven geschrokken staan, de schutting tussen hen in, en een ogenblik ontstond er een bizar soort vacuüm waarin de drie elkaar bewegingsloos aanstaarden, in afwachting van wat komen zou. Ineens kwam van achter de schutting een derde jongen in beeld. Alberto, twee lange planken in zijn armen, keek bevreemd naar Che en Mario, die als standbeelden bevroren leken. Toen zag hij Tara met Jay aan haar voeten en hij trok lijkbleek weg. Een tel lang wist ook hij zich geen raad met de situatie, toen liet hij de planken vallen en rende hij naar Tara toe.

'Gaan we nu weg?' vroeg hij, zodat alleen zij het kon horen.

Zijn smekende blik schudde Tara wakker. Ze richtte Eduardo's pistool op de jongens en gebaarde fel dat ze achteruit moesten lopen, terug de schuur in. Eerst leken ze haar niet te begrijpen, maar toen ze dreigend op hen afkwam en haar vinger op de trekker plaatste, legden ze de schutting neer en stapten ze haastig achteruit. 'Doe op slot,' riep ze naar Alberto, die achter haar liep. Hij spurtte naar de deuren, sloot ze en schoof de balk ervoor, zodat het onmogelijk was de schuur van binnenuit te openen.

'Kom snel, help me met hem!' Ze renden naar Jay en hesen hem tussen zich in. Met zijn armen om Tara en Alberto strompelde hij voort, maar zin had het niet meer; zijn leven was niet meer te redden. Jay wist het, hij voelde zijn einde naderen, een wilde motorrit kon zijn lichaam niet meer aan. Het trailerpark van Escorpiones zou zijn laatste rustplaats worden, maar ergens in hem broeide één laatste wens. Als hij het nog heel even volhield, was zijn missie echt geslaagd en daar vocht hij voor, met alles wat hij in zich had.

Gedrieën bereikten ze de stalling. Toen ze de pick-uptruck passeerden, waarmee Tara en Alberto het park binnen waren gereden, liet Jay zich tegen een van de achterwielen vallen. Tara trok aan zijn hand, maar ook zij zag dat het geen nut meer had. Alle kleur was uit Jays gezicht verdwenen, er stond schuim op zijn lippen en zijn bovenlichaam schokte zacht. Met tranen in haar ogen zakte ze naast hem neer. Ze streek hem over zijn hoofd en glimlachte naar hem. Jay knipoogde en bewoog zijn lippen, alsof hij iets wilde zeggen. Tara boog zich voorover om hem te kunnen horen.

'Heb je een vuurtje?' hoorde ze hem vragen. Hij blikte omhoog, naar de laadbak van de pick-uptruck en meteen begreep ze zijn bedoeling.

Ze slikte. 'Weet je het zeker?'

Hij knikte.

Plots klonk er geschreeuw. Tara draaide zich om en zag door de wielen van twee gestalde motoren twee vrouwen en vier mannen de villa uit rennen. Met verwilderde blikken keken ze om zich heen en richtten hun pistolen op alles wat bewoog. Een van hen rende naar de schuur en schoof de balk omhoog. Er was geen tijd meer te verliezen. Tara gaf Jay haar aansteker en Eduardo's pistool en drukte een laatste kus op zijn hoofd. Toen wenkte ze Alberto, die zich achter de truck had schuilgehouden en gebukt renden ze naar het midden van de stalling, waar Jays Harley geparkeerd stond.

Zodra ze startte en de motor de stalling uit spoot, klonken er schoten. Eén kogel scheerde rakelings langs Alberto's hoofd. Hij klemde zich aan Tara vast en kneep zijn ogen stijf dicht. Tara draaide de gashandel vol open en focuste zich op het hek naast het portiershuisje, dat in rap tempo op hen afkwam. Dat Jay hun belagers op afstand hield door de twee pistolen in zijn handen leeg te schieten, zagen ze niet. Toen het hek nog maar een paar meter voor haar lag, dook Tara met haar hoofd naar beneden en met haar neus tegen de tank scheurde ze dwars door het gaaswerk heen. Pas na een paar tellen durfde ze op te kijken, naar de weg naar de vrijheid die voor hen lag.

Hoeveel later de explosie de grond deed schudden, durfde Tara achteraf niet te zeggen, maar het kon nooit meer dan een paar tellen zijn geweest, want de motor schoot de weg af en gleed weg in het woestijnzand. Ze rolden eraf en kwamen meters verder pas tot stilstand. Met haar armen beschermend om Alberto heen, zag Tara de vlammen tot de hemel reiken. Dikke zwarte rookpluimen waren uren later nog tot in de wijde omtrek te zien. De combinatie van de explosieven en de jerrycans vol benzine, achter in de pick-uptruck, had ruim driekwart van het kamp weggevaagd. Jays ultieme wens was uitgekomen: Koos Korevaar was dood en het hoofdkwartier van Escorpiones was in rook opgegaan.

70

De ruitenwissers veegden dikke regendruppels van de voorruit, waarin de remlichten van haar voorganger om de paar seconden oplichtten. Tara reed in haar busje op de snelweg. Onder andere omstandigheden had een file op een druilerige zaterdagochtend haar goed chagrijnig gemaakt. Nu overheerste een gevoel van opwinding. Ze had er lang over nagedacht en besloten dat een gesprek geen kwaad kon. Haar tijd in Mexico was zenuwslopend geweest en de eerste dagen terug in Nederland had ze zich heilig voorgenomen het gevaar nooit meer zo doelbewust op te zoeken, maar die gedachte vervloog snel. Het was helaas niet meer mogelijk, maar als Jay morgen voor haar neus stond om haar mee te vragen voor een volgende klus, zou ze niet lang twijfelen. Ze kon er niets aan doen: ze hield van de spanning en het avontuur, van de adrenaline die elke seconde door haar lijf gierde en haar het gevoel gaf dat ze leefde. Ze wilde niets liever dan misstanden ontrafelen, criminelen een spaak in de wielen steken en de confrontatie aangaan met problemen die anderen liever onder het vloerkleed schoven. Als journalist bij *De Dageraad* kwam ze wat dat betreft redelijk aan haar trekken. Nu ze zich meerdere malen bewezen had, gaf Benno haar steeds meer vrijheid om haar eigen verhalen te kiezen en prille vermoedens na te jagen. En toch bleven de woorden, die Jay zo'n twee maanden geleden in een motelkamer in Chihuahua tegen haar had uitgesproken, aan haar knagen.

'We willen je hebben,' had hij gezegd. 'Je beschikt over de kwaliteiten die we zoeken: je bent onafhankelijk, slim, creatief, een doorbijter en voor de duvel niet bang. Ik vind je perfect voor de job. Zie deze klus maar als een testcase. Het loopt nu nog via Benno, maar als je wilt, is dit de laatste opdracht voor de krant.'

Ach, Benno. Hij was twee weken niet op de redactie verschenen. De dood van zijn vriend Jay had hem volledig uit het veld geslagen, vertelde zijn secretaresse Tara in vertrouwen. Dat die vriend hem had voorgelogen en gebruikt om een persoonlijke missie te volbrengen, illegaal en tegen de wensen van de officiële instanties in, hielp vast ook niet. Tara snapte dat en voelde met haar baas mee, maar moest het voor zich houden. Behalve zijzelf, Benno en Diego was niemand op de hoogte van Jays soloactie en toen hij de brandende aansteker in de laadbak van de pick-uptruck wierp, wiste hij elk bewijs van zijn aanwezigheid op het trailerpark van Escorpiones. Toen de brandweer en politie eindelijk ter plaatse kwamen, was driekwart van het park al in de as gelegd. Alleen de rij caravans aan de achterzijde van het park bleef ongeschonden. Het handjevol bewoners dat nog rondliep, werd met ernstige ademhalingsproblemen naar het ziekenhuis in Chihuahua overgebracht. Tara en Alberto werden op twee kilometer voor het park door een ambulance opgepikt. Omdat de motor van Jay na de schuiver in het woestijnzand weigerde te starten, hadden ze besloten te lopen. Met wat kneuzingen en schaafwonden kwamen ze er wonderwel goed van af en na een uur stonden ze weer buiten het ziekenhuis, waar een agent hen meenam naar het bureau. De ondervraging verliep chaotisch en de diender die hun formulieren moest invullen, sprak amper Engels. De vermeende dood van Koos Korevaar en een groot deel van zijn staf veroorzaakte zo veel ophef dat er weinig aandacht was voor het verhaal van een nieuwbakken lid van de club, nog nat achter de oren, en een buitenlandse vrouw, die zei te zijn ingehuurd in verband met de voorbereidingen van het jubileumfeest. Daarbij was Alberto te aangeslagen om een zinnig woord te zeggen en hield Tara zich overtuigend van den domme. Na lang wachten, een halfslachtig gesprek, drie koffie en een uitgedroogde sandwich, mochten ze gaan. Tara loodste Alberto naar een hotel, waar de jongen in bed dook en niet van plan leek er ooit nog uit te komen.

De volgende dag kopten alle kranten over de vermoedelijke dood van El Capitan en de spectaculaire slag die Escorpiones was toegebracht. Er werd wild gespeculeerd over de toedracht van de explosie. Zaten de Hells Angels erachter, of was het een van de kartels, die de concurrentie niet langer duldde? Was Koos Korevaar echt dood, of had hij net op tijd kunnen ontsnappen en bezon hij zich nu op wraak? Eén krant onderzocht zelfs de theorie dat Korevaar het zelf gedaan had, om zijn eigen dood in scène te zetten en elders een nieuw bestaan op te bouwen. En nagenoeg alle media vroegen zich af of er een nieuwe leider op zou staan, of dat dit het definitieve einde van de club betekende.

Tara las het allemaal en schreef haar eigen verhaal, waarin Jay en Diego een kleine rol speelden en anoniem bleven. Het stuk gaf een uniek inkijkje in de wereld die Korevaar geschapen had. Luc, de adjunct-hoofdredacteur naast Benno, publiceerde de eerste alinea's nog dezelfde dag online, maar bewaarde het complete stuk voor de krant van de volgende dag. Ook liet hij het vertalen en verkocht hij het voor een enorm bedrag aan de internationale persbureaus. Daarna regende het interviewverzoeken. Iedereen wilde weten welke koelbloedige journaliste dit verhaal geschreven had, maar op verzoek van Tara wimpelde Luc alles af. Van de spotlights was ze niet gediend, haar kracht lag achter de schermen. Bovendien had ze andere zaken aan haar hoofd.

Via Benno achterhaalde ze het geheime adres van Jay en bracht ze een bezoek aan zijn weduwe. Carina was al op de hoogte van de dood van haar man. Tara vermoedde dat Benno het haar verteld had, al wist ze dat niet zeker. In de tuin van het landhuis, aan een tuintafel met thee en Jays favoriete havermoutkoekjes, vertelde ze hoe de samenwerking met Jay was verlopen en wat ze samen hadden doorstaan. Ze had getwijfeld of ze zijn keuze om het gif te drinken achterwege zou laten, maar dat deed ze niet. In Carina's plaats zou ze ook alles willen weten, de hele waarheid en niets minder, hoe pijnlijk die ook zijn kon. Carina luisterde aandachtig en pinkte af en toe een traan weg. Bij het afscheid dankte ze Tara voor haar openheid en nodigde ze haar uit voor de besloten herdenkingsdienst, waarbij ook Benno aanwezig zou zijn.

Achter in het busje draaide Huub zich knorrend om. Tara zag hem in de achteruitkijkspiegel en glimlachte. Een van de beste dingen aan haar thuiskomst was het weerzien met haar hond geweest; in zijn enthousiasme had hij haar bijna omvergeduwd. Minder leuk was het afscheid van Carlo, maar gelukkig maakte hij er geen groot drama van. Ook hij zag in dat de balans in hun verhouding zoek was. Ze wensten elkaar geluk, wisselden wat spullen uit en daarmee was de kous af.

Dat gold niet voor Alberto Mario Costa, met hem had ze nog wekelijks contact. Hij woonde weer bij zijn moeder, ging naar school en deed vrijwilligerswerk in het buurtcentrum. Sinds hij zijn aartsrivaal Alvarez had uitgeschakeld, voelde hij zich sterker dan ooit. Toen hij na een lange slaap in het hotel in Chihuahua tot bedaren was gekomen, had hij Tara verteld over de naaktfoto met politiecommissaris Carusso, als bewijs dat hij het lidmaatschap van Escorpiones waard was. In dat gesprek ontstond het idee dezelfde strategie te gebruiken om Alvarez een hak te zetten. Alberto wist eerst niet of hij het aandurfde, maar had geen betere ideeën. Terwijl Tara haar verhaal schreef, zocht hij in een internetcafé een foto van hemzelf en van Alvarez op. Met hulp van de medewerker in het café, die kennelijk vaker bijzondere verzoeken kreeg, plakte hij de gezichten in een foto van twee elkaar beminnende mannen. Wie heel goed keek, zag dat het een trucage was, maar voor de argeloze toeschouwer lagen Alberto en Alvarez in een pose die weinig te raden overliet. Vervolgens was het een kleine moeite de foto via diverse platforms te verspreiden.

Alvarez was gevlucht, liet Alberto Tara weten, toen hij thuiskwam en het nieuws van de 'geliefden' als een lopend vuurtje door de stad was gegaan. Meer dan op zijn grote bek en vechtkunsten, voer Alvarez op zijn reputatie als macholeider die geen tegenspraak duldde. De foto sloeg die reputatie finaal aan diggelen. Nu was er in heel Ciudad Juárez geen spoor van Alvarez meer te ontdekken en werd er gefluisterd dat hij op de trein naar Mexico-Stad was gesprongen, maar dat wist niemand zeker. Dat Alberto zelf tijdenlang werd nagefloten, deerde hem totaal niet. Een leven zonder Alvarez betekende een vrij leven en daar genoot hij met volle teugen van. Tara gunde het hem en hoopte dat het hem lukte voorgoed van de bendes weg te blijven.

Aangekomen op de plek van bestemming lijnde ze Huub aan en wandelden ze samen naar de dichtstbijzijnde boom. Ze keek op naar het statige pand aan de overzijde van de straat. Het was groot maar onopvallend, sterk en ingetogen tegelijk. Net als Jay, bedacht ze, hoe toepasselijk. Met Huub naast zich stak ze de straat over en las ze het naambord naast de deur: ALGEMENE INLICHTINGEN EN VEILIGHEIDSDIENST. Ze bond de lijn van Huub aan een fietsenrek en stapte de hal in, toch wat nerveus, waar ze zich meldde bij de een dame achter een balie. Niet veel later werd ze opgehaald door een bebaarde jongeman, die haar voorging naar een ontvangstkamer met een tafel en vier kuipstoeltjes. Hij bood haar een stoel aan en ging zelf op de rand van de tafel zitten.

'Waar kan ik u mee helpen?' vroeg hij, rechtstreeks en niet onaardig.

Ook Tara viel met de deur in huis. 'Ik ben benieuwd naar de mogelijkheden om klussen voor jullie te doen.'

'Klussen?'

Tara knikte. 'Ik ben journalist en heb onlangs meegewerkt aan een opdracht met Jay Jennings. Hij gaf aan dat de AIVD interesse in me had en bood me een baan aan.'

Er gleed een glans van herkenning door de ogen van de man en hij verschoof wat ongemakkelijk op de tafelpunt. 'Bij werving en selectie van nieuwe medewerkers wordt een vaste procedure gevolgd. Daar wijken we doorgaans niet van af.'

'Dat begrijp ik,' zei Tara, die probeerde haar irritatie niet in haar stem te laten doorklinken, 'dit is misschien een ongebruikelijke gang van zaken. Ik zeg ook niet dat ik direct solliciteer, ik wilde alleen weten hoe een mogelijke samenwerking eruit zou kunnen zien. Ik blijf ook journalist, zie je.' Ze stond op om op gelijke hoogte te komen. 'Jij kende Jay? Heeft hij het niet over mij gehad? Misschien kan ik dan beter een andere collega spreken?'

Meteen schudde hij zijn hoofd. 'Ik denk niet dat we iets voor je kunnen betekenen. Ik raad je aan onze website te bekijken. Als je vragen hebt, kun je daar een formulier invullen en krijg je binnen vijf werkdagen antwoord.'

Tara werd boos en voelde niet langer de behoefte dat te verbergen. 'Toen ik net zijn naam noemde, zag ik dat je wist waar ik het over heb. Ik snap dat jullie werk en dat van Jay niet aan de grote klok wordt gehangen, maar ik heb verdomme met hem samengewerkt. Ik zat met hem in Mexico, bij Escorpiones. Het lijkt me dat een standaard doorverwijzing naar de website voor mij niet van toepassing is...'

De man streek door zijn baard en leek na te denken. Toen liep hij naar de deur en greep hij de klink. 'Stel dat je gelijk hebt, en je was in Mexico met de man die je net noemde, dan was dat op eigen initiatief en heeft de AIVD daar niets mee te maken. Mogelijk is er op eigen houtje geopereerd, daar hebben wij geen zicht op. Zoals gezegd, denk ik niet dat we iets voor je kunnen betekenen.' Hij trok de deur open en keek haar indringend aan. 'Ik wens je veel succes in je baan als journalist.'

Met een gezicht op onweer verliet Tara het pand. Terwijl ze Huub losmaakte en met hem naar haar busje liep, herhaalde ze het korte gesprek in haar hoofd. Een fulltime job als geheim agent zag ze niet zitten, maar bij de gedachte oproepbaar te zijn en een paar keer per jaar een opdracht te doen, kon ze zich best iets voorstellen. Toen Jay het opperde, stond ze niet meteen te springen, maar ze was wel gevleid en zodra ze aan het idee gewend was, merkte ze dat ze toch steeds enthousiaster werd. De opstelling van baardmans voelde even als een koude douche en toch was er ook opluchting.

Ze zakte door haar knieën en aaide Huub met twee handen over zijn bol. 'Graag of niet,' zei ze, meer tegen zichzelf dan tegen de hond, die haar verwachtingsvol aankeek. 'Graag of niet, Huupie. En wat moet ik anders met jou? Ik kan jou toch niet alleen laten?'

Huub likte haar gezicht en blafte instemmend.

71

In de lunchroom om de hoek van de redactie bestelde Tara een cola en een pizzapunt. Er was een maand verstreken sinds het bizarre gesprek bij de AIVD. De aanvankelijke teleurstelling had niet lang geduurd. Haar werk bij de krant vergde haar volledige aandacht en in de boksschool had Leo een strak trainingsschema voor haar opgesteld. Dat verklaarde de blauwe plek op haar jukbeen en de geschaafde knokkels van haar rechterhand, maar daar kon ze zich niet druk om maken. Integendeel, ze had zich lange tijd niet zo goed gevoeld. Stralend keek ze naar Diego, die tegenover haar zat en een koffie verkeerd en een uitsmijter uitkoos. Zodra de serveerster wegliep om de bestelling in orde te maken, viste hij zijn telefoon uit zijn zak.

'Kijk,' zei hij trots, 'ze zijn met zwemles begonnen. Het lijkt nog nergens op, maar ze vinden het leuk en dat is een fijn begin. Ze moeten goed leren zwemmen, je weet nooit wanneer dat nog eens van pas komt.' Hij knipoogde en Tara lachte hardop.

'En al nieuws van Chico?' vroeg ze.

Diego schudde zijn hoofd. 'Ik blijf zoeken. Een van mijn achterneven uit Mérida reist volgende week naar Chihuahua en gaat proberen de zus van Dimitri te vinden. Het is lastig dat we geen achternamen weten, maar er is hulp. Ik heb contact gelegd met het lokale nieuwsblad daar en een van de verslaggevers vangt mijn neef op. Ze plaatsen een advertentie in de krant en waarschijnlijk kunnen ze ook een oproep doen op de lokale radiozender. Ik hoop dat het wat oplevert.'

'En wat als je hem vindt?'

'Dan moeten we kijken wat het beste is voor Chico,' zei Diego op ernstige toon. 'Ik zal mijn belofte niet breken, hij mag nog steeds bij mij komen wonen, vooropgesteld dat een adoptie mag en lukt. Het lijkt me dat zijn voogd officieel toestemming moet geven, maar ik weet niet eens of hij een voogd heeft. Misschien heeft hij het goed waar hij is en wil hij helemaal niet naar een vreemd land. Ik ga niets voor hem bepalen. Laten we hem eerst maar eens vinden, dan praten we verder.'

Terwijl Tara luisterde, bestudeerde ze Diego's gezicht. Van de ingevallen wangen en de donkere wallen onder zijn ogen was niets meer te zien, maar de oude was hij ook nog niet. Zijn kleding slobberde om zijn lijf en het vertrouwde vuur in zijn ogen bleef uit. Toch hadden de maanden in de afkickkliniek hem goedgedaan en dat was meer dan ze verwacht had, toen ze hem aantrof in de daklozenopvang in El Paso. Zwervers hadden hem buiten de stad zien ronddolen, meer dood dan levend, en namen hem mee naar de opvang voor een maaltijd en een bed. Drie dagen later vond Tara hem daar. Na het ziekenhuis en het station was de opvang de derde plek die ze aandeed in haar zoektocht naar Diego. Hij was er zo slecht aan toe dat hij haar niet herkende. Een van de begeleiders vertelde dat Diego bij gebrek aan echte drugs vermoedelijk lijm gesnoven had. Eigenlijk was het niet toegestaan overdag in de slaapzaal te blijven liggen, maar voor Diego hadden ze over hun hart gestreken. Tara's bezoek kwam als geroepen en de zorg om de ijlende logé werd maar wat graag overgedragen. Ze handelde kordaat en belde Benno. Diego had geen paspoort meer en zonder hulp van de juiste instanties kon het eeuwen duren voor ze hem naar Nederland kreeg. Sinds het avontuur op Aruba, een paar jaar geleden, wist ze van Benno's connecties met Interpol en ze hoopte dat hij bereid was die aan te spreken. Dat was hij, en hij deed meer: bij aankomst op Schiphol stond een ambulance klaar en werd Diego afgevoerd naar een privékliniek in het zuiden van het land. Twee dagen geleden was hij daaruit ontslagen.

'Een koffie verkeerd en een cola, een uitsmijter en een pizzapunt.' De serveerster plaatste de bestelling op tafel en wenste hun smakelijk eten. Een tijdje aten ze in stilte. Voorheen was Diego meestal de eerste die een stilte doorbrak, maar ook daarin was hij nog niet op zijn oude niveau.

'Hoe bevalt je flat?' vroeg Tara.

Diego nam een slok koffie. 'Goed. Het is nog kaal.' Hij knikte peinzend. 'En stil, ik mis de kinderen.' Zijn ogen blonken vochtig toen hij zijn mok neerzette. 'We hebben een gesprek gehad, Yvonne en ik. Als ik verder hersteld ben, maken we een rooster. Een bezoekregeling vind ik een afschuwelijk woord, we noemen het gewoon een rooster. Ik wil de kinderen zien en ze moeten in mijn flat kunnen blijven slapen, daar komt een stapelbed. En dan zien we wel hoe het gaat.'

Tara wilde graag meer weten, maar Diego was er duidelijk nog niet aan toe. Ze moest geduld hebben, al kostte dat veel moeite.

'Wat een grap trouwens van Korevaar,' veranderde Diego van onderwerp. 'Is het niet ontzettend toepasselijk dat de man die mij verslaafd maakte aan "gif", zoals ze het daar noemen, zelf door een glas gif is omgekomen?'

Tara glimlachte flauwtjes, maar zag de grap er niet van in. Diego wist niet dat ook Jay aan het gif was doodgegaan en dacht dat hij in de explosie was gestorven. In haar dromen kwamen de laatste uren bij Escorpiones regelmatig voorbij en over een tijdje zou ze Diego het hele verhaal vertellen, maar voorlopig had hij genoeg aan zijn herstel en aan de opbouw van een nieuw leven.

Achter Diego zag ze een bekend gezicht de zaak binnenkomen.

Benno, gehuld in een te opzichtig ruitjespak, spotte het tweetal en kwam naar hen toe.

'Mijn favoriete duo,' zei hij opgewekt, terwijl hij Diego de hand schudde. 'Ik hoorde dat je herstel voorspoedig is verlopen?'

'Zeker. Ik weet niet hoe ik je kan bedanken voor je hulp,' zei Diego, 'zonder jou was ik er misschien niet meer geweest.'

'Onzin,' lachte Benno, met een knipoog naar Tara, 'je collega hier was er toch bij? Die zorgt altijd voor een goede afloop. En trouwens, ik weet heel goed hoe je me kunt bedanken. Bel me over een week of twee maar op, een goede onderzoeksjournalist kan ik altijd gebruiken.' Hij tikte op de tafel en liep weg.

Tara's ogen schitterden. Ze pakte haar glas cola en hield het afwachtend omhoog.

Diego lachte en tikte met zijn mok tegen haar glas. 'Op Mexico,' zei hij spottend, 'waar ik zocht naar antwoorden en ze nog vond ook… En op jou, omdat je me weer thuisbracht. Hou je me tegen, de volgende keer dat ik weg wil? Dat is een stuk makkelijker.'

Ze grijnsde. 'Echt niet. Dan ga ik met je mee.'